失踪症候群

貫井徳郎

双葉文庫

失踪症候群

1

刑事部長補佐官からの内線電話を引き継いで、安藤京子《あんどうきようこ》はちらりと横目で相手の顔を盗み見た。

京子が所属する警務部人事二課は、警視庁内のスタッフ部門に当たるから、最前線とも言える刑事部からの連絡などほとんどない。たまにある人事考課に関する連絡事項でも、受けるのは人事二課長であって、環敬吾《たまきけいご》が直接関わることなどあり得ない。なにしろ京子が見る範囲では、環が重要な仕事を任されている様子などないのだから。

実際環は、人事二課内において不思議なポジションを占めていた。そもそも警部以上の人事を司《つかさど》る人事一課とは違い、警部補以下の人事及び採用試験についてが管轄である人事二課は、警視庁内でそれほど中枢に位置する部署というわけではない。閑職とまではいかないが、採用と人事異動の時期以外は比較的楽な仕事をしている。だからこそ、環のような何をしているのかわからない人材が存在しても許されるのだろうが、天下の警視庁の、それも人事課に窓際族がいようとは、一般市民は考えもしないに違いない。

もともと京子は、ミニパトに乗って駐車違反の車を捕まえる婦人警官に憧れて、警視庁に入庁した。年齢の離れた姉がやはり婦人警官で、そのきびきびとした仕事ぶりに憧憬の念を抱いていたのだ。

それがいざ配属が決まると、予想もしなかったスタッフ部門に送り込まれた。人事課なんて、どこの会社に入ってもある部署ではないか。自ら望んで警察官になったのに、なんでよりによって人事課なのだ。京子は不平たらたらで、最初の仕事に就いた。

その不満が少しだけ和らいだのは、初日の挨拶の際、環の姿を見かけたためだった。環は淡々と自分の名だけを名乗り、新人の女の子に微笑みかけることすらしなかったが、京子の視線はしばらく環に奪われていた。

環は三十代も後半に差しかかる年齢と見受けられたが、中年太りとは無縁の引き締まった体つきをしていた。着ているスーツは値段こそ高そうではなかったものの、貧乏臭くよれよれになったりしていない。浅黒い顔は彫りが深く、まるで紳士服のモデルでもあるかのようだった。

昔から年上の紳士には弱い傾向がある京子は、ひと目で環の容姿を気に入ってしまった。こんな上司がいるのならば、人事の仕事も悪くないかもしれないと現金に考え直した。ところが、である。最初の三ヵ月は右も左もわからず、ただ機械的に与えられた仕事をこなすだけで過ぎてしまったが、それを越えて少し余裕を持ってみると、環がいささか妙な人物であることに気づき始めた。

環の仕事の量が、他の人に比べて微妙に少ないのだ。

京子は最初、それは環の要領のよさを物語るものかと考えた。一見したところ、ばりばりとデスクワークを片づけていくやり手に見えたので、その事実の発見に京子は軽い失望を覚えた。いくら外見が格好よくても、中身はどうにかして仕事をさぼろうとする中年男に過ぎなかったのだと、いささか醒めた目で環を見るようになった。

しかし日が経つにつれ、どうもそのように簡単に割り切れる話ではないことがわかり始めた。環が席を立つ頻度が、周りの人よりも多いのだ。

京子はそれもまた、環の息抜き程度に考えていたが、課長を始め周囲の人が誰も咎めないことにしばらくして気づいた。課に在籍している人の中で、ひとりだけいつもふらふらと席を立っていれば、そのうち注意を受けるのが普通だ。現に京子も、昼休みの時間が少し過ぎただけで課長に叱責を受けている。それを思えば、環の自由な行動はいささか奇異に映った。

環への電話が多いのも、不思議な点のひとつだった。京子から見て、環が重要な仕事を任されているようには、どうしても思えない。誰でもできることを、ただ淡々と片づけて後は知らん顔をしているだけなのだ。その様子はもはや昇進を諦めたことを露骨に示していて、一般企業で言う窓際族とはこういう人のことを指すのかしらと、京子は納得していたのだ。そんな重要度の低い人物にしては、環にかかってくる電話は多かった。

それは環の仕事に関することではなく、交友関係の広さを示すものなのかと、京子は最初考えた。仕事はできなくても、環は警視庁内に友人が多いのかもしれない。そうした人たちが、何くれとなく環に連絡を寄越すのではないかと睨んだ。

ところがそれも的を逸していることが、すぐにわかった。環は友人が多いどころか、驚くほど人付き合いの悪い男だと知ったからだ。京子の配属歓迎会に出席しなかったのを最初に、環はありとあらゆる課外の活動を欠席した。同僚同士で飲みに行くことすらしていないようだ。それはまるで、仕事以外での付き合いは苦痛でならないかに見えた。

実際環は、私生活というものをまるで見せない男だった。環と職場を同じくしてかれこれ一年が経つが、未だに環が既婚かどうかも知らない。指輪をしていない点や、あまり所帯じみた感じがしないところから、独身なのではないかと密かに京子は推測していたが、ことの真偽はいっこうに耳に入ってこなかった。

あるとき好奇心を抑えかねて、課の同僚に環について尋ねてみたことがある。ところがその人は、「さあ」と首を傾げたきり何も教えてくれなかった。

「あの人については、誰もよく知らないんだよね。環さん自身も、あまり打ち解けたがってないようだしさ。ちょっとみんな、敬して遠ざけているところがあるんだよ」

他の人に尋ねても、返事は大同小異だった。誰ひとりとして、環の家族構成すら知らないのだ。

そこまで来ると、人付き合いの悪さも極端に過ぎる。同僚に家族の話すらしないなど、あまりにも謎めいているではないか。京子は次第に興味を惹かれ、どうにか環に接近しようと試みた。

しかし環は、口調こそ柔らかだが内に断固たる拒絶の意思を秘めた応答で、京子の好奇心をやり過ごした。あれこれと用事を見つけて話しかける京子に、露骨に困った態度を示し、挙げ句の果てには他の人に教育係を一任すると宣言してしまったほどだった。取りつくしまがないとは、正にこのことだ。

そこで本人に当たるのは諦めて、課長から情報を引き出そうともしてみた。ところが課長は、意味ありげな笑みを浮かべて、環に気があるのかと問い返すだけだった。その下品な物言いに腹が立ち引き下がったが、後で考えればどうも京子はごまかされたようであった。簡単に腹を立てたりしないでもう少し粘ってみればよかったと思ったものの、もう二度と課長に尋ねる口実も機会もやってこなかった。

課長が環について、何かを隠しているのは明らかだった。そしてそれは、課長までが承知しているのであれば、職務がらみであることは間違いない。もしや環は、誰にも明かせない極秘の任務を任されているのではないだろうか。京子は若い女の子らしく、そんなことまで夢想してみた。例えば警視庁内に潜入している共産圏のスパイを洗い出すような、特殊な仕事を環はしているのでは……。

そんなふうにひとり想像を逞しくしているところにかかってきた、刑事部長補佐官からの電話だった。補佐官とはいえ、実質は刑事部長当人からの連絡に等しい。警視庁でも最前線に位置する部署の長が、環にいったいなんの用なのだろうか。素知らぬ顔を装ってはいたが、京子の好奇心はいやが上にも盛り上がっていた。

環は低い声で応答していたので、京子の坐る位置までは話の内容は届かなかった。書類に目を通す振りをして、耳だけは環の方へとしっかり向けていたが、会話の内容の一言一句とて聞き取れなかった。

環はふた言三言ばかり応じただけで、あっさりと通話を終えて受話器を置いた。そして目顔で課長に断り、席を立って部屋を出ていった。

刑事部長に呼び出されたのだろうか。京子は軽い興奮で胸が高鳴っているのを覚えながら、想像を巡らせた。人事二課の一課員に過ぎない環に、刑事部長が何を要請するのか。今こそ環に秘密の指令が下される瞬間ではないのか。

どうにもこらえきれなくなり、トイレに行く振りをして環の後を追おうとしたときだった。

「安藤君」

課長から声がかかり、京子は引き止められた。課長は自分の席で書類をひらひらと振り、それをワープロで清書してくれと京子に頼んだ。京子は舌打ちしたい気持ちで返事をし、課長から書類を受け取った。未練を捨て切れず廊下の方へと視線を向けたが、もちろん環は出ていったきり戻らなかった。

絶対に環は秘密の任務を負っているんだ——、京子はいささか荒唐無稽の推測に断固としてこだわった。そしてそんな空想は、一度は無能者と見做した環を魅力的に思わせるのだった。

2

酒井《さかい》信宏《のぶひろ》刑事部長は、応接セットを隔てて正面に坐った男の顔を、改めてまじまじと見直した。

久しぶりに会う男だった。同じ警視庁庁舎内に勤務する者とはいえ、酒井の部屋である刑事部長室は六階、環の所属する警務部は十二階にある。階が違えば使用するエレベーターも違い、廊下などですれ違うことはめったにない。こうして酒井が呼び出さなければ、一年のうち一度も顔を会わさない相手かもしれなかった。

「勤務中、すまないな」

酒井が声をかけると、眼前の男は低い声でただ「いえ」とだけ応じた。必要以外のことはいっさい口にしない。それは前任者から環のことを引き継いで以来、一度として変わらない態度だった。環が自分の能力を鼻にかけたり、あるいはこちらに媚びるような様子を見せることは想像すらできない。ただ与えられた任務を淡々とこなす、機械のような男であった。

環は両掌を軽く握り合わせ、肘を腿の上に載せて次の言葉を待っていた。その姿は完全に自然体で、気負いや緊張は見られない。泰然とした物腰はまるで年経た巌《いわお》のようで、まだ三十代後半の年齢のはずの環には不釣り合いの落ちつきだった。ともすればその貫禄に酒井の方が気圧《けお》され、ついつい早口になってしまうほどだった。

環の存在を知らされたのは、酒井が二年前に刑事部長のポストに就いたときのことだった。便利だからといって濫用《らんよう》しないように、と前任者に釘をさされ、ふと環の経歴が気になった。どのような人物がそうした特殊な任務に就いているのかと、興味を覚えたのだ。酒井は補佐官に命じて、環の履歴を集めさせた。刑事部長である自分が人事課に照会すれば、そんなことはいとも簡単に判明するはずだった。

ところが、環に関する個人データはほとんど白紙に等しかった。八年前に警察庁から出向という形で警視庁警務部に着任したとあるだけで、前歴はおろか家族構成や生年月日すら明らかにされていない。何かの間違いではないかと確認させたが、人事課にある個人データからは完全に環に関する部分が欠落していた。

そんな得体の知れない人間が警視庁内に存在するとは、それまで考えてもみなかった。いよいよ興味をそそられ警察庁にまで問い合わせてみたが、その回答は「詮索に及ばず」という簡単なものだった。その素っ気なさの裏には酒井の好奇心を咎めるような意図が読み取れた。酒井は文書によるその短い回答を見たときに、己の好奇心をすべて放棄した。

実際環は、酒井が危ぶむまでもなく有能な男だった。これまで二度、任務を申しつけたことがあったが、いずれも最も望ましい形で決着をつけた。一度目は半信半疑で下した任務であったが、二度目には全幅の信頼を置いていた。三度目となる今回も、環の組織はなんらかの成果を見せてくれることだろう。

「ご用件はどういったことでしょうか」

環は前置きもなく、いきなり本題を促した。酒井の方もこの得体の知れない男と無駄話をするつもりはない。瞬時、頭の中で言いたいことを整理してから、おもむろに口を開いた。

「先日のことだが、私の娘婿の叔父に当たる人物から泣きつかれた。彼の息子、つまり娘婿にとっては従弟になる人が、突然に失踪したというのだ」

酒井は一瞬言葉を切り、環の反応を窺った。環はたばこを吸うでもなくお茶に手をつけるでもなく、ただじっと話の続きを待っている。酒井は続けた。

「姓名は林《はやし》篤彦《あつひこ》という。その篤彦の父親は愛媛《えひめ》に住んでいるが、学生である篤彦は東京の大学に通うため、単身上京していた。東京に来て一年ほどになるが、ある日突然行方が知れなくなった。住んでいるアパートには帰らず、学校にも通っていないようだ」

環は頷きもせず、酒井の顎の辺りに視線を注いでいる。酒井の話に興味を持っているのかどうかもわからなかった。

「連絡がとれなくなって、親たちは慌てて上京してきた。そしてようやく、息子が失踪したことを知ったわけだ。両親は当然のことながら警察に捜索願を出したが、未だ篤彦は見つかっていない」

「事件性は高いのですか」

初めて環は、ゆっくりとした口調で言葉を挟んだ。酒井は軽く首を左右に振って応じた。

「いや、取り立てて事件性はない。よくある若者の失踪に過ぎないと思う」

「それは現場の判断ですか」

「私の判断でもある。捜査の資料を見せてもらったが、篤彦がなんらかの事件に巻き込まれた可能性は低いと思う。むしろ自発的な失踪ではないかと考えられる」

「根拠は」

環は必要最低限の言葉だけで、要所を突いてきた。その遠慮のなさに酒井は一瞬たじろぎ、羞恥の裏返しの軽い腹立ちを覚えて言った。

「篤彦の家庭環境だ。篤彦の父親は医者で、早い話が地元の名士みたいなものだ。両親は篤彦に多大な期待をかけて、東京に送り出した。私は詳細は知らないが、大いにプレッシャーをかけた可能性がある。篤彦はそれに耐えられずに逃げ出したのだろう」

「時間の問題で、いずれどこかからひょっこり現れるということですか」

「それは篤彦の決意次第だろう。いずれにしても、警察が関与することではない」

「なるほど」

環は短く応じて、それきり口を噤んだ。ここまでの話だけでは、なぜ自分が呼び出されたのかもわからないはずだが、その疑問は口にしない。個人的な用件だけで酒井がこんな話をしているわけでないのを承知しているのだ。

「そこで両親は、縁を頼って私に泣きついてきたわけだが、そんなことをどうにかしろと言われても、できることではない。取りあえず、優秀な私立探偵を紹介しておいた。探偵はそれなりに動いてくれたが、結局篤彦を見つけ出すことはできなかった。その経緯については、このファイルにまとめてある」

酒井は机の上に置いてあるファイルを一冊取り上げて、環に示した。環は頷いただけで手に取ろうともしなかった。

「誘拐事件に発展しない単純な失踪が意外に多いことは、君も承知していると思う」環が興味を示さないのを見て、酒井は本題を急いだ。「警察に捜索願が提出されているものはおそらく氷山の一角だろうから、全国で年間に何千人という人が行方を絶っているわけだ。そのすべてがなんらかの事件に関わっているとは考えられないが、単純な失踪と割り切ってしまうのは間違いではないかという件も、中にはあるのではと思う」

「ほう」

環はようやく興味を惹かれたように、軽く声を上げた。

「私は篤彦の一件があってから、同じような失踪は多いのだろうかと、単なる好奇心で調べてみた。すると、少しばかり面白いことが判明した」

「面白いこと、ですか」

「そうだ。面白い、などと言ってしまっては不謹慎だろうがな」酒井は机の上の残りのファイルを、指で二、三度叩いた。「これは私が無作為に抽出した、ここ数年間に失踪した若者の届けだ。ちょっと目を通してくれないか」

酒井が言うと、環は無言でファイルを受け取り、一ページ目から順を追ってめくり始めた。酒井はソファの背凭れに寄りかかり、腕組みをして環が読み終わるのをじっと待った。環は数分でファイルを閉じた。

「確かに面白いですね」

それまで能面のように無表情だった環の顔が、少しほぐれて笑みを形作った。男の酒井も惚れぼれするような、渋い笑顔だった。

「どの辺が面白いと思った」

酒井が尋ねると、環は丁寧にファイルを机に戻し、頷いた。

「全員ではありませんが、このうちの何人かにはいくつかの共通点が見いだせます」

「言ってくれないか」

促すと、環は右手を挙げて指を折り始めた。

「ひとつ目は年齢ですが、まあこれは最初から二十代前半ほどの人を抽出したのでしょうから当然としましても……。ふたつ目は親許を離れてひとり暮らしをしている点。三つ目は、それほど高い学歴を持っているわけではない点。四つ目には、なんらかの形で人生相談――カウンセリングのようなものを受けていますね。この点については、もっと突っ込んだ調査をすれば、ここにそのことが書いていない人物についても同じことが浮かんでくるかもしれませんが」

「そうだな。つまり皆、何かの悩みを持ち、しかも今の生活を捨てても惜しくない人ばかりというわけだ。有名大学の学生もいないわけではないが、全体の占める割合は少ない」

「そういう意味ではこれも共通点になるかもしれませんが、取り立てて美男美女はいない」

「ああ、なるほど」

環の指摘に、酒井は頷いた。そこまでは気づいていなかった。

「それからもう一点。運転免許を持っていない人が、何人かいますね」

「それも共通点になるかな」

「なるでしょう」

環は自信ありげに頷いた。酒井は軽く身を乗り出した。

「君は私が気づいていなかった点まで列挙してくれたが、それにしたところで共通点と言ってしまうのは強引すぎるようなものばかりだ。普通であれば見逃してしまってかまわないことだと思う」

「だからこそ、私にお話しされているわけですね」

「そうだ。こんな薄弱な根拠だけでは、捜査一課を動かすわけにはいかない。そこで君に足を運んでもらったわけだ」

「私たちがすべきことはなんですか」

「これら別個のものと思われる失踪が、相互に関わりがあるのならばそれを洗い出して欲しい。おそらく私の取り越し苦労だと思う。だがここ数年、香港ルートの人身売買業者が、日本を市場として活動しているとの未確認情報がある。中国への返還前に荒稼ぎをしようと、強引な手段に出る業者もいるそうだ。それに加えて、最近の北朝鮮の動静もある。いっとき収まったかと思われたが、またあそこはなにやらきな臭くなってきた。一連の失踪の背後に、あの国の特務機関の影がないとも限らない。外事課に回そうかとも考えたが、彼らとてこの程度の根拠では動かないだろう。そこで君を呼んだ」

「つまり背後にあるものを燻《いぶ》り出せばいいわけですね」

「そうだ。雲を掴むような話で申し訳ないが、期限は切らない。何もないという確証が得られたら、そこで調査は打ち切ってもらってかまわない」

「わかりました。さっそく招集をかけましょう」

環はそう言った。酒井が知る限り、環はひとりで行動しているわけではない。環の任務を補助するメンバーが幾人か存在しているらしい。だがそれらの人物についても、酒井は何ひとつ知らされていなかった。かつては気になったものの、もはや酒井に詮索する意思はなかった。

「どこから手をつけるかね」

漠然とした注文に気が咎め、つい酒井は尋ねてみた。すると環はふたたびあの渋い笑みを浮かべ、にべもなく突っぱねた。

「我々の調査は、我々に一任していただけるはずですが」

「あ、ああ、そうだったな。別に口出しするつもりではないんだ」

我にもなく酒井は狼狽し、言い訳するように言葉を添えた。階級は下のはずの環に、妙に気を使う格好になってしまった。

「それであれば、私はこれで」

　環は音も立てずに立ち上がり、優雅とも言える仕種で一揖《いちゆう》した。酒井も立ち上がり、環が退出するのを見送った。

　なぜ自分はこれほど環に気圧されるのか。ドアが閉まってから、酒井は自問した。環がなんらかの形で警察庁の意向を背負っている人物だと知っているから、というのも確かにあるだろう。だがそれよりも、遥か年下である環が裡《うち》に秘める、ある種の老獪《ろうかい》さのようなものに翻弄されているのではないだろうか。環が慇懃《いんぎん》無礼な口を利いているわけではない。その態度は傲岸さや嘲りとはまったく無縁であることは承知している。にもかかわらず環と対峙すると酒井は、己の判断力の鈍さや頭の回転の悪さを思い知らされるような気がする。まるで人生の機微を知り尽くした老人の前の子供のように、自分のことを感じてしまうのだ。それは環の年齢を考えれば、ほとんど滑稽な思い込みでしかない。それでも酒井は、環に底の知れなさを見て取ってしまう。

　いずれにしても、得体の知れない人物と言うより他になかった。環であれば、こんな無茶な任務にも手品のように結果を出してくれることだろう。酒井はひとりごちて、それきり環に関するいっさいを念頭から押しのけた。

3

いい加減にしてくれよ——、日野義昭《ひのよしあき》は密かに心の中で毒づいた。忌々しさに歯を嚙みしめ、握っている紙幣を地面に叩きつけようとすらした。もちろん、皆のいる前で預かった金をそんなふうに扱うわけにはいかなかったが。

義昭はわざとゆっくり歩き、コンビニエンスストアに入ってからもしばらく雑誌や商品を物色してから、缶コーヒーをまとめ買いした。

ビニールの手提げ袋に入れたコーヒーを現場に持ち帰ると、「おお、待ってたぞ」と陽気な声がかかった。車座に坐っていた労働者たちは、手を挙げて義昭を呼んだ。

「遅いじゃないかよ」

時間がかかったことを咎めたのは、案の定倉持真栄《くらもちまさはえ》だった。思わず睨み返してやったが、倉持はただ仲間たちとの談笑に興じているだけだった。

「すみません」

精一杯不服そうに応じてやったが、そんな皮肉も倉持には通じなかった。敏感にこちらの気持ちを察してくれる相手であれば、義昭もこれほど腹を立てることもないのだ。

この工事現場で肉体労働のアルバイトを始めて、今日で丸一ヵ月になる。報酬の高さにつられて首を突っ込んだこの世界だったが、存外に当初思っていたほど難しい仕事ではなかった。それだけ単純な肉体労働ということだが、憶えなければならない仕事が少ないのはいっときのアルバイトのつもりの義昭には助かる。最初こそ体力の消耗が激しく、現場に通うのが辛かったものだが、もうそれにも慣れた。今では親方の指図を受けなくとも、自分が何をすべきか判断できるまでになった。

にもかかわらず、いつまでも義昭を半人前扱いする労働者たちには少々閉口した。長年この道だけで食っている男たちには、学生のアルバイトなどいつまで経っても半人前にしか見えないのだろう。義昭の目から見れば、もう爺さんに近いような労働者より、自分の方がよほど働いているのではないかと思えるが、なかなか周囲を納得させるのは難しい。

ともあれ、邪魔扱いやあれこれ口うるさい指図だけは受けないようになった。こうした男の世界では、行動で自分を理解させるしかない。この一ヵ月の働きぶりで、半人前ながらもなかなか使える奴だという評価を得られたのではないかという手応えもあった。

そんな中で、今でも露骨に義昭を小僧扱いするのが倉持だった。倉持は三十代半ばの、この世界では一番脂が乗っている年齢の男だった。体格も立派なもので、ボディービルダーのものとは違う、純粋に力仕事で鍛え上げられた筋肉が全身についている。倉持と並ぶと義昭などは、どうしてもひ弱な青二才としか見えないだろう。

倉持は下品なまでに陽気な男で、酒、博打、女の三拍子に驚くほど精通している。それだけに労働者たちの中では目立った存在で、休憩時間はいつも話の輪の中心にいた。気難しい古参の爺さんたちも、倉持には一目置いている様子であった。

その倉持が、義昭のことをいつまでも小僧扱いするのだ。以前、義昭が土砂の積み上げ場所を間違え、運搬が二度手間になってしまったことがある。そのとき率先して再移動を手伝ってくれたのが倉持だったが、その際の言い種《ぐさ》が気に入らなかった。「坊やのお守りも大変だぜ」と大袈裟にため息をついて見せ、皆の笑いを取ったのだ。義昭はそろそろ自分の仕事ぶりにも自信を持ち始めていた頃だったので、倉持の言葉で大いに面目を失した気分だった。

それ以来倉持は、義昭のことを「坊や」とか「小僧」などと呼ぶようになった。倉持がそんな呼び方をするせいで、他の労働者たちもちらほら真似をするようになった。義昭はそんなとき、露骨に不愉快そうな顔を見せるのだが、それに気づいているのかいないのか、倉持は相変わらず「小僧」という呼び方を続けた。

たまらずに一度、バイト仲間同士で仕事の後に飲みに行ったとき、倉持についての不平を口にしたことがある。すると驚いたことに、同じ学生のアルバイトたちは皆、口を揃えて、「倉持さんはいい人じゃないか」と答えた。倉持の「小僧」という呼び方は親愛の情の現れで、いちいち目くじら立てるようなことではない。むしろ他のアルバイトたちから見れば、義昭はかわいがられているようで羨ましい。そんなことまで言うのだ。

他の人の目にはどう映るか知らないが、義昭はかわいがられているという自覚はさらさらなかった。倉持はまるで自分が現場監督であるかのように、いちいち義昭に指図するのだ。たいていの場合はこれからやろうと思っていた矢先の指図で、そのタイミングの悪さには歯がみをしたくなる。倉持は指図するだけでなく、自分の仕事は片づけて義昭の手助けもするからよけいに腹立たしい。いつまでも自分がのろまの半人前のような気がしてしまう。

そんなこんなを繰り返しているうちに、どうしたわけか義昭は倉持の子分のようなポジションになってしまっていた。休憩時間になるとそれがさも当然とばかりに、倉持は義昭に買い物を命じる。「ちょっと競馬新聞買ってきてくれや」などと軽い調子で命じ、あとは一顧だにせず無駄話に熱中しているのだ。義昭は倉持に顎で使われるたびに、はらわたが煮えくり返るほどの屈辱を覚えるが、他の労働者たちが「おれも、おれも」と調子に乗って買い物を頼むものだから、怒りを爆発させることもできなかった。いつしか休憩時間の買い物は義昭の役目と定着してしまった。

——くそっ。人をガキ扱いしやがって。

今日もまた、缶コーヒーを買いにやらされて、義昭は心の裡で暗い怒りを燃やしていた。いい加減にしやがれ。倉持さえいなければ、おれはとっくに一人前扱いしてもらえているはずなんだ。

義昭はムッとした顔を隠さず、ポケットから釣り銭を取り出して倉持に渡そうとした。倉持は気前よく、みんなの分を買ってこいと千円札を二枚、義昭に渡していたのだ。

他の労働者たちと陽気な笑い声を立てていた倉持は、無言で差し出された硬貨にちらりと視線を向けた。

「なんだ」

義昭の掌の上の硬貨の意味がわからないように、太平楽な声で問い返す。

「つりです」

義昭は仏頂面で答えた。倉持と会話を交わすことすら不愉快だった。

「つり？　ああ、そりゃ、お前にお駄賃としてやるよ。いいアルバイトになったろ」

倉持は大袈裟に眉を吊り上げ、周りの者たちとともに高笑いした。

耐えがたい屈辱だと、義昭は感じた。中学高校と通じて、義昭は人に見くびられるという経験がなかった。成績は常にトップクラスで、クラスメイトはもとより先生たちまでもが義昭に一目置いていた。一流大学に一発で合格した今、親ですら義昭を子供扱いしなくなった。義昭を軽んじる者など、周囲には誰もいないはずだったのだ。

その高いプライドを、倉持はいとも簡単に踏みにじった。たかが労働者風情のくせに、おれのことを見くびって軽んじやがった。おれが肉体労働をしているのは、これが一番手っ取り早く金を稼げるからなのだ。お前如きと同列の人間になったわけじゃないんだ。大学を出ればおれは間違いなく一流会社に入る。そうすればお前なんぞとは天と地ほども違う境遇になるんだ。労働者風情に舐められてたまるか……。

その日仕事を上がってから、義昭は倉持の帰りを待ち受けた。いい加減倉持の言動には、堪忍袋の緒が切れた。このまま放っておけば、今後もどのような扱いを受けるかわからない。この辺で一発、ただ黙って馬鹿にされているだけではないことを示してやらなければならない。義昭は暗い怒りを抱いて、現場から持ってきた鉄パイプを握り締めた。

この辺りは最近急速に開発が進んでいる地域で、普通の民家は少ない。マンションやテナントビルが大半で、それも工事中の現場が多い。まだ夕方にもかかわらず人通りは少なく、待ち伏せるには格好の場所だった。

義昭は鉄パイプで倉持の二の腕を殴りつけてやるつもりだった。さすがに大怪我を負わせるつもりはない。二、三日仕事に出られないような状態にしてやれば、それで充分薬となるだろう。倉持が他言する心配もない。ふだん小僧扱いしている相手に殴られたとは、口が裂けても言えないだろうからだ。ともあれ一発殴ってやれば、倉持も認識を変えるはずだ。こちらの肚の虫も収まり、今後の仕事もやりやすくなる。一石二鳥とはこのことだ。そう義昭は考えた。

ほどなく路上の先に、倉持の大きな影が見えてきた。義昭は事務所からひと足先に出てきただけなのだ。倉持が必ずここを通るという確信があった。義昭は鉄パイプを握り直し、顔を紅潮させて待ちかまえた。

義昭が隠れている電柱の脇を、倉持は足早に横切った。今だ。義昭は鉄パイプを両手で握り、バットのように振り回した。

風を切る音が鳴った。続いて肉を打つ鈍い音が響くはずだったが、手応えはまるでなかった。義昭は勢い余り、電柱の蔭から飛び出してたたらを踏んだ。襲撃を軽く避けた倉持は、怪訝そうな面もちで突然現れた義昭を眺めていた。

「なんだ、お前」

切迫感のない口調で、そう問いかける。自分が殴りかかられたという自覚もないようだった。

義昭は最初の一撃だけで、後はさっさと逃げるつもりだった。まさか不意打ちを避けられるとは思わなかった。予想外の事態に本能的に怯え、そしてそれを糊塗するために大声を上げた。

「てめえはむかつくんだよ！」

罵声を上げると、頭に血が上り我を忘れた。義昭はふたたび鉄パイプを振りかざし、殴りかかった。

「おっとと、危ねえな」

それに対し倉持は、慌てたふうもなく軽く身をかわし、簡単に打撃をよけた。

「なんのつもりだ、お前」

あくまで冷静な口調で尋ねる。それがより義昭を興奮させた。後先も考えず、上段から倉持の頭を殴りつけた。

またしても手応えはなく鉄パイプは空を切ったが、それを認識するより前に右肩に激痛を覚えた。一瞬のうちに倉持は義昭の右手首を摑んで背後に回り込み、腕を捻り上げていたのだ。たまらず義昭は鉄パイプを放した。路上に乾いた音を立てて、鉄パイプは転がった。

「坊ず、危ねえぞ」

倉持の言葉は依然平静だったが、腕を締め上げるのに容赦はなかった。義昭はこのまま腕を折られるのではないかと、瞬時にパニックに陥った。

そのときだった。唐突に電子音が近くで鳴り響き、緊迫した雰囲気を打ち破った。義昭はその音源を確認しようとしたが、少し動いただけで肩の激痛は倍加した。顔を顰《しか》めて身を屈めるのが精一杯だった。

「ちょっと待ってろよ」

倉持は言うと、空いている方の手でなにやらごそごそと取り出した。どうやら鳴っているのは倉持のポケットベルのようだった。そういえば、と義昭は逆上した頭の中で思い出した。倉持はこうした業界の者には珍しく、仕事中でもいつもポケットベルを持ち歩いていた。それが鳴るのを聞いたことはなかったが、いったい工事現場の肉体労働者にどんな緊急の用件があるのかと、義昭は心中であざ笑っていたのだった。

そのポケットベルが、今突然に鳴り出した。倉持は左手で器用にそれを取り出し、ボタンを押して電子音を止めた。

「あらら、呼び出しだ」呑気な調子で、そんなことを言う。「遊んでやりたい気持ちは山々なんだが、ちょっと急用が入った。手を離してやるからとっとと消えろ」

言うと同時に、締め上げが緩んだ。義昭は思わずしゃがみ込み、痛む右肩を撫でさすった。倉持は背を向け、何事もなかったかのようにさっさとこの場を去ろうとしていた。

「畜生」

無意識に呻いて、義昭は左手で鉄パイプを拾い上げた。もはや理性は完全に揮発し果て、ただどす黒い執念だけが倉持の後を追わせた。義昭は怪鳥のような奇声を発して、背後から殴りかかった。

「しつこいな」

倉持がそうひとりごちるのが聞こえた。次の瞬間には、ピンと伸ばされた倉持の右脚が、義昭のみぞおちに突き刺さっていた。義昭の呼吸は一瞬止まり、腹を抱いて地面にくずおれた。

「大事にしろよ」

倉持がそう声をかけるのが頭上から聞こえたが、もう義昭にはそれに応じる気力もなかった。ただ体を震わすほど強烈に噎《む》せ返る咳に翻弄され、路上をのたうち回るだけだった。

倉持はそれきり義昭に一顧だにせず、いずこかへと去っていった。

4

真《ま》鍋《なべ》辰郎《たつろう》はいい気分だった。

先ほど家に連絡を入れようと公衆電話に向かったところ、まだ度数の残っているテレホンカードが落ちているのを見つけたのだ。拾い上げてゼロの表示に穴が開いていないのに気づき、そのまま電話に差し込んでみた。すると残り度数の表示板には、三十二の数字が浮かんだ。

それだけのことで、たわいなく真鍋は上機嫌になった。今から帰ると伝える真鍋に、愛想のない声で応じた妻の声も不愉快ではなかった。

ふと時計を見ると、時刻はまだ七時だった。こんな時間からほろ酔い加減で歩いているのも、真鍋くらいなものだろう。五時に退社したあと、馴染みのガード下の屋台に直行したので、二時間飲んでもこんな時刻だった。

考えてみれば、今日は金曜日であった。ふだんであれば明日のことを考えてこのまま帰宅するのだが、金曜日にまで真っ直ぐ家に戻るのはもったいない。どうせ家に帰ったところで、温かく迎えてくれる家族などいないのだ。妻はもう十年も昔から、夫のことを馬鹿にし続けている。そんな母親を幼い頃から見ている子供ふたりも、やはり同様に父親への尊敬の念など持ち合わせていない。誰のお蔭で学校に行っているのか、感謝の気持ちすら忘れているようだ。

——馬鹿にしやがって。

酒の力でふわふわと頼りなくなっている頭の中で、いつものように悪態をついた。妻や子供の悪口を心の中で反芻するのは、真鍋の密やかな楽しみを伴う習慣となっていた。

確かにおれは、五十を目前にしても未だに課長代理にとどまっている落ちこぼれだ。真鍋は続けてぶつぶつと呟いた。会社ではもはやするべき仕事も少なく、残業代がもったいないからとばかりに定時になればさっさと追い出される。かといって、あまり早く帰れば妻は露骨にいやな顔をする。母子三人で摂《と》る夕食に慣れてしまっているのだ。「あんたがいると話が弾まない」。妻は遠慮もなくそんなことを言う。

誰が建てた家に住んでいると思ってるんだ。そんなとき真鍋は、いつもそう反論したくなる。真鍋の住まいは、東京まで急行でも二時間かかる遠隔地にあったが、曲がりなりにも土地つきの一戸建てだった。結婚四年目に無理に無理を重ね借金をし、かろうじて買った家である。以来二十年弱、二時間の通勤地獄に耐えながら、ローンをせっせと返してきたのはいったい誰だと思ってやがるんだ。

その事実を思い出させると、妻は決まって口を尖らす。ローンを返しているのはあんたひとりだけじゃない。自分だってパートをして借金返済に充てているじゃないか。そもそも自分は、こんな東京から離れたところには住みたくなかった。最寄りの駅までバスで三十分もかかるような田舎に、誰が好んで住みたいと思うか。借家でもいいから、便利な東京に住んでいたかった。妻は恩知らずにも、そうまくしたてる。

冗談じゃない。持ち家にあれほどこだわったのは誰だったんだ。二十代で家を持つことなんて、おれは反対だった。あとの人生を借金返済のために生きるようなものじゃないか。おれにだって若い頃は夢も野心もあった。それを捨てさせたのは、子を孕んで腹を大きくさせていたお前だったんだぞ。

いつもいつも、真鍋の内心の愚痴は同じところに行きつく。最近になって気づいたのだが、どうやらその家の存在こそが心に重くのしかかっているようなのだ。家さえなければ、おそらく月々の小遣いももっと多かったことだろう。そうすれば呑む場所もガード下の屋台などではなく、もっと気の利いた店に行けたのだ。帰りの電車やバスを気にして、早々に切り上げなくてもいい。リストラを始めた会社の肩叩きに怯える必要もなかったのだ。

最近真っ直ぐ家に帰る気がしないのも、実はその辺に理由があった。一ヵ月ほど前、依願退職をそれとなく上司に仄めかされた。今自分から会社を辞めれば、六十まで勤め上げたときと同じ金額の退職金を出すという。再就職する気があるのなら、できるだけ力になってくれるとも言うのだ。

正直その提案には、心が動かないでもなかった。退職金があれば、家のローンは一括で返済できる。この二十年近く、まるで怨霊のように両肩にのしかかっていた借金が、綺麗に消えてなくなるのだ。加えてこの面白くもない、出世の目処も立たない会社ともおさらばできるとあれば、こんないいこともないではないか。

だが妻にそれを相談したところ、半狂乱になって怒り狂った。子供がまだふたりとも未成年のうちに夫に退職されたらたまらない。家のローンは退職金で賄うとしても、子供たちの学費はどうやって工面するのか。再就職だって、世話してくれるとは口ばかりで、必ずという保証があるわけではないだろう。一家を路頭に迷わせる気か。妻は口から泡を吹かんばかりの剣幕で、夫の提案を頭から否定した。

そんなわけで結局、上司の勧めには未だ答えていない。今となっては、一瞬描いた自由への夢想も消え去っている。乏しい小遣いの中で酒代をやりくりし、度数の残っているテレホンカードを拾った程度のことに喜び、金曜の夜の時間をどのように使おうか酔った頭で考えている、これまでと何も変わらない生活が続いていた。

このまま真っ直ぐ帰るのはもったいないとはいえ、真鍋に行く当てなどなかった。馴染みの店といえば今あとにしてきた屋台だけで他には知らない。いまさら一度も行ったことのない店に飛び込む気はしないし、そんな金もない。

真鍋は駅の反対側に抜けて、取りあえず広場のベンチに坐って休もうと考えた。少し肌寒いが耐えがたいほどではない。懐具合と相談しつつこれから潰す時間について考え、どうしても何も思い浮かばなければまた先ほどの屋台に戻ってもよかった。

駅に向かう人の流れに逆らい、広場へと足を踏み入れたときだった。場違いに涼しげな、澄んだ鈴《りん》の音が聞こえた。ゆっくりとしたリズムを保って、断続的に鳴り響いている。奇異に思って辺りを見回すと、広場の隅にぽつりと立っている人影が目に入った。音はどうやらその人物が手にしている鈴から響いているようだった。

人影は袈裟を着込み、頭には笠を被っていた。右手に釣り鐘状の鈴を持ち、左手には小振りの鉢を持っている。最近よく見かける托鉢僧のようだった。

こんな遅くまでご苦労なことだな。真鍋は真っ先にそう考えた。托鉢僧は暑い日も寒い日も関係なく街角に立っている。夜の七時にお布施を乞うことも、修行をする身にとっては当然のことなのかもしれない。

そう考えた瞬間、真鍋は気まぐれに施しを与えてみる気になった。ちょうど今拾ったテレホンカードがあるじゃないか。坊さんはこんなものでもありがたく受け取るだろうか。

面白半分で托鉢僧に近寄り、身を屈めて笠の下から顔を覗き込んでみた。俯いている托鉢僧は、予想外に若い男だった。むっつりと硬い表情をしているので老けて見えるが、せいぜい二十代の後半でしかないだろう。坊主といえばもっと年輩の人間を想像していただけに多少意外だったが、考えてみれば托鉢などという修行は若いうちでないとできないかもしれない。ただ立っているのも、これで意外に体力がいるはずだ。

真鍋が覗き込んでも、托鉢僧は顔の筋ひとつ動かさなかった。これは面白いと、真鍋はテレホンカードを取り出して鉢に入れてみた。

鉢の中には、思いがけず小銭がたくさん入っていた。この不景気なご時世だというのに、五百円玉もいくつか見られる。ざっと数えたところ、三千円くらいはあるのではないかと思えた。

托鉢僧はテレホンカードにちらりと視線を移し、恭《うやうや》しく頭を下げた。右手の鈴を大きく振り、お礼のつもりかチリンとひとつ音を立てる。そしてまたそれきり、真鍋の存在など目に入らないかのように口の中で経を唱え始めた。

こんなことをしてて、いったい一日どれくらいの稼ぎになるのかな。ふと真鍋は興味を覚えた。鉢の中に入っている三千円は、今日一日の稼ぎなのだろうか。それともこれはほんの数時間の成果で、実際にはもっと儲かっているのか。

「なあ、あんた。これって今日一日の稼ぎ？」

声に出して真鍋は尋ねてみた。いざ口に出してみると、それは是が非でも答えを知りたい疑問に思えてきた。

だが托鉢僧は、真鍋の声を露骨に無視し、ひとり黙々と経を唱えている。まるでそれは、くだらない質問になど応じられるかと、真鍋を馬鹿にしているようでもあった。少なくとも真鍋にはそう感じられた。

「おい、どうなんだ。なんとか答えたらどうなんだよ」

無視されたという思いが、真鍋を軽く腹立たせた。会社や家で無視されるのは、もう長年のことだからいまさら腹も立たない。だがこんな街角の托鉢僧にまで知らん顔をされるのは業腹だ。他人のお恵みを乞うているのなら、それらしくしおらしい態度を見せたらどうなんだ。

「なあ、意外と儲かるんじゃないか。そうでなきゃ、こんなことやってられないよな。なあ」

真鍋は親しげな口調で言い、僧の肩を軽く叩いた。修行だかなんだか知らないが、そんなにしゃちほこばることもない。少しはこちらの相手をしたらどうなんだ。真鍋は僧の気持ちをほぐすつもりで、馴れ馴れしく体をすり寄せた。

ところが僧は、それでも応じようとしなかった。ただひたすらに、口の中で経を唱え続ける。その態度は頑なで、真鍋の存在そのものを拒絶していた。

こうなったら絶対に喋らせてみせる。酔っている真鍋は、酔っぱらい特有のしつこさでそう決心した。

「あんた、本当にお坊さんなのかい。なんでも最近は、偽者の托鉢僧も出没しているそうじゃないか。中国人とかイラン人が、いいアルバイトとして托鉢して歩いてるんだろ。あんたもどっかのインチキ宗教の回しもんじゃないの」

つい先頃聞きかじった知識を思い出し、真鍋は揶揄してみた。本物であれば、インチキ扱いされれば怒るに違いない。それでも黙っているようなら、もしかしたら本当にインチキ野郎かもしれないではないか。

「なあ、なんとか言ってみたらどうなんだよ。本当にインチキなのか」

沈黙を保ち続ける相手に業を煮やし、つい真鍋は僧の衣の袖を摑んだ。力を込めたつもりはなかったが、酔いのせいで抑えが利かなかったのか、僧が体のバランスを崩すほど引っ張ってしまった。僧はよろけ、左手の鉢を取り落とした。アスファルトの路面に小銭が散らばった。

「やあ、これは悪い」

大して悪いことをしたという気もなく、真鍋は形だけ謝った。托鉢僧は怒る素振りも見せず、黙ってしゃがみ込み小銭を拾っている。真鍋もそれを手伝ってやった。

ふと、自分の足許に五百円玉が転がっているのに気づいた。僧は路面にへばりついたテレホンカードを拾い上げるのに苦労している。真鍋はいたずら心を起こし、その五百円玉を自分のポケットに入れた。

「悪かったな。じゃあな」

声をかけて、その場を離れようとした。三百円ちょっとのテレホンカードをあげて、代わりに五百円玉をもらった。ずいぶん得をした気分だった。

「待てよ、あんた」

背後から低い声が追ってきた。立ち止まって振り向くと、僧が笠を持ち上げてこちらを睨んでいた。その目つきは修行者のそれとは似ても似つかず、猛禽類のように鋭かった。僧が怒っているのは明らかだった。

「な、なんだよ」

気圧されて、真鍋は半歩後ずさった。おとなしいだけと思っていた相手が見せた意外な凄みに、無意識のうちにたじろいでいた。

「今、五百円玉を拾っただろ。それはおれのだ。返せ」

僧は底に怒りを込めた低い声で、淡々と言った。先ほどまでの、何を言っても応じなかった人物とは別人のような迫力だった。

「し、知らねえよ」

やばい、ととっさに思った。ほんの暇潰しのつもりだったが、実はとんでもない相手に絡んでいたのかもしれない。インチキ宗教のアルバイト程度ならまだいい。もしかしたら資金源に困っているヤクザの下っ端なのではないだろうか。瞬間的に真鍋は、そんなことまで考えた。

これは逃げるに限る。真鍋は踵を返し、早足でその場を駆け去ろうとした。時間が早いせいか、周囲に人影は多い。こんな場所で手荒な真似に出るとは思えなかった。駅に飛び込んで、電車に乗ってしまえばこちらのものだった。

「待て」

短い制止の声が追ってきたかと思うと、僧は一瞬後には背後に迫っていた。とんでもない足の速さだった。

思わず怯えて、ポケットの中の硬貨を握り締めると、僧はその手を無理矢理引き出した。有無を言わさぬ力だった。

僧に手首を握られたとたん、激痛が脳天を貫いた。「ぎゃっ」と声を上げて掌を開くと、僧はすぐに五百円玉を取り戻した。真鍋はまるで子供扱いだった。

ぶん殴られるかと、首を竦めて身を屈めた。だが僧は硬貨を取り戻しただけで満足したのか、あとは真鍋に一顧だにせず広場に戻り始めた。今度はゆっくりとした足取りだった。

ほっとした思いで手首をさすり、その後ろ姿を目で追った。なんだったんだ、いったい。ありゃあ、ただの托鉢僧なんかじゃないぞ。呆然と見送りながら、真鍋は心の中で呟いた。

すると僧は、三十メートルほど歩いた地点で立ち止まった。真鍋はぎくりとして、そのまま逃げ出そうとした。内心の呟きを、無意識のうちに口にしてしまったのかもしれない。今度こそ殴られるか。

僧が少しでも近づいてくれば、そのまま大声を上げて駆け出すところだった。だが僧は立ち止まったきり動こうとせず、なにやら懐を探っていた。たばこケースほどの大きさの物を取り出し、操作している。ポケットベルのようだった。

ポケットベルには表示が出るのか、僧はそれにしばらく視線を注いでいた。そして了解したらしくふたたびそれをしまうと、今度こそ振り向いて真鍋の方に近寄ってきた。

「うわっ」

声を上げて、真鍋は足を縺《もつ》れさせた。転びそうになるところをかろうじてこらえ、人込みの方へ逃げる。もし追ってくるようなら、なりふりかまわず叫んで交番に飛び込むつもりだった。

だが僧は、もはや真鍋の姿など眼中にないようだった。機械的な足取りで真鍋の視界を横切り、さっさと駅の中へと消えた。ポケットベルの呼び出しは急用だったようだ。

——なんなんだ、あいつは。

真鍋は唖然として、僧の消えた方を見やった。

5

玄関を開けて帰宅を告げると、いつものように妻の声が返ってきた。三和土《たたき》を見ると真梨《まり》子《こ》の靴はちゃんと存在する。今日もまた、自室に閉じ籠って父親の帰宅にも応じようとしないのだろう。返事をしなくなった当初こそ腹が立ったが、今となってはどうするすべもなかった。

「お帰りなさい」

雅恵《まさえ》が手を拭いながら顔を出して、もう一度言った。原田柾一郎《はらだまさいちろう》は上がり框《かまち》に腰を下ろし、靴を脱ぎながら「ああ、ただいま」と答えた。

「今朝言ってた報酬。一応予定どおりもらえた」

そう言って、依頼人から受け取ってきたばかりの現金を封筒ごと雅恵に渡す。雅恵はそれを受け取り、ちらりと中身を覗いて尋ねた。

「大変だった？」

「少しな」

多くは語らず、原田は立ち上がった。上着を脱ぎながら廊下を進み、居間のソファに腰を下ろす。苦労は少しなどではなく、澱《おり》のような疲労となって両肩にへばりついていたのだが、雅恵にそれを気取られたくはなかった。

すぐ食事にすると言う雅恵に曖昧に応じ、原田は背凭れに身を任せた。少し伸び上がり首を左右に振ると、閉じた瞼の裏に星が飛ぶような気がした。張り込みや尾行といった業務はさほど苦にはならないくせに、依頼人との金銭のトラブルは妙に負担になる。ほんの二時間程度のやり取りだったが、一日中走り回っていたかのような気怠さが体の裡に巣くっていた。

今日の交渉が揉めるのは、出かける前からわかっていたことだった。客の依頼は、自分の妻の素行調査であった。何をどう妄想したのか、客は妻が浮気をしていると思い込んでいた。依頼を受けた原田は、この一週間ずっと妻の行動を追跡し、そして不貞の様子がないことを確認した。尾行が気づかれた心配はないから、妻が特別用心した行動をとっていたとも思えない。この一週間だけたまたま貞淑にしていた可能性もあるが、少なくとも原田の仕事の範囲では何も摑めなかった。

こうした浮気調査の場合、依頼人は得てしてして悪い結果を望むものである。何もありませんでしたと伝えて、「ああよかった」と安堵する夫はほとんどいない。たいていの場合は「そんなはずはない」と声を荒らげ、調査の延長を申し出るか、あるいは報酬を渋る。それはまるで、妻の浮気をこそ望んでいるような態度であった。人は吉報よりも、悪報をより素直に受けとめるようである。

そんな依頼人の様子を見るにつけ原田は、夫の側のこうした猜疑心こそが妻を浮気に走らせるのではないかといつも思う。原田が調査をした時点では平穏だった家庭も、遅かれ早かれなんらかのトラブルが巻き起こる。夫が妻の浮気を心配し、探偵になど調査を依頼した時点で、もうその家庭は修復不可能になっているのだ。

今日の依頼人もまた、原田の調査報告には不満そうであった。表立って調査の不備こそ咎めないものの、原田の力不足を言外に仄めかしていた。その時点ですでに原田はいやな予感がしていたのだが、案の定依頼人は報酬を払う段になって渋りだした。収穫がゼロであった調査に対し、正規の料金が払えるかと言うのだ。

もちろん依頼人の言うことは間違っている。原田の調査は何も発見できなかったわけではなく、依頼人にとっての《安心》をもたらしたはずなのだ。ところが猜疑心に満ちた男たちは、《安心》など金を払ってまで欲しくはないようだった。どうせ金を払うのだから、己の疑惑を裏づけて欲しいという心境になるのだろう。

そのため同業者の中には、適当にそれらしい証拠を揃えて妻の不貞をでっち上げる者もいる。買い物の途中で見知らぬ男性とすれ違ったところを写真に撮り、それを逢い引きの現場だと称したり、ラブホテルの盗聴テープを仕入れてそれが依頼人の妻の声だと偽ったりするのだ。するとおかしなことに、客の夫たちはたいていの場合、「やっぱりそうだったろう」と勝ち誇った顔をするそうだ。滑稽な話だが、そうでない反応を示す夫の方が珍しいという。

もちろんそんな悪辣な業者はほんの一部であって、原田は一度としてそんな真似をしたことはない。だが嘘でもいいから《成果》を添えて料金を請求した方が、依頼人の懐も緩みがちになるなどと聞けば、いささか嫌気が差してくるのも否定できない。まさに正直者は馬鹿を見る世界なのだ。

原田はうんざりした思いを嚙み殺しながら、自分の調査に不備がなかったことを依頼人に説明した。探偵としての仕事をきっちり全《まっと》うしているのだから、料金を割り引かなければならない謂れはない。こうした場合のために事前に契約書を交わしたのであり、不満があるのであればどこへなりとも訴え出てもらってかまわない。多少語気を強めて原田がそう言うと、依頼人はようやく報酬を払った。ほんの三十分ほどで済むことに、二時間を費やしてしまった。

こうしたとき原田はいつも、自分は探偵に向いていないのではないかと考える。調査自体はいっこうに苦にならない。だが依頼人と金銭のことで揉めるのだけは、どうにも慣れることができない。秘書でも雇ってこのような交渉は一任してしまえば楽なのだろうが、人手を増やせるほど繁盛しているわけでもない。すべてを自分で切り盛りしなければならない、零細の探偵事務所に過ぎないのだ。

とはいえ、警察官上がりの自分がいまさらサラリーマンなどできるとは思えない。探偵以外の仕事でできそうなことといえば、せいぜいが警備員くらいだ。もともとが器用な人間ではないが、これほど潰しが利かないとは我ながら呆れる。もっとも潰しが利くような如才なさがあれば、警察を辞めることもなかったのだが……。

やがて雅恵の、食事の支度ができたとの声が聞こえた。原田は洗面所で顔に水を浴びせてから、ダイニングルームに向かった。

食卓にはふたつの茶碗、ふた揃いの箸が並べてあった。原田と雅恵の物だ。

「真梨子は？　食べたのか」

娘の分の準備がないのを奇異に思い、原田は妻に尋ねた。すると雅恵は、原田の視線を避けるように手を動かして答えた。

「食べたくないんですって」

「食べたくない？　何も食べないつもりか」

「食欲がないらしいのよ」

心配そうに、雅恵は眉を顰《ひそ》める。原田も不安を覚えた。

「体の具合でも悪いんじゃないか」

「あたしも訊いたんだけど、そんなんじゃないって。ほっといて欲しいって」

「ほっとけなんて言われて、それでほっとくのか。本人が大丈夫と言っても、何かの病気かもしれないじゃないか」

原田は妻の物言いに、軽く腹を立てた。このところ仕事のため、帰宅時間が遅くなっていた。家族が三人揃って食事をする機会もついぞなかった。原田が帰ってきても真梨子は顔を見せるでもなく、そのまま一度も会わずに終わってしまう日が再三だった。娘の言葉を鵜呑みにする雅恵にも腹が立ったが、己のそうした娘を省みない生活にも、後ろめたさとともに苛立ちを覚えた。

「そんなこと言ったって、あの子はあたしの言うことなんか聞かなくなってしまったし……」

雅恵はそう言って、曖昧に語尾を濁した。そのまま顔を上げず、茶碗に白飯をよそう。娘への接し方に困っているのが、原田にも見て取れた。

真梨子のことについて、本人にではなく雅恵に文句を言うのは、とりもなおさず原田自身が娘の存在を持て余しているからだった。ついこの前まで無邪気に膝に上ってきた娘が、気づいてみればいつのまにかよそよそしくなっている。かつてはあれほど嬉しそうに話した学校での出来事も、いつしか親には言わなくなった。真梨子は父親と顔を合わせることすら避けるようになり、互いの思うことはもはや通じなくなっていた。

その変化はあまりに忍びやかで、原田にはいつ頃からのことか見当すらつかなかった。気づいてみれば、娘の気持ちがわからなくなっていた。同じ屋根の下に住む親子にもかかわらず、娘の存在は義歯のような異物感を伴うようになっているのだ。それは正に悪夢じみていて、何者かに娘の体を内部から乗っ取られたかのようであった。かつての娘が戻ってくるのならば、どんな努力も惜しまない心境だった。

だがもちろん、今の真梨子があるがままの姿であり、親たちの脳裏に存在する娘は幻想でしかないだろう。どこで分岐点を選び間違えたかわからなくても、現在の真梨子を原田は理解してやらなければならないのだった。

「……学校で何かあったんじゃないか」

椅子に坐り、茶碗を妻から受け取って原田は言った。学校がつまらないと真梨子が愚痴をこぼしていたのを、ふと唐突に思い出したのだ。ところが雅恵は、憂鬱そうに眉を顰めたまま、軽く首を振った。

「聞いてないけど……。実はあなたには言ってなかったけど、最近帰りが遅くなってたのよ。今日は珍しく家にいるけど」

「帰りが遅い？　何時くらいだ」

「十二時を過ぎることもあるわ。例のライブハウスに行ってるの」

「ライブハウス」

真梨子が素人バンドに熱中しているのは知っていた。原田にはまったく理解できない音楽だったが、だからといってそれを頭から否定する気もなかった。音楽を聴くことまで、娘を束縛したくはなかったのだ。

「いつもそんなに遅かったのか。おれが帰ってきても、家にいない日もあったのか」

「毎日じゃないわ。一ヵ月に二、三回。でもこのところ、もっと多くなってるかもしれない」

「昨日も遅かったか」

「そう。昨日は十二時を過ぎてたわ」

「ちゃんと叱ってるのか」

「叱ってるけど、でもちっとも聞いてくれないもの」

いささか持て余し気味のように、雅恵は言った。雅恵が諦め半分でそう言うのは、原田にもよく理解できた。

「一度きちんと注意しなくちゃならないな。今日食欲がないのは、昨日疲れすぎたせいかもしれない」

「そうね。明日にでも、あなたから言ってくれる？」

「……ああ」

重苦しく、原田は頷いた。一瞬気が進まずためらいを覚えたが、娘に接するのに気後れを感じる自分にまた腹が立った。原田は無言で箸を動かした。

ちょうどそのときだった。沈黙に割り込むように電話のベルが鳴った。雅恵はこくりと口の中の物を飲み込み、子機を取り上げた。

ふた言三言応じ、妻は複雑な表情を浮かべた。それを見て原田は、電話の相手が誰だかすぐにわかった。

「環さん」

雅恵はわざわざ保留ボタンを押してから、原田にこっそりと言った。まるで環の名前に禁忌を覚えているような様子だった。原田は黙って子機を受け取り、通話ボタンを押して耳に当てた。

「原田です」

短く応じると、受話器からは「仕事が入りました」という冷静な声が届いた。

6

環の指定した場所は、青山《あおやま》墓地に近い二十四時間パーキングだった。待ち合わせの場所は環の用心深さを物語るように、その時々でいつも違う。原田は地下鉄の青山一丁目駅で降り、外苑東《がいえんひがし》通りを南に下った。

五分ほど歩くと、指定された駐車場が見えてきた。司令室代わりのライトバンが停まっている。後部スペースの明かりが点いているところを見ると、原田より先に到着している者がいるようだった。

バンの横腹のガラス窓を軽く叩き、注意を惹いた。すぐにカーテンが細く開き、ロックが解かれる音とともにドアが開いた。

「遅いぜ」

倉持真栄が顔を覗かせ、にやりと笑って言った。

「すまんな」

原田は頷き、身を屈めてバンの中に入った。

入り口左手には、袈裟を着た武藤隆《むとうたかし》がすでに坐っていた。その隣、モニターテレビの脇には環敬吾の端整な顔が見える。どうやら原田が最後のようだった。

「待たせたようですみません」

誰にともなく詫びたが、それには武藤も倉持も応じなかった。武藤はいつものようにむっつりと難しい顔をし、倉持は何がおかしいのか薄笑いを浮かべている。半年ぶりに見る顔だったが、その様子はほとんど変わっていなかった。

「時間どおりですよ、原田さん」

環が深みのある低音で応じた。これもまた、いつものようにスーツを隙のない着こなしでまとっている。環が乱れた服装をしているところを、原田は一度として見たことがなかった。

「さあ、全員揃ったところで、さっそくおっぱじめようじゃないか」

倉持が音を立てて、手を合わせた。これからの話が聞きたくてうずうずしていたようだ。

原田が見るところ、この仕事を嬉々としてこなしているのは倉持ひとりだけだった。無愛想の武藤はいつも表情を変えず、常に苦行に耐えているかのように笑みひとつ見せない。そして環は、その胸の裡を忖度《そんたく》することすらためらわせるような底の知れなさを秘めていた。環がどういう意図でこの任務を引き受けているのか、原田は想像したこともなかった。

当の自分はどうなのだろうか。原田は自問してみたが、答えはすぐには浮かばなかった。

警察を不本意な形で退職し、無為の生活を送っていた自分に声をかけてくれたのが環だった。環とはそれまで一度も面識はなかったが、向こうは原田のことを細かいところまで承知していた。環から話を持ちかけられたときは戸惑いを覚えたものだが、この仕事が生活に充実感を与えてくれたのもまた事実である。少なくとももしがない私立探偵として、他人の浮気な女房の尻を追いかけているよりはましであった。とはいえ、自分が望んで環に従っているのかと問われれば、それには即答しかねるものがあった。言ってみれば、これ以外に道がないから選択した他律的な状況であり、今の生活に百パーセントの満足を得ているかどうかはまた別問題なのだ。戻れるものならばふたたび警察官の職務に戻りたい、そうした本音が心の底にあるのを、原田は不本意ながら認めざるを得なかった。

「――ちょっとこれを見てくれませんか」

環は言い、中央の丸テーブルの上にいくつかのファイルを放り出した。まず倉持が手を伸ばし、続いて武藤と原田がそれを取り上げた。表紙をめくって順に目を通してみると、それらはここ数年都内で発生した失踪事件の届けだった。

原田が手にしたファイルはすべて、若い人間の失踪届だった。主に大学生くらいの年齢の男女を中心に、データが揃えられている。古いものは失踪から三年が経過していたが、その後の追跡調査は行われていないようだった。

ざっとすべてに目を通してみたが、各人は面識があるというわけでもなさそうだった。注意深く断片的なデータを拾っても、共通点はない。環が何を見ろと言っているのか、見当がつきかねた。

「これがどうしたんだ」

同じような疑問を感じたらしく、倉持がファイルを投げ出して言った。今にもあくびをしかねない様子で、手を頭の後ろに組んでそっくり返る。もう少し面白い事件を期待していたのか、肩すかしを食ったような顔だった。

「何も気づきませんか」

環は倉持の態度に誘われたように微笑を浮かべ、穏やかに見つめ返した。倉持は面白くもなさそうに吐き捨てた。

「おれは自分のことをそれほど頭がいいとは思っちゃいないが、誰が見たってここから何かを引き出すのは強引ってもんじゃないか。ただの若造の失踪じゃねえか」

「原田さんはどうです」

環は視線を巡らせ、物静かな口調で原田に尋ねた。原田もまた、倉持と同様に首を振るだけだった。

「わかりません。これが何か？」

答えると、環はさして残念そうでもなく卓上のファイルをふたたび集めた。

「これら失踪人には、いくつかの共通点があります」

そう切り出し、環は刑事部長からの指令を一同に伝達した。武藤はいつものようにひと言も口を挟まず、原田もまた同様に黙って耳を傾けたが、その内容にはいささか驚かされた。

同じ思いを抱いたのか、倉持が真っ先に声を上げた。

「冗談じゃない。たったそれだけの薄弱な根拠で、おれたちを動かそうとしているのかい。お偉いさんの考えることはわからねえな」

指令を刑事部長の道楽とでも考えたのか、倉持は今にも唾を吐き出しそうな勢いで言った。だが原田は別の感想を持っていた。刑事部長の勘もさることながら、その指令を環が受けてきたということは、それだけ何かがあるという意味だ。余人の話であれば考えすぎと笑い捨てるところだが、この環が無意味な指令を受け取ってくるとは考えられない。一見したところどれだけ無茶な話であっても、環なりに何か思うところがあるはずだった。

「空振りでもいいそうです。ともかくしばらく洗ってみて、何もないことが証明できればそれでいい。期限も切られていません」

環はあくまで平静な口調で応じた。倉持と環の年齢はさほど変わらないはずだったが、そんな様子を見ていると悪たれ小僧を宥《なだ》める大人のような趣《おもむき》だった。

「——環さんは、何かが出てくると考えているんですね」

初めて武藤が口を開いた。感情がまったく籠らない、無機質な声音だった。原田は武藤の前歴について何ひとつ知識はなかったが、自分と同様によんどころない事情で警察を退職した人間であろうと睨んでいた。お互いの過去に触れないという点で、原田たちには暗黙の了解ができている。そのため武藤の過去に何があったのか推測することすらできないが、その事情が彼の現在に大きな影を落としているのは想像にかたくなかった。

「それはわかりません。調べてみないと」

環は顔の筋ひとつ動かさず、そう答えた。環が事前になんらかの考えを述べることは、まずない。これほど腹の底が読めない人物を、原田は他に知らなかった。

「わかりました。やりましょう」

武藤は言葉を切って捨てるように言った。よけいなことはいっさい語ろうとしない。武藤が一度このような返事をしたからには、すべてが遺漏なく洗い出されることだろう。武藤はその点、機械のように正確な男だった。

「私たちは何をすればいいんでしょうか」

原田は口を挟んだ。原田もまた、今回の任務を請け負うことに異論はない。ただ雲を摑むような話で、どこから着手したものか見当がつかなかった。

「取りあえず、誰かひとりに絞って消息を追っていただけますか。まずは足取りの再確認をする必要があるでしょう」

環は丁寧な物腰で応じる。初めて出会って以来、環は原田たちに対して口調を乱したことがなかった。命令する立場にもかかわらず、必ず丁寧語を用いる。原田を始めとする三人が、環の私兵ではないことをそれとなく示しているようだった。原田にとって、その環の姿勢は好感が持てるものと言えた。環のような人間が原田たち捜査のプロを使えば、どのようなことでもできてしまうだろう。こうしたグループのリーダーには抑制が必須だったが、幸いなことに環はそれを持ち合わせているのだった。

「倉持さんはどうします？　降りますか」

視線を転じて、環は倉持に尋ねた。倉持は身を起こし、不承不承といった体《てい》で「やるよ、やるよ」と答えた。

「おれだけ仲間外れにするなよ。ふたりがやるのに、おれだけさぼるわけにもいかねえじゃねえか。報酬も欲しいしね」

「では、まず分担を決めてもらいましょう。このファイルの中から、追跡する相手を各自選んでください。選択の基準はどうでもいい。その代わり、選んだ相手以外のデータも頭に叩き込んでください。特に顔は忘れずに」

言われて原田たちは、銘々《めいめい》にファイルに手を伸ばした。原田はその中で、小沼豊《こぬまゆたか》という学生を選んだ。理由は特にない。強いて言えば、没個性的な失踪者たちの顔の中で、小沼豊にはどこか蔭があるように感じられたからだ。それを具体的に他人に説明するのは難しかったが。

「おれは女の子にさせてもらうぜ。野郎のケツを追っかけるのなんか、ご免だ」

倉持は言って、ファイルから抜き取った紙片をひらひらと振った。武藤も同様に、無言で紙片を抜き取る。原田もそれに従った。

「刑事部長の親戚は、私が追いましょう。追う相手が問題なく見つかったら、その時点で新しい人物を追ってもらうことにします。取りあえずひとりひとり虱潰しに捜し出すことが、当面の目標です」

環はこれで散会という口振りで、そう締め括った。倉持が「気の長い話だぜ」と混ぜ返したが、環は薄笑いを浮かべるだけだった。

武藤が挨拶もなく、バンを出ていった。原田もまた、環に軽く会釈をしてその後に続いた。バンの外には、冷たくなり始めた夜気が漂っていた。原田は軽く襟元を合わせ、駅の方角へと足を向けた。

7

店長にわからないように、吉住計志《よしずみかずし》はちらりと腕時計に目を落とした。上がりの時間まで、あと五分だった。

お昼時こそいつものように忙しかったが、今日はさほど疲れてもいなかった。搬入の量もふだんより少なく、苦手な力仕事に労力を費やすこともなかった。さっさと入荷した商品を規定の棚に収め、後はアルバイトの女の子と喋っていた。店長が来るまでは楽な一日だった。

店長は予告より一時間も早く店にやってきた。当初のシフトでは、吉住と入れ替わりに店に入る予定になっていたが、それを連絡もなく一時間繰り上げたため、気詰まりな時間が増えてしまった。吉住は先ほどから、遅々として進まない時計の針ばかりを気にしていた。

店長は万事に細かい人で、アルバイトの者たちには評判が悪かった。商品の陳列が少しでもずれていれば、神経質にいちいちそれを直して回る。コンビニエンスストアの棚など、いくら整頓しても客に乱されてしまうものだが、店長はまるでそれが趣味のようにきちんと揃え直した。もちろん吉住たちアルバイトにもそれを徹底させていたので、店長がやってくる三十分前の店内点検は欠かせないのだった。

それを今日は、抜き打ちとも言える早い出勤で、吉住たちを驚かせた。それまでさぼって、店内の点検などおろそかにしていたアルバイトには、当然のように小言の嵐が襲った。レジにひとりだけ残し、しばらくは店内の整頓と清掃に追われた。

それが一段落すると、上がる時刻の十五分前だった。十五分といえばあっという間のような気もするが、店長の監視の許ではそれが一時間にも二時間にも感じられた。吉住は何かミスを見つけられないか、注意を受けないだろうかと、怯えた兎のように小さくなって時が経つのを待っていた。

もう上がっていいよ、と言われたときには、思わずほっと吐息をつくところだった。そこまで露骨な態度をとれば、また店長に見咎められるかもしれないと気づき、慌てて口を閉じたような始末だった。

そうまで息苦しい店で働いているのも、ひとえに報酬の高さのためだった。今はアルバイトの求人も少なく、コンビニエンスストア業界の平均賃金も下がっているが、そうした中でこの店だけは、他店よりも五十円高い時給を払ってくれていた。吉住は働き始めて半年経ち、つい先頃時給もアップしたばかりなので、よけいに辞めにくくなっていた。それに、店長さえいなければ楽しい職場なのだ。アルバイトたちは皆気さくで、女の子とも仲良くなれた。吉住が身構えずに女の子と接することができるようになったのも、この店で働き始めてからのことだ。それを思えば、せっかく馴染んだ環境を捨てて違う働き口を探す気にもなれなかった。

他のアルバイトたちに挨拶をして、レジ裏の倉庫兼休憩室に入った。カーテンを引き、その蔭で制服を脱いでから、店に戻る。適当に今夜の食糧と雑誌を見繕って、それらの代金を払って店を後にした。

表に出て、少し伸び上がるように深呼吸をした。詰まっていた息を思い切り吐き出す。排気ガスばかりで旨《うま》いはずもない空気が、今日ばかりは心地よいほどだった。

明日は給料日だった。今月もまた真面目に働いていたので、給料は二十万を超えるだろう。生活費で十五万を使うとしても、五万円近く貯金ができる。当初この生活に踏み切るときは、経済上の不安がどうしてもつきまとったが、いざ自立してみれば案外どうにかなるものだった。二年も経てば、貯金の額も相当なものになる。学生であればとうてい望めないような貯金が作れるのだ。今は預金通帳の残高を見るのが楽しみで、守銭奴の気持ちが理解できるようになった。これもまた、新しい発見だった。

時刻はまだ五時だった。日こそ暮れ始めたものの、まだ夜と言うには早い。どこかに遊びに行こうとすればできる時間だった。

だが吉住にそんな気持ちはなかった。真っ直ぐアパートに帰って、今やりかけているゲームを続けるのだ。親の監視下から逃れた今、夜通しゲームをやっても怒る人は誰もいない。吉住にとって夢のような自由な生活だった。

吉住は肩から提げているバッグを持ち直し、アパートに向けて歩き出した。店の前の大通りをしばらく進み、二百メートルほどのところで左に曲がる。店からアパートまではほんの数分の距離だった。

角を曲がったときだった。ふと背後に気配を感じて振り向いた。誰かに見られているような気がした。

だが、こちらに目を向けている者の姿はなかった。車は断続的に車道を走り去り、歩道には道を急ぐ人影があったが、誰ひとり立ち止まった吉住に注意を向けていない。吉住の見知った顔も見られなかった。

気のせいだろうか。吉住は小首を傾げて、家路を急いだ。

誰かに見られているような感覚は、ここ数日で三度目のことだった。考え過ぎとは思うが、ふとした弾みに他人の視線を感じることがある。そんなときは躊躇なく振り返るのだが、吉住の後を尾《つ》けているような人もいなかった。

少し過敏になっている気もした。せっかく自由になれたのだから、もう少しそれを満喫した方がよいのはわかっていた。だがいつのまにか背後を気にするような習慣ができつつあり、吉住はそれに微かな苛立ちを覚えた。

探偵だろうか。そうも考えてみた。吉住を捜す者がいるとすれば、それは探偵以外に考えられない。警察が捜している可能性もあるが、もしそうであれば何も悠長に尾行などすることもあるまい。職務質問をされて、場合によっては保護という名目で連行されるだけだ。警察が吉住のような一介のフリーターを尾け回すとは考えられない。

探偵だとしたら、その依頼人はやはり両親か。その可能性はある。息子が消息不明になって、何もせずに放っておく両親ではない。探偵くらいは雇ってもおかしくはない。

だがそうだとしても、居所を嗅ぎつけられたのはどういうわけか。どんな探偵にも、吉住の消息を追えるわけがないのだ。それだけは、確固たる自信があった。

いずれにしろ、まだ自分を捜す者の姿を確認したわけではない。そんなはずではなかったのだが、新しい生活に飛び込んだ不安が自分を神経質にさせているのかもしれない。細かいことにいちいち頭を煩わせないで、もっとおおらかに構えていた方がいいのだ。何よりもまず、そういう生活に憧れてすべてを捨てたのではないか。吉住は軽く頭を振って、己に言い聞かせるように心の中で締め括った。

ほどなくアパートに辿り着いた。六畳ひと間の、家賃五万の住まいだ。五万円のアパートなど、どれほどひどいところかと最初は思っていたが、案じるほどのこともなくここは快適な住居だった。狭いながらも一応バス・トイレ付きで、最低限の生活は保障されている。隣室との壁が薄いのだけが気になったが、そこまで望むのは贅沢と言えた。いずれは引っ越すとしても、今は充分に満足のいく部屋だった。

門を開けて、習慣のように郵便受けを覗いた。いかがわしいビデオのビラ以外、何も入っていない。ビラをまとめて摑み出し、二階へ続くスティールの階段を上ろうとした。

「ああ、ちょっと」

呼び止められて足を止めた。振り向くと、声の主は一階に住む大家だった。夫に先立たれた気のいい女性で、たまに総菜をお裾分けしてくれる。吉住にとって悪い大家ではなかった。

「今日、あんたを訪ねてきた人がいたよ。バイト先は教えるなってことだったから言わなかったけど、それでよかったかな」

「ぼくを?」

思わず尋ね返した。ここに越して以来、誰ひとりとして訪ねてきた者はいない。第一、かつての知人には住所すら教えていないのだ。考えられるのはアルバイト先の友人だが、もしそうであるならこんなところに訪ねてきたりはしないだろう。店でいつでも会えるのだから。

急に不安が芽生えてきて、吉住は階段を戻った。大家に近づき、そのことについて詳しく問い質す。

「名前は名乗りましたか」

「ううん。訊いたけど、言わなかったよ」

「どんな人でした」

尋ねると、大家は少し眉を顰めて声を落とした。

「なんだか柄の悪そうな人。だらしない格好してね、口調も横柄なんだ。聞きたいことだけ聞いて、お礼も言わずに帰っちゃったよ。ほんとに無礼だった。あれ、あんたの友達なの？」

胡散《うさん》臭げな目でこちらを見る。吉住もそのような輩《やから》の同類かと疑っているようだった。

吉住にその人物の心当たりはなかった。一瞬探偵かと思ったが、どうやらそうでもなさそうだ。探偵であれば、もっと丁寧な応対をするだろう。聞き込みの相手を怒らせるような、そんなへまな探偵がここまで辿り着けるはずもないのだ。

ふと、思いつくことがあった。時間が経っているのでピンと来なかったが、名指しで訪ねてくる者も当然いるはずなのだ。

「その人は、ぼくの名前を言って訪ねてきたんですか」

「そうだよ。人違いじゃなさそうだった」

なんだ、そうだったのか。吉住は安堵で肩の力を抜き、拍子抜けしてひとりごちた。そういうことであれば、何も心配することはない。以前のように適当にあしらえばいいのだ。面倒ではあったが、今の自由に伴う些細な義務のひとつだった。

「なんで？　名指しで訪ねてくると、何かがあるの？」

吉住の反応が不思議だったのか、大家は好奇心を示して尋ねた。

「いや、なんでもないんです。もし今度そういう人が来ても、ぼくのバイト先は教えないでくださいね」

厄介なことに巻き込まれるのだけはご免だった。吉住はくどいばかりに念を押して、ふたたび階段を上った。すでに謎の訪問者のことは念頭から去り、これから取りかかるゲームのことで頭がいっぱいになっていた。

8

小沼豊の足取り調査を、原田はまず友人関係から着手することにした。両親に会って詳細を確認してから行動するのが一番よいのだが、面会を求める口実がない。原田が警視庁の意向で仕事を請け負っていることは、事件関係者といえども漏らしてはならないことになっているのだ。

失踪当時の簡単な追跡調査によって、記録にはいくつかの断片的なデータが残っている。それによると小沼豊は、明和《めいわ》大学経済学部に籍を置く学生だったそうだ。年齢は二十一歳。北海道の出身で、東京ではアパートを借りて住んでいた。関東近辺に付き合いのある親戚は特になく、文字どおり単身で上京してきた学生だということだった。

小沼豊が失踪したのは、去年の八月のことだった。定期的に入れていた電話連絡が突然繋がらなくなり、両親が不審に思った。幾度かけても、この電話は使われていないという女性アナウンスの無機質な声が応じるのだ。

最初両親は、電話料金の未払いが原因かと考えた。息子のだらしなさに呆れ、金に困っているのなら今度だけ貸してやるという旨の電報を打った。

ところがこの電報は、受取人不在で届かなかった。若干の不安を覚えた両親は、思い切ってアパートの大家に連絡をしてみた。息子が急病などで倒れているのではないかと心配したのだ。

しかし大家の返事は、両親たちを驚倒させるものだった。息子は二週間ほど前に引っ越したと言うのだ。

どういうことかと問い質したが、大家は子細を知らなかった。てっきり両親も承知しているものと思っていた、と言う。息子の転居先についても、大家は何も聞いていなかった。

そこに至り両親は慌てて上京したが、事態はいっこうに変わらなかった。直接大家に会って息子の引っ越し前後の様子を聞いても、何も参考になる話はなかった。同じアパートの住人ならば息子の引っ越し先を知っているかとも期待したが、若い人ばかりのアパートは相互の付き合いなどまるでないようで、小沼という名前を知っている者すらひとりもいなかった。

次に両親は学校に向かったが、埒が明かないのは同様だった。学生課で息子の所属しているゼミを聞き、その教授の自宅に電話をして息子について尋ねても、逆に驚かれてしまう始末だった。ゼミ生にも訊いてみると言う教授に、両親は自分たちで確認するからと無理に頼み込み、息子と同学年の学生たちの連絡先を教えてもらった。学生は夏休みでなかなか摑まらなかったが、辛抱強く連絡を続けるうちにほとんどの人と話ができた。だが、誰ひとりとして息子の行方を知らなかった。

上京して三日目、行き詰まった両親はようやく警察に捜索願を出した。警察は事情を聴取し、全国に配る行方不明者リストに小沼豊の名を載せたが、それ以上の突っ込んだ捜索はしなかった。引っ越しまでしている以上、どう考えてもこれは事件ではなく、自発的な失踪と思われたからだ。

小沼豊の父親は、地元で道議会議員を何期も務めている名士だった。それだけに我が子への期待も大きく、幼少時から教育には力を入れていた節がある。断片的なデータからでは断定することは難しいが、こうした両親の過大な期待が、小沼豊に閉塞感を与えていたことは想像にかたくない。親の桎梏《しっこく》から逃れるための失踪であることは、まず間違いないようだった。

原田は他の失踪人のデータにもざっと目を通したが、どれもこれも状況は似たようなものだった。親の過剰な期待と、それに充分に応え得ていない現実。そのギャップの大きさが、若者を失踪へと駆り立てているようだ。だとしたらこれは、捜して見つけ出せることではないような気がした。自ら望んで姿を消したのであれば、いくら他人が捜したところで戻ってはこないだろう。失踪した若者自身が親許に戻る決心をしなければ、仮に連れ戻すことができたとしても同じことを繰り返すだけではないだろうか。そしてそういう次元の話であれば、原田のような第三者が首を突っ込める事柄ではないはずだった。

このような失踪人たちに着目した刑事部長、またその捜索を引き受けてきた環の、両者の意図は測りかねた。だが昨夜も考えたように、環が自分たちに無駄働きをさせるとは思えない。原田としては、環の考えを読むことに腐心するよりは、与えられた仕事に専念すべきであった。己を殺し一個の歯車となること、それが環に拾われてから原田が自分に命じた役割だった。

原田はまず、明和大学のキャンパスに足を向けた。学生が春休みに入るには、まだ時期が早い。今であれば、キャンパス内に小沼豊の友人もいるはずだった。

資料によると、小沼豊は趣味でロックバンドをやっていたようだ。大学の公認のロックサークルに籍を置いていて、授業よりはそちらの方に頻繁に顔を出していたらしい。原田はゼミの同級生ではなく、そのサークルのメンバーに当たってみることにした。

明和大学は、目白《めじろ》駅から歩いて五分ほどの距離にあった。都内の大学にしては比較的広い敷地を擁し、一部の学部を除いてほとんどの学生がここに通っている。大学によっては一、二年と三、四年のキャンパスが別になっているところもあるが、明和大学はそうした分離を免れているようだ。

目白駅を出て、学習院《がくしゅういん》大学の反対側、池袋方面に少し向かったところに、明和大学のキャンパスはある。大学の正門に面した道路は片側一車線の狭い道で、車の交通量はさほど多くない。そのためか、池袋の繁華街にほど近い場所にもかかわらず、都会の喧噪からは奇跡的に切り離されていた。

煉瓦造りに擬した正門をくぐって右手に、キャンパス内の校舎の位置を示す案内図が見えた。立ち止まって確認すると、経済学部は入り口に一番近い建物だった。

原田は校舎に足を向け、学生課を覗いた。受付にいた男性に公認サークルの溜まり場を尋ねたが、個々のサークルによってまちまちなのでわかりかねる、と素っ気ない返事をもらった。

「《アゼスト》というロックバンドサークルなんですが、その溜まり場はわかりませんか」

資料にあったサークル名を出し食い下がっても、受付の男は「さあ」と首を傾げるだけだった。

「ラウンジを溜まり場にしてるかもしれないし、近くの喫茶店を使ってるかもしれませんから、ここで訊かれてもなんとも……」

男は迷惑そうに、露骨に顔を顰める。こちらの身許を怪しんで教えてくれないのかと考え、自分は旅行代理店の人間で合宿についての打ち合わせに来たと適当な話を並べ立てたが、それでも相手の反応は鈍かった。そのうちにうすうすわかってきたが、公認のサークルといえども大学は何も把握していないようだった。学生課に訊けばわかるかと楽観していた原田の方が甘かったようだ。

さりとてそこら辺を歩いている学生に片っ端から訊いて回るのも、あまりに要領が悪い。しばしその場で思案していると、「どうしましたか」と若い事務の女性が声をかけてくれた。

やり取りしていた受付の男がそれに答えたので、原田は横で頷いていた。女性は話を聞き終えると、「ちょっと待ってください」と言って席に戻り、なにやら小冊子を持ってきた。

「これは新学期に学生が作る、新入生のための公認サークル案内のパンフレットなんですが、その《アゼスト》というサークルが本当に公認ならば、ここに詳細が書いてあるはずです。ちょっと見てみましょう」

女性は気さくに言って、ぱらぱらとページをめくった。期待して見守ると、ほどなく女性は「ああ、あった」と声を上げた。

「ええと、溜まり場は四号館ラウンジとなってますね。法学部の校舎です」

「法学部、ですね」

念を押すと、軽く微笑んで女性は頷く。

「ええ、ここを出て右斜め前方に見えるのが、法学部校舎です。その一階にラウンジがありますから、そこを覗いてみてください」

「すみませんが、ちょっとそのパンフレットを見せてもらえませんか」

頼んで、カウンターの上に身を乗り出した。女性は小冊子を逆向きにして差し出し、《アゼスト》の部分を指で指し示した。

パンフレットにはサークルの創立年から、入会金、年会費、現会員数、部長の名前、連絡先、活動内容等が簡潔に記されていた。《アゼスト》の部長の名は、亀山和人《かめやまかずと》とあった。原田はその名前を頭に叩き込み、礼を言って学生課を後にした。

四号館ラウンジの所在はすぐにわかったが、その中から《アゼスト》のメンバーを見つけ出すのに骨を折った。まずラウンジ入り口のドアを開けて、その雑然とした様子に圧倒された。蒸し暑いほどの暖房の熱気と、立ちこめるたばこの紫煙で、ラウンジ内の空気は靄《もや》がかかったように澱んでいた。固定式のテーブルとそれを取り囲む椅子は、ざっと見たところ三十組ばかりあったが、ひとつとして整然としているものはなかった。ノートや漫画雑誌、ジュースの空き缶などが無秩序に散らばり、物を置くスペースすらない。それらを取り囲むように学生たちは陣取り、銘々好き勝手なお喋りに興じていた。

ラウンジに入って真っ先に目につくのが、天井からぶら下がる模造紙や旗の連なりだった。よく見ると、それぞれに凝った名前が書かれている。どうやらその模造紙やら旗やらの下のテーブルが、そのサークルの根拠地という意味らしかった。

面白いことに、ひとつのテーブルの上にふたつの模造紙がぶら下がっているところもあった。つまりラウンジのテーブルは三十卓ほどだが、ここに屯《たむろ》するサークルの数はそれ以上ということなのだろう。原田はいちいちそれらをチェックして回るのを諦め、一番入り口に近いテーブルの学生に話しかけた。

《アゼスト》はどこのテーブルだろうと問うと、思いがけずすぐに学生はそれを教えてくれた。学生はラウンジの一番奥、窓際のテーブルのひとつを指して、あそこだと告げた。

紫煙を掻き分けるようにそのテーブルに近づくと、そこには三人の学生がいた。ロックサークルなどと言うから、原田の年代には理解できないファッションをしているかと思ったが、坐っている学生は三人とも尋常な身なりをしていた。原田はテーブルの横に立ち、「ちょっとすまないが」と切り出した。

「話をしてるところ、すまないね。私はこういう者で、行方が知れなくなった小沼豊君を捜しているんだ」

探偵事務所の名刺を差し出し、三人の反応を窺う。学生たちは一様に名刺に視線を落とし、そして原田の顔を見上げた。

「探偵さん？」

顔の構成パーツひとつひとつが大きい、なかなか印象的な顔立ちの学生が尋ね返した。美男というわけではないが、大きな目や分厚い唇がそれぞれに自己主張をしていて、一度見たら忘れがたい。意志が強そうな若者だった。

原田が頷くと、「立ち話もなんだから、ちょっと坐ってくださいよ」と学生は傍らのベンチを指差す。原田はそれに従って、遠慮せず腰を下ろした。

「もしかして、君が部長の亀山君？」

尋ねてみると、案の定相手はそうだと認めた。部長がいたのなら話は早い。原田は主にこの亀山に質問をぶつけてみることにした。

「たぶんこれまでにも、小沼君の消息を尋ねる人が来たと思うけど、もう一度私にも詳細を聞かせてくれないかな。誰か、小沼君の行方に心当たりがある人はいなかった？」

「どう？」亀山は顎をしゃくって、自分の前に坐る学生に質問を振った。「お前は同じ経済学部だから、なんか知ってんじゃないの」

「いやぁ、ぜんぜん」

尋ねられた学生は、とんでもないとばかりに首を左右に振った。髭を生やした細面の男は、外見はとても学生とは見えない。長く伸ばした髪を後ろで無造作に結び、ロッカーというよりヨガの行者のようだった。

「同じ経済学部って言っても、あんまり授業は重なってなかったしさぁ。だいたいそんなこといまさら訊かなくったって、おれと小沼が大して親しくないのは知ってんだろ」

「というわけなんですよ」

髭の学生の言葉を引き取って、亀山が言った。少し肩を竦めて、原田の方を見る。

「小沼がいなくなった当時、おれらもずいぶん話題にしたんですよ。でも誰も、あいつの行く先に心当たりはなかったんです。特別悩みを打ち明けられたっていう人もいなかったしね」

「このサークルで、小沼君と一番親しかったのは誰なのかな」

原田が尋ねると、三人の学生たちは顔を見合わせた。答えに窮しているようだった。

「特別ね、親しいって奴はいなかったんですよ」言いづらそうに亀山が答えた。「あいつはなんていうか、少し陰気なところがあって、おれたちに心から打ち解けてないような感じがあったんです。本音を言わないっていうか、いつもおれたちの話の輪から一歩身を引いているようなとこがね」

「内気な奴だったよな」

三人目の、多少脂肪過多の学生が言った。肉付きのよい丸顔は、なかなか愛嬌に満ちている。

「最初の頃は気を使って、小沼が浮かないように話題を振ってやったりしたんだけど、結局駄目だったね」

「そもそもひとりで行動するのが好きそうな奴だったよな」とヨガの行者。「ほら、いつだったか、誰にも何も言わないでインドにひとりで旅行に行ったりしたじゃないか。行く前にひと言くらいあってもいいのにな」

「要はまあ、そういう付き合いだったんですよ」悪びれず、亀山がまとめた。「おれなんか、みんなでわいわいやって、四六時中仲間と一緒にいるのが好きな方だけど、あいつはぜんぜんそういうタイプじゃなかったんです。なんでもひとりがいいというか、もしロックがひとりで演奏できるものなら、あいつは間違いなくバンドなんか入らなかったでしょうね。ひとりでいるのが好きなくせにロックもやりたかったっていうのが、あいつの不幸なところだったんじゃないかな」

「そんな点が、小沼君の失踪にも繋がってるのかな」

原田が確認すると、三人は一瞬ぎょっとして顔を見合わせた。

「つまりおれたちが仲間外れみたいにしたから、あいつがいじけてどっかに行っちゃったって言うんですか。まさか」亀山はぎこちない笑みを浮かべて、応じた。「小学生じゃないんだから、そんな程度で行方を晦《くら》ましたりはしないと思いますよ」

「でも、サークルの人間とうまくやっていけないってのは、けっこう辛いものじゃないかな」

「いや、だから、あいつはひとりでいるのが好きそうだったし、付き合いも悪かったから……」

「それにあいつ、技術だけは持ってたから、おれたちみたいな学生バンドじゃ物足りなかったみたいですよ」歯切れが悪くなった亀山に続いて、丸顔の学生が答えた。「結局そういうギャップが、溝を作ってたんじゃないかな。あいつ、おれたちに比べて、飛び抜けてうまかったから」

「君たちはプロを目指そうとか考えているわけじゃないの?」

原田が問うと、期せずして「冗談」と三人が口を揃えて声を上げた。

「そこまで真剣にやるわけないじゃないですか。せっかく大学に入ったんだから、ちゃんと卒業してどっかの企業に就職しますよ」

亀山が言うと、ヨガの行者と丸顔が続いた。

「そうそう。ロックなんて、いつまでもやってたってしょうがないしね。この道で食っていけるほど、才能も技術もないし」

「しょせんはサークルですから、そんな大それた夢は持ってないですよ」

なるほどそんなものなのか、と原田は妙に納得するものを覚えた。やりたいことは大学にいるうちにすべてやり、後は安定した生活を望むのが、当世の学生の気質らしい。夢を抱いて何かに挑戦するなどという姿勢は、もはや古いということか。

「小沼君は技術を持っていたと言ったよね。もしかして彼はプロを目指したいと考えていたんじゃないのかな？」

気になって尋ねると、「どうだかな」と亀山は首を傾げた。

「何せ腹を割った話なんてしたことないからよくわからないけど、そういうメジャー志向の人間じゃなかったよな」

「どっちかって言うと、あまり注目を浴びたがらないタイプではあったけど、でもあれだけの技術を眠らせておく気もなかったかもね」

興味なさそうに、ヨガの行者は言う。

「ああ、そういえば」そこで思い出したように声を発したのが、丸顔の学生だった。「あいつ、おれら以外のセミプロのバンドと付き合ってるようなこと、ちょっと聞いたことあるぜ」

「あっ、そう。初耳だな」

意外そうに亀山が応じた。

「うん。詳しくは知らないけどね。知り合いのバンドがライブハウスに出たとき、噂を耳に挟んだんだ」

「セミプロのバンド。そこに小沼君が加わってたの？」

興味を持って質すと、丸顔は自信なさそうに首を捻った。

「わかんないけど、サポートメンバーかなんかだったんじゃないですか。詳しくは知らないです」

「その噂は誰に聞いたの」

「ライブハウスの店員ですよ。おれらのサークルでもたまにそこを使うから、顔見知りなんです。それで教えてもらったんだけど」

「どこのライブハウスかな」

原田は平静を装って尋ねた。どうやら、ようやく手応えのある情報に行き当たったようだ。

9

原田は山手線を新宿で乗り換え、中央線で吉祥寺《きちじょうじ》に向かった。《アゼスト》の学生から聞いたライブハウスは、吉祥寺駅から歩いてすぐの場所にあるらしかった。

駅の改札を南に出て、井の頭公園方面に足を向ける。時刻を見るとまだ一時半で、ライブハウスを訪ねるには早い。昼食を摂り忘れていたことに気づき、駅前のラーメン屋に入ってタンメンを注文した。

ほどなく出てきた丼をゆっくりと平らげ、汁を少し啜ってから店を出た。丸井の前のバス通りを右に進み、ライブハウスを捜す。目印と教えられた喫茶店はすぐに見つかり、そしてその隣には地下へ続く薄暗い階段があった。

壁や天井を黒く塗った階段には、手製のビラが幾重にも重なって貼られていた。どれもこれも、ここでライブを開くアマチュアバンドの宣伝らしい。そのうちの一枚を読んでみたが、原田には外国語の文章のようにちんぷんかんぷんだった。

階段を下りて、正面の重い扉を押した。閉まっているかと思ったが、幸いなことに扉は開いた。少なくとも店員はいるようだ。

細目に開けて覗き込むと、煌々と光る照明の明かりが漏れてきた。ふだんは絞っているのであろう明かりも今は全開で、場違いなほど室内は明るい。正面に見えるステージの上には、スピーカーやアンプらしきものがあるだけで、楽器の類は見られなかった。

客席の方で、身を屈めて何かの作業をしている人影があった。原田は室内に入り、わざと音を立てて扉を閉めて、相手の注意を惹いた。

人影は来客に気づいて顔を上げ、びっくりしたような視線を原田に向けた。不釣り合いなほど大きな眼鏡をかけているため、ライブハウスの店員というより売れないコメディアンのような容貌だった。

「なんでしょう」

　こんな場所には縁がなさそうな原田の風体を訝《いぶか》ったのか、男は露骨に眺め回してから尋ねてきた。原田は学生に教えられた名前を出した。

「大内《おおうち》さんという方はいらっしゃいますか」

　すると相手は、「おれだけど」と不審げに応じた。手には金属製のスパチュラを持っている。どうやらそれで、床にへばりついたガムを削ぎ落としていたようだ。

「ちょっと仕事中すみません。こういう者なんですが」

　歩み寄って名刺を渡すと、大内はそれを受け取り不思議そうに眺めた。探偵などという肩書きは初めて見たかのような顔だった。

「時間は取らせません。少し訊きたいことがあるんだけど、いいかな」

　有無を言わさず畳みかけると、「あ、ああ、かまいませんよ」と軽く上擦ったような声で大内は答える。手に持ったスパチュラを、落ち着かなげに幾度も左右の手に持ち替えていた。

　椅子を二脚広げ、坐るよう原田に勧める。原田は腰を下ろし、改めて大内と対した。

　大内は黒縁の眼鏡を除けば、いかにもこのような場所に出没しそうななりをしていた。Tシャツの上に革のベストをまとい、銀のネックレスをじゃらじゃらと胸元にぶら下げている。髪は肩甲骨に届くほど長く、それをバンダナで結んでいた。

「忙しいところ、すみません」

原田が再度詫びると、大内はスパチュラを振り回して、気さくに応じた。突然の訪問者を面白がっているようだった。

「いえ、別にいいすよ。四時まで特別することもないんで。だから珍しく床掃除なんてしてたんすから」

「訊きたいのは、こちらによく来ていた客で、小沼豊という人についてなんです」

原田は迂遠《うえん》な言い回しを避けて、直截に尋ねた。小沼豊と面識があったのであれば、失踪についても当然聞き及んでいるはずで、こちらの目的を隠しても仕方ない。大内のコメディアンめいた顔は、原田の警戒心を刺激しなかった。

「小沼って、明和大学の学生？」

大内はその名前にすぐに思い当たったようだった。原田が頷くと、ようやく腑に落ちたように「ああ、そういうことか」と声を上げた。

「確か、行方不明になってたんだよね、彼。探偵さん、彼を捜してるの」

「そうなんですよ。大学でこちらのことを聞きまして、それでやって来たんですよ」

「《アゼスト》だっけ？　彼が入ってたサークル」

「そう。でも学生たちに聞くと、小沼君はそれほど熱心にサークル活動をしていたわけではないとか」

「そうなんすか」

大内は初耳のような返事をした。

「小沼君とは、それほど深い付き合いがあったわけではないんですか？」

相手の答えが気になり、原田は尋ねた。すると大内は、「ああ、もちろん」と強く認めた。

「なんで彼のことでここに来るわけ？　おれはなんにも知らないよ」

「小沼君の消息について、噂なり何なり、耳にしたことはないですか」

「ないねえ」

さほど考えもせず、簡単に答える。隠し事をしているようには見えなかった。

「小沼君が、ここに出入りしていたバンドと付き合いがあると、そういう話を聞いてきたんですけどね」

「ああ、それで」

言われて初めて思い当たったように、二度ほど頷く。悪気があるのではないだろうが、どうも反応が鈍い男だった。いちいち具体的に答えを示唆して質問してやらないと、的確な返事ができないらしい。原田は多少苛立ったが、素直に答えてくれようとしている姿勢だけはわかるので、それを表に出すわけにはいかなかった。黙って大内が次の言葉を発するのを待った。

「――確かに以前ここに出入りしていたバンドと彼が付き合ってるのは見たけど、でもそれ以上は何も知らないよ。どういう付き合いだったのかも知らないし」

「バンドのメンバーに加わってたんですかね」

「どうだろうね。よくわかんないけど」投げやりに大内は応じた。「あんまり彼のカラーに合ったバンドじゃなかったのは確かだね」

「と言うと」

「小沼君ってさあ、ちょっとおとなしめな子じゃん。そのバンドは、かなり過激なグループだったんよ。彼がついていけるとは思えなかったけどなぁ」

「過激ってどういうふうに」

尋ねると、大内は眉根を寄せて難しげな顔をした。

「うーん、ちょっとひどかったよ。ともかくとんがっててさ、なんでもありなんだ。ステージで暴れて物を壊すわ、お客のことをぶん殴るわ、女の子をステージに上げて服を脱がしちゃうわ、もう好き放題やってたね」

「そのバンドは、今でもここを使うんですか?」

「とんでもない」大内は頓狂な声を上げて、スパチュラを振って見せた。「冗談じゃないよ。最初のうちは我慢してたけどさ。あんまりひどくなったんで、出入り禁止にしてやったんだ。そんときにもひと悶着あって、あいつらが暴れたもんだから、けっこう大変だったんだぜ。おれも一発ぶん殴られてコンタクトがなくなっちゃったしさ。そんでこんな眼鏡をかけてるんよ。かっこ悪いけど、買いに行くのが面倒でね」

眼鏡のつるを持って、上下に動かす。そんな動作はますます道化じみて見えた。

「そのバンド、名前はなんていうの」

「名前？　《ゼック》さ。もう二度と聞きたくない名前だね」

「《ゼック》」

その名を噛みしめるように原田は繰り返した。なんの感興も湧かなかった。

「そのバンドがその後どうなったかなんて、知らないですか」

「知らないね。知りたくもないけど」

素っ気なく大内は答える。それでも原田は食い下がった。

「噂も聞かない？」

「聞かないねえ」

大内にとって、この話題は面白くないようだった。まったく熱心に答えようという素振りが見られない。諦めて小沼豊に話題を戻した。

「小沼君は、その《ゼック》が出入り禁止になってから、ここには顔を見せてないんですか」

「そうだね、見てないよ」

「《ゼック》と一緒に、どっか他のライブハウスに行ったとは考えられない？」

「どうだろうね。そうかもしんないけど、でもいずれにしろ彼がいつまでも《ゼック》とつるんでるとは思えないけどね。あんな奴らとは、そんなに長くは付き合えないよ」

「そもそもどうして、小沼君はそんな連中と付き合うようになったんでしょうか」

「それは技術の問題でしょ。《ゼック》の連中は無茶苦茶だけど、音はいいもの出してたからね。単純に、それだけの結びつきだと思うよ」

「小沼君も、けっこううまかったらしいですね」

「うまいよ。彼はベースやってたんだけど、《ゼック》にベーシストはいなかったんだ。リードギターとかドラムとか、派手なものしかやりたがらない連中だったから。それで《ゼック》と組んでたんだよね」

「小沼君は、ベースで身を立てたかったのかな」

親の期待に逆らい、どうしても音楽の方面に進みたいと願っていたのなら、これというバンドを見つけてそれと行動をともにすることも考えられる。カラーが違うという《ゼック》と付き合っていたのも、つまりはそういう望みのためではなかったのか。それであれば、《ゼック》と接触をとるのが、小沼豊を発見する近道かもしれない。

「どうだろうね。よく知らないよ。最初にも言ったけど、彼とは大して親しくなかったんだから」

原田の質問に対し、またも大内は同じような答えを返した。いくら突っ込んだ質問をしても、手応えらしきものが得られない。そろそろ潮時のようだった。

「しつこいようだけど、《ゼック》が今どうしているのかは知らないんですよね」

「知らないよ」

「《ゼック》について詳しい人は、誰かいないですか」

「人気はあったバンドだから、グルーピーみたいなのはけっこういたよ。でもそいつらも今じゃここには来ないから、紹介してやるわけにもいかないねえ」

「そうですか」

諦めて、原田は立ち上がった。手間を取らせた礼を言うと、大内は気さくな調子で「いいんですよ」と応じる。根はいい人間なのだろうが、どこか無気力な気配が漂う男だった。今後もこのような勝手の違う相手と接することになるのかと思うと、原田は多少気疲れを覚えた。

「ところで、《ゼック》っていったいどういう意味ですか」

ふと気になって、階段に足を載せたところで振り向いた。大内はまたしゃがんで、床のガムを取る作業を始めようとしていた。

「《ゼック》の意味？　びっくりして何も言えなくなっちゃうことを、ゼックって言うんじゃないの」

つまり絶句ということか。そのネーミングセンスには文字どおり言葉を失い、原田はただ「ありがとう」と答えるだけだった。

10

アルバイトから帰ってきていつものように郵便受けを覗くと、なにやら大きな小包様の物が入っていた。もしやと思い手に取ってみると、差出人はゲームの専門雑誌になっている。

「やった」

吉住計志は小さく声を上げ、拳を握り締めてガッツポーズを取った。郵便受けに残っているチラシの類を無造作に摑み出し、階段を上って部屋へと急いだ。

靴を脱ぐのももどかしく、机の中の鋏を取り出し小包の封を開けた。中からは厚めの新書判ほどの箱が出てきた。ゲームソフトだった。

「やったぜ」

今度は抑えず、大きな声で快哉を叫んだ。手に取って眺め、裏返してさらにソフトの説明を読んだ。

ソフトは数あるゲームの中でも最も有名な、発売初日には店の前に行列ができるほど人気のシリーズの最新版だった。発売はまだ一週間先ではあるものの、吉住はそれを市場より早く手に入れられる雑誌の懸賞に応募していた。駄目でもともとのつもりで葉書を出したのだが、こうして送られてきたところを見ると見事抽選に当たったらしい。発売当日には朝から並ぶ覚悟だったのに、まさか本当に当選するとは思わなかった。

「ツイてるなぁ」

自分の幸運が信じられず、ソフトのパッケージを矯《た》めつ眇《すが》めつしながら吉住は呟いた。あまりの望外の喜びに、箱を開けてすぐゲーム機本体にセットする気にすらならなかった。

時計を見ると、三時を回ったところだった。この時間ならば、小川《おがわ》は大学から帰宅したばかりでまだ家にいるだろう。この幸運をひとりで味わうのは、あまりにももったいなさ過ぎる気がした。

コードレスフォンの子機を取り上げ、小川の家に電話をする。小川はアルバイト先で知り合った、ゲームを共通の趣味とする唯一の友人だった。

電話に出たのは小川当人だった。すぐにいきさつを話すと、小川は「本当かよ」と声を弾ませた。

「すげえなぁ、宝くじに当たったようなもんじゃないか」

「やっぱりそう思う？」

嬉しくなって、吉住はそう訊き返した。以前の環境では、この幸運を羨ましがってくれる人はいなかった。小川の素直な羨望の声は、吉住の優越感を刺激した。

「ああ、すげえよ。日本に何人もいないんじゃないか、もうそれを手にしてる人は」

「だろうね」

「やってみたのか」

「まだ。なんかもったいなくてさ。取りあえず君のところに電話したんだよ」

「ああ、ああ、なるほどね。気持ちはよくわかるよ」

「そうだろ。なっ」

小川は押しの強いところのまるでない、空気のように自己主張をしない男だった。いつも人のよさそうな笑みを浮かべ、言葉に裏の意味を込めたりしたことはない。吉住が生まれて初めて得た、真の理解者だった。

「やっぱさぁ、君、なんかこの業界に縁があるんじゃない」

小川は感に堪えた口調で、さらに言葉を重ねた。吉住の幸運を妬んでいる様子もない。こんな友人は、他では得られない存在だった。小川と知り合えただけでも、思い切って決断した甲斐があったというものだと再認識する。

「縁？」

小川が言わんとするところは充分に理解できたが、吉住はわざと問い返してみた。もっと自尊心をくすぐって欲しい気分だった。

「うん。君は前から、ゲームのモニターがやりたいって言ってたじゃないか。モニターなんて、やりたいって言ってやれるもんじゃないけど、君だったらそのうち機会があるかもしれないよ」

小川は茫洋とした調子で言った。小川の台詞は、まさしく吉住が言って欲しいことであった。

吉住は、新作ソフトを売り出す前に試しプレイをするゲームモニターになりたかった。ソフト開発会社お抱えのモニターは、一日中ゲームをやっているだけで報酬がもらえてしまう。ゲーム好きには夢のような仕事だった。

もちろん、そのような仕事はどのゲーム雑誌を見ても募集していない。一度でも募集があれば、きっと何千人という人が応募をするだろうが、吉住はこれまでそんな記事を見たことはなかった。おそらくソフト会社にコネがある人だけが、うまいこと潜り込んでいるのだろう。業界に知り合いなどいない吉住には、ただ羨望の的でしかなかった。

吉住がそのような仕事があることを知ったのは、ちょうど五年前のことだった。雑誌でモニターの人がインタビューに答えているのを見て、自分が進むべき道はこれしかないと思い込んだ。

それまで何かになりたいという夢を持ち合わせていなかった吉住は、やっと巡り合った目標に小躍りし、親にその考えを打ち明けた。当然賛成してくれるものと思っていた。

ところが両親は、最初こそ呆れたように耳を傾けていたが、吉住が本気な様子を見て取ると、難しい顔になって黙り込んだ。ゲームをやること自体は咎めないが、将来の夢にはもう少しきちんとしたものを考えられないのかという意見を口にした。

吉住には親の言葉はまったく心外だった。ゲームのモニターのどこがきちんとしていないのだ。好きなことをしてそれでお金がもらえるのなら、こんないい商売はないではないか。

好きでもない仕事をあくせくとして人生をすり減らしていくよりは、よっぽど素晴らしい生活に違いない。

吉住は言葉を重ねて、己の主張を親に伝えようとした。両親はますます顔を顰め、そしてそのうちわかるだろうなどと投げやりな言葉で会話を打ち切った。息子の言うことはとうていまともに聞くに堪えないといった態度だった。

両親は吉住に、東京の一流大学を卒業して一流会社に就職して欲しいと願っていた。父親が地方のしがない会社員で終わってしまうのを、息子に埋め合わせて欲しいと望んでいるかのようだった。吉住は幸い勉強もでき、地元ではトップの高校に進学することも決まっていた。その事実が、より親の期待を煽っているのだった。

だが実際は、自分がそれほど優秀な頭を持っているわけではないことを吉住は承知していた。地元ではトップの高校だとしても、東京に出ればたかが知れている。東京には全国から秀才が集まってくるのだ。自分程度ではせいぜい平均クラスに落ち着くのが関の山だろう。両親は六大学を期待しているようだが、それはまったく現状への認識を欠いた期待と言えた。

そして吉住は、当時の予想そのままに、東京の中堅どころの大学に入学した。両親はその結果に少し戸惑いを覚えていたが、逆に息子が行くくらいだからいい大学なんだろうと思い直したようだった。親の期待もここまで来るとうるさいばかりだった。

そのために吉住は、両親の桎梏の下から逃れた。どうせ一流企業に就職できないのならば、いっそ自分のしたいことをしようと考えたのだ。そしてその結果、小川というかけがえのない友人を見つけた。大学では結局、友人と呼べる相手は見つけられなかった。偏差値はそれほど高くないが良家の子女が集まる学校として有名なその大学は、親の金で遊びまくる愚にもつかない連中ばかりだった。吉住は車も持っていない田舎者として、最初から相手にしてもらえなかった。吉住も、あんな奴らと親しくしたいとは思わなかった。親の過剰な期待とくだらない大学生活は、少しも捨てて惜しいとは思えない代物だった。吉住は自分の決断を後悔したことはなかった。

結局電話は、吉住がプレイし終えたらソフトを貸すという約束で締め括られた。他の人であれば貴重なソフトを貸す気になどなれないが、小川だけは別である。明日は小川をアパートに呼んで、ふたりでプレイしてもいいなと考えた。

子機を置いて、ようやく部屋の中が散らかっていることに気づいた。取りあえず坐るスペースを確保してからゲームを始めることにしようと考えた。吉住は洗面所で顔を洗い、手早く着替えを済ませて、郵便受けから持ってきたチラシをより分け始めた。

チラシはどれもこれも、いかがわしいビデオの宣伝や不動産物件の広告といった内容のものばかりだった。裏が白ければメモ用紙として使えるが、たいていは両面に印刷されている。ざっと目を通して、丸めて抛《ほう》り投げようとした。

そのとき、足許に白い封筒が落ちた。どこにでも売っていそうな、平凡な封筒だった。拾い上げてみたが、宛名は書かれていない。郵便受けに直接投函された物のようだった。

裏返してみたが、差出人の名前もなかった。これもまた何かの宣伝だろうと軽く考え、封をされていない口を開けて中の便箋を取り出した。

広げてみると、マジックインキで一行、文章が書かれていた。乱暴に殴り書きされた字だったので、すぐには意味を読みとることができなかった。

「なんだ？」

声に出してよく目を凝らすと、ようやく文意が理解できた。その乱雑な字は簡潔に、「いつまでも逃げられると思うな！」と綴られていた。

思わず眉を顰めた。その言葉と乱暴な字体は、何かしら背筋を寒くさせるものがあった。相手の悪意が、たった一枚の便箋に溢れるほどに漲《みなぎ》っていた。

いつまでも逃げられると思うな——その言葉は、まさしく今の吉住に向けて発せられた言葉のようであった。親から逃げ、大学から逃げ、ちっぽけな自分の境遇から逃げてきた吉住は、この新しい生活を手放したくはなかった。自分は自立することを望んだのであり、それには多大な勇気と決断力を必要とした。だが吉住は己ひとりで決断を下し、その結果新たな世界を手にすることができた。無謀とも思える賭であったが、ひとまず勝ちを収めたと言える。現に半年経った今も、ひとりで生きる生活は破綻することなく継続しているのだ。そしてこれから先も、吉住の人生は最も望ましい方向へと展開していくはずだった。

差出人不明の手紙は、そんな吉住の現在を根本から揺るがす力に満ちていた。何者か知れないその差出人は、吉住の平安な生活に強引に押し入ってくる乱入者だった。吉住の幸せな気分は水をかけられたように萎え果て、代わって実体のない恐怖心が忍びやかに訪れようとしていた。

いったい誰がこんな物を？　ここに吉住がいることは、誰ひとり知らないはずではないか。吉住は得体の知れない差出人の正体について、考えを巡らした。前の生活を捨てる際は、その方法に万全を期している。吉住の過去を手繰ってここまで辿り着ける人間は、ひとりとして存在しないはずだった。

そこまで考えて思い至ったのが、昨日大家から告げられた訪問者のことだった。訪問者は名指しで訪ねてきたと、大家は言った。吉住はそれを聞いて、安堵を覚えたのだ。

大家が言う訪問者の風体は、これまでの吉住の生活とはまったく無縁の世界の人間であることを物語っていた。柄が悪そうだったというその人物は、この悪意の溢れた乱雑な字の印象と奇妙に重なる。手紙の差出人と昨日の訪問者は、同一人物と見て間違いないのではないか。

もしそうであれば、自分は完全に無関係の立場だった。相手が吉住に何かを要求してきたとしても、最悪の場合すべてを打ち明ければそれで済む。くだらないことでとばっちりを受けるのだけはご免だった。

吉住はそう結論づけて、力を込めて便箋を握り潰した。もはや目にすることすら厭わしかったから、チラシとともにまとめてゴミ箱に突っ込んだ。何も書いていない封筒は再利用することもできたが、手許に置いておくことも不愉快なので一緒に捨てることにした。手で押し込んだだけでは飽き足らず、足を使ってぐいぐいと底の方に押しやったことでようやく満足することができた。

ひと息ついてカーペットに坐り込むと、重労働を経た後のように体が重く疲れていることに気づいた。テレビの画面に視線を転じたが、すぐにゲームに取りかかる気も起きなかった。

11

《ゼック》の情報を得たことにひとまず満足し、原田は次に小沼豊の住民票がどうなっているかを確認することにした。所轄署からのデータには、小沼の住民票が現在どこにあるかは記されていない。おそらく失踪当時に住んでいたアパートの住所にそのまま残っているのだろうが、確認する前に予断を持つことは禁物である。原田は吉祥寺駅前の文房具店で「小沼」の三文判を買い、喫茶店に入って委任状を偽造した。

区が管理する住民票は、当人あるいはその家族以外の第三者でも、委任状を添えることによって申請することができる。その委任状も決まったフォーマットがあるわけではなく、申請者に住民票取得を委任する旨の文章と、形ばかりの印鑑が押してあればそれで認められる。出自の問題が絡む戸籍とは違い、簡単に移動が可能な住民票に関しては、役所もさほどうるさくはないのだった。

原田はなるべく自分の筆跡とは変えた書体で、委任状を作成した。名前はもちろん「小沼豊」であり、その下には買ってきたばかりの三文判が押されている。これは刑法上は公文書偽造の罪に当たる行為だが、今はやむを得ない。委任状と申請者の筆跡が違っていれば、窓口でチェックを受けることはまずなかった。

もちろん原田が警察に身を置いている身分であれば、このように法を犯す必要もない。住民票程度ならば、開示を求めれば簡単に見せてくれるはずだ。だが今の原田には、そのような権限は与えられていない。迂遠なことだがこうした細かい作業を経なければ、捜査対象の住民票すら目にすることができないのだった。

小沼豊は失踪当時、杉並《すぎなみ》区堀ノ内《ほりのうち》に在住していた。従って最終的な住民票もそこに置いてあったと考えるのが妥当である。原田は都内の地図を頭の中で広げ、杉並区役所の出張所のうち最も吉祥寺から行きやすいのはどこだろうかと考えた。吉祥寺から出るJR中央線と井《い》の頭《かしら》線は、双方ともに杉並区を横切る。その意味ではどの駅で降りようが、歩く距離さえ厭わなければ必ず出張所に行き当たるはずだったが、時間節約のためにも駅に近い場所がよい。結局いろいろ考えたあげく、中央線の阿佐ヶ谷《あさがや》駅で降りて、阿佐ヶ谷出張所に向かうことにした。

電車を三区間乗って下車し、駅前の中杉《なかすぎ》通りを北に向かう。二分ほどで右手に小学校が見えてきて、その裏手に出張所はあった。

自動ドアをくぐって申請用紙が置いてある台に向かい、原田は所定の用紙に必要事項を書き込んだ。それに作成してきた委任状を添えて窓口に提出する。受けつけた女性は委任状に疑いの目を向けることもなく、「一枚でよろしいですね」と確認した。原田はそれに頷いて、待合いのベンチに腰を下ろした。

幸い出張所は空いていて、一分ほどで原田は名前を呼ばれた。立ち上がり、所定の料金を払って紙片を受け取る。そのまま表に出て、小学校の脇で住民票に目を通した。

まず冒頭に小沼豊の名前が記され、杉並区に転入してきた日付が書かれている。だがそれに続き、転出の欄にも記載事項があった。小沼の住民票は杉並区にはなかったのだ。

転出の日付は去年の八月になっている。小沼が失踪する前後のことだ。転出先は世田谷区《せたがや》赤堤《あかつつみ》。これまでの調査では一度として出てきていない住所だ。

小沼豊は、現在この住所に住んでいるのだろうか。世田谷区であれば、ここから目と鼻の先の距離だ。そんな近くに小沼は身を隠していたのか。

両親は小沼の住民票について、どのように考えていたのだろうか。現在杉並区の小沼豊が住んでいたアパートは、小沼が引っ越していった後両親が再契約をし、そのまま空き部屋の状態として維持されている。そのために両親は、あえて住民票を他に移そうとはせず、結果この転出の事実に気づかなかったのではないか。失踪した人間がわざわざ住民票を移動しているとは、あまりにも馬鹿馬鹿しくて誰の目にも盲点になっていたのかもしれない。

今度ばかりは環の見込み違いで、存外簡単に小沼豊を発見できるかもしれない。そんな楽観的な考えが頭をよぎる。原田は住民票を折り畳んで駅に戻った。

世田谷区赤堤であれば、最寄り駅は京王《けいおう》線の下高井戸《しもたかいど》になる。原田はいったん吉祥寺に戻り、井の頭線に乗り換えることにした。

三十分ほどで下高井戸駅に着き、改札を出てから世田谷線の軌道に沿って南に下った。住所によれば小沼の転出先は、赤松《あかまつ》公園の裏手辺りのアパートかマンションのはずだった。原田はその目印の公園に向かい、手前で右折して裏手に回った。

電柱の番地を確認しながら進むうちに、目指すアパートらしきものを見つけた。木造モルタル造りの、あまり高級そうではないアパートだった。住民票に書かれている住所の部屋番号は一〇三となっている。原田はその番号の郵便受けを確認してみた。

一〇三には、「小野《おの》」という姓の住人がいるようだった。厚手の紙に無造作な字で家族三人の名前が書いてある。「小沼」という名が表示されていることを期待したわけではなかったが、家族名まで郵便受けに出ているのは多少意外だった。この「小野」という人物が、小沼豊その人なのだろうか。

原田の疑問はすぐに解消された。一〇三の玄関に向かい、呼び鈴を押すと、すぐに中からくたびれた中年の女が顔を出したのだ。

「どちら様」

女は無愛想な口調で、原田を上から下まで眺め回した。原田は勝手が違う展開に眉を顰め、尋ねた。

「こちらは小野さんのお宅ですか」

「そうだよ。それがどうかした?」

女は警戒するように目を細めた。原田を押し売りの類かと考えているようだ。

「小野弘樹《ひろき》さんは、こちらのご主人ですか」

表札にある名前を確認して、原田は問うた。すると女は、ふたたび無造作にそうだと認める。女の肩越しに見える部屋の中は乱雑で、生活臭が染み着いていた。半年くらい前に引っ越してきたばかりとは見えない。

表札の主である小野弘樹が小沼豊であり、この女と同棲している可能性は非常に少なかった。いくらなんでもそれはこじつけに過ぎない。ここに小沼がいると期待したのは、見事に肩透かしを食ったようだった。

「つかぬ事をお伺いしますが、あなたは小沼豊という人をご存じではないですか」

それでもしつこく尋ねると、女は煩わしげに顔を顰めた。

「知らないよ。不躾になんだい。あんたは何者?」

厳しい口調で言い、挙げ句には「あまり変なことを言うと、警察を呼ぶよ」と言葉を浴びせてきた。原田は己の見込み違いを認め、すごすごと退散せざるを得なかった。

アパートを出て駅に向かいながら、当初の楽観を反省した。住民票の移動は、単なるカムフラージュに過ぎなかったのだ。住民票は手続きさえ正規に踏めば、居住の事実がなくても移すことができる。小沼は適当な住所を選び、そこの現住人には断ることなく勝手に住民票を移動させたのだ。おそらく住民票上は、先ほどのアパートには小野家と小沼豊のふたつの世帯が同居していることになっているのだろう。小野家の人間が小沼豊について何も知らなくても、特に不思議なことではなかった。

駅に向かう途中で、近くに世田谷区役所の出張所があることを思い出した。下高井戸駅のそばの松沢《まつざわ》出張所である。原田は念のため、今もまだ小沼の住民票が世田谷区内にあるかを確認することにした。

今度は路上で立ったまま委任状を作成し、その足で駅前商店街の中にあるショッピングビルのように瀟洒《しょうしゃ》な出張所に向かった。阿佐ヶ谷のときと同様に手続きを済ませ、住民票の写しが発行されるのを待つ。こちらも先客は少なく、さして待たされることなく名前を呼ばれた。

写しを受け取りその場で確認する。すぐに目に入ったのは、さらにここから住民票が移動していることを示す転出の記述だった。

小沼はいったん杉並区から世田谷区に住民票を移動させた後、ほどなく第三の場所に転出していたのだ。日付を見ると、三週間しか世田谷に住民票を置いていなかったことになる。次の転出先は渋谷区笹塚《ささづか》だった。

この慌ただしさはいったいどういうことだろうか。原田は不可解な移動の意味を探るべく、その場でしばし思考を巡らした。どうやら小沼は、衝動に駆られて闇雲に失踪をしたわけではないようだ。本人の意思なのか第三者の意図が反映しているのか判然としないが、少なくとも行方を曖昧にしようと努力している痕跡が認められる。こうして住民票を転々と移動させているのは、追跡調査を困難にさせるためとしか考えられないからだ。

だが逆に言えば、根気よく住民票を辿っていけば小沼に行き当たる可能性も高くなったわけだ。もし住民票に神経を使っていないのであれば、このような小細工を弄《ろう》する必要はない。小沼は今もなお、自分が住む場所に住民票を置いているのではないだろうか。

ならば後は努力の問題だった。地道な追跡調査を継続すれば、いずれ小沼豊を発見できる。原田は自分の推測に頷き、急いで駅に戻った。

京王線をそのまま新宿方面に向かい、笹塚で乗り換えて初台《はつだい》で下車する。渋谷区の出張所は、初台にあるのが一番駅に近かった。

だがそこでも原田は、結論を先送りにせざるを得なかった。住民票はまたしても転出していた。今度は新宿区百人町《ひやくにんちよう》。住所からして都営戸山《とやま》団地の一角と思われた。

時計に目を落とすと、時刻は四時四十五分を回ろうとしていた。今から新宿区の区役所に飛び込むことは難しい。どうやら今日の追跡調査はここまでのようだった。

12

青山墓地近くの駐車場には、すでに環のライトバンが停まっていた。運転席に人影はなく、後部スペースの照明が灯っていることがカーテン越しに見て取れる。原田は窓ガラスを叩いて、中の人間の注意を促した。

内側からドアを開けたのは、今日も倉持だった。中を覗くと、いつもように環が泰然と坐っているのが見える。武藤はまだ到着していないようだった。

「ご苦労様」

背筋の伸びた姿勢を崩さず、環がねぎらいの言葉をかけた。それに頷いて応え、原田はシートに坐った。

後部スペースは向かい合わせたシートの間に丸テーブルを置き、手狭ながらもちょっとした応接間のような趣に改装してある。出入り口正面にはテレビ局の中継車を思わせる機器が設置され、それは環の手許で操作できるように工夫されていた。これらの機器は無線傍受や電話の盗聴から、ビデオの隠し撮り、小型電波発信器による車の追跡にまで威力を発揮する。このバンは環たちグループの根拠地としての役割を担っていた。

原田が腰を落ちつけても、環も倉持も口を開こうとしない。全員揃わなければ何も報告し合わないのが、これまでの慣例だった。原田はたばこの箱を取り出し、一日三本と決めているうちの一本を口にくわえた。

窓を細めに開けて煙を外に逃がしていると、こちらに近づいてくる人影が目に入った。武藤だった。今日は托鉢の袈裟ではなく、普通のセーターとスラックスをまとっている。武藤は足音ひとつ立てずに歩み寄ると、原田と視線を合わせた。原田はドアを開けてやった。

一同に黙礼しながら武藤が乗り込んでくると、ようやく環が口を開いた。

「それでは今日の調査結果を聞かせてもらいましょうか」

「おれからいこう」

環の言葉に応えて身を乗り出したのは倉持だった。倉持は自分のバッグから資料のファイルを取り出し、テーブルの上に広げた。

「おれが追っているのはこの娘、広沢良美《ひろさわよしみ》だ」

倉持は資料に貼付《ちょうふ》してある写真をつつきながら言った。原田がその手許を覗き込むと、平凡な三分間写真のようなものが見えた。取り立てて目を引くところのない容貌には見憶えがある。以前ここで目を通した資料のうちの一枚だった。

「地方から上京してきて、今はひとり暮らし。清教《せいきょう》短期大学に通う一年生だ。失踪は今から約八ヵ月前。その後の追跡調査は、まあ他の奴らと大同小異だから割愛する」

ここまではいいかとばかりに、倉持は一同の顔を見回した。環が頷いたのを確認すると、倉持はそのまま続けた。

「おれはまず、当時広沢良美がやっていたアルバイトに着目した。地味なことに、女子大生のくせにファストフードの店に勤めていた。おれはそこで当時から働いているバイトに接触し、広沢良美の働きっぷりについて尋ねた。特に男関係についてほじくってみたのは言うまでもない」

何が嬉しいのか、倉持はそこで笑みを浮かべた。自分の狙いが当たったのが自慢のようだ。

「おれが接触した野郎は口が軽い奴で、当時のことをぺらぺらと喋ってくれたよ。広沢良美にはやはりその店で男ができ、しかも三ヵ月ほどであっさりと捨てられたそうだ。広沢は陰気な娘で、あまり男に縁がなさそうなタイプだったから、最初はその付き合いに有頂天になっていたそうだ。それだけに振られたときのショックは大きかった。失踪の原因は、まずそれと見て間違いない。親はその件を知っていたのか、見栄を張ったのか、警察には話していない。もちろん警察の捜査もそんなところにまでは及んでいないので、資料にはいっさい書かれていないことだった。調べてみなけりゃわからないことだね」

倉持はこうした報告の際、必ず自分の行動の成果を自慢せずにはおかない。その自意識過剰ぶりは鼻につくこともあったが、あまりに無邪気に語られると憎めない面もある。行動をともにしない限りは、陽気で気のいい男と言えた。

「次にその色男を訪ねてみたが、こいつはただの欲惚けのくそガキだった。少し凄んで見せたら、当時のことを洗いざらい喋った。なんでも大学に入ったばかりで女に飢えていて、相手は誰でもよかったそうだ。広沢良美のような地味な女なら男もいないだろうと思い、声をかけたんだと。やることやって満足したら、もうお払い箱。陰気な女に用はなかったそうだ。馬鹿野郎が」

腹立たしげに倉持は吐き捨てた。倉持は女がぞんざいな扱いを受けていると、まるで自分の身内のことのように怒る。おそらくその学生は、倉持に締め上げられて相当怖い思いをしたことだろう。

「そんな奴だから、もう広沢との接触も途絶えていた。広沢がショックでアルバイトを辞めてから、一度も連絡をとり合ってないそうだ。だからこの線はもうおしまい。これ以上は追跡不可能だった」

簡単に倉持は締め括った。失踪の動機がわかっただけでそれ以上の成果が得られなかったことを、少しも悪びれている様子はない。そこで原田が口を挟んだ。

「広沢良美の住民票はどうなっている」

ふと自分の捜査結果を反芻しながら思いついた疑問だったが、倉持はそれににやにや笑いながら応じた。

「調べてないと思っただろ。本題はこれからさ。住民票がどうなっているか調べてみて、面白いことがわかった」

「面白いこと?」妙な予感が兆し、原田は尋ね返した。「まさか都内を転々としているんじやないだろうな」

倉持は笑みを収めて真顔になり、首をねじって原田の方を見た。

「ということは、そちらも同じ結果だったわけか」

「どうもそのようだ」

「倉持さんから聞かせてください」

環が初めて言葉を発し、先を促した。倉持は「ああ」と低い声で頷いた。

「失踪当時広沢良美が住んでいたのは、大田《おおた》区の北千束《きたせんぞく》二丁目だ。そこから失踪直後に住民票は、港《みなと》区高輪《たかなわ》二丁目、住所で言うと泉岳寺《せんがくじ》そのものがある場所に移動している。もちろんそんな場所に住めるわけがないから、これは仮の移動なのだろう。そこからさらに、渋谷区恵比寿《えびす》南、世田谷区野沢《のざわ》と移動している。今日は渋谷区で住民票を見ることまでしかできなかった。このぶんだと、どうやら住民票は都内を一周しそうな勢いだな」

倉持はファイルをめくって、そこに綴じ込んであった住民票の写しを取り出した。興味なさそうにそれらを投げ出して、後は環のコメントを待つように腕を組む。環は写しを取り上げ、順を追って丁寧に目を通した。

「じゃあ次は原田さんの話を聞きましょう」

すべてを見終えて環は促した。住民票の写しは武藤が受け取り、やはり同じように目を通している。原田は今日一日の動きを順を追って報告した。

「……というわけで、やはり私も新宿区まで追ったところで時間がなくなってしまいました。また明日、続きを追いたいと思いますが」

原田がそう締め括ると、倉持がそれに応えた。

「何もご丁寧に住民票を追跡することはないさ。いつまで追ってもきりがないかもしれないしな。現在の住民票がある場所を知るには、もっと簡単な方法がある」

「というと？」

「戸籍の附票ですよ」原田の疑問には、環が代わって答えた。「住民票には次に移動した先しか記載されないが、戸籍には転出があるたびにそれが記録される。戸籍自体も移動していれば厄介だが、前の戸籍が存在した役所には五年間、附票とともに除籍簿が保管されることになっている。今私たちが当たっている若者たちは、皆ここ三年くらいの間の失踪だから、除籍簿が抹消されている心配もないでしょう」

「そういうこと。だからおれは、明日は広沢良美の本籍地である金沢に飛びます。出張費は認めてくださいよ」

金にうるさい倉持は、しっかりとそんなことまで言い添えた。原田は環の説明に感心しながら、それでは自分は北海道だなと漠然と考えていた。

「いや、それには及びません。戸籍は郵送でも送ってもらえるのだから、こちらで手配しましょう。それに、第三者の倉持さんがふらりと行ったところで、役所はそう簡単に戸籍を開示してはくれませんよ」

環は微笑を含んだ表情で、倉持に答えた。倉持は子供のように頬を膨らませ、「ちぇっ」

と舌打ちをした。

「せっかく旨いものを食って帰れるかと思ったのにな。そうそう楽はさせてくれないか」

「そういうことです。住民票の件はいいから、違う線から広沢良美の行方を追ってくださ
い」

「わかった、わかった」

肩を竦めて倉持は応じた。それきり興味がなくなったとばかりに、背凭れに寄りかかる。

逆に原田は身を乗り出して、環に顔を向けた。

「これでどうやら、少なくとも小沼豊と広沢良美については共通点が見つかったことになるわけですが、とはいえこの住民票の移動については意図が摑めませんね。単なる行方のカムフラージュなのでしょうか。戸籍の附票を調べればすぐにわかるようなことを、なぜふたりは手間をかけてしているのでしょうか」

「原田さんはどう思います」

逆に訊き返された。環が疑問にストレートに答えてくれることは、極めて少ない。

「わかりません」

原田は首を振るだけだった。環に対抗して考えを明かさないのではなく、これだけでは推論すら導き出すことができなかった。むしろ謎が深まったと言える。

「では次に、武藤さんの報告を聞きましょう。そちらは住民票の移動はありましたか」

環が話の矛先を向けると、それまで黙り込んでいた武藤がようやく口を開いた。

「いえ、私が当たった相手は、両親が実家へと住民票を移していました」

まずそう断り、武藤は訥々と自分の調査結果を報告し始めた。

13

原田が和光市の自宅に帰ったのは、午後九時を回った時刻だった。都内の移動の間に暇を見つけることができず、夕食はまだ摂っていない。青山から電話を入れ、残り物でもいいから用意しておいてくれるよう、妻の雅恵には頼んであった。

自宅は警察官時代に無理をして買った一軒家だった。二十坪ほどの小さな土地だったが、それでも我が家には変わりない。警察を退職したときは手放すことも考えたけれども、環に拾われたことによってどうにか維持することができた。その事実は原田と、妻の雅恵しか知らないことだった。娘の真梨子は、父親はしがない私立探偵としか思っていない。

玄関を開けて習慣のように三和土の靴を見る。真梨子の靴は三和土の端に揃えて置かれていた。一度出かけて帰ってきたのだろう。通学用の靴ではなかった。

二階にも聞こえるよう、なるべく大きな声で帰宅を告げたつもりだったが、今日も玄関先に現れたのは雅恵だけだった。かつてはめったに早い時間に帰宅しない父親を、飛びつかんばかりにして出迎えたものだが、気がついてみれば真梨子は顔すら見せなくなっていた。最後に出迎えてもらったのはいつかと考えたが、どうしてもそれは思い出せなかった。

「お帰りなさい。ご飯はすぐ食べられるわ」

雅恵はいつものようにそう言ったが、なぜかその口調は歯切れが悪かった。心なしかそわそわした様子が見られ、視線はダイニングルームの方へと泳いでいる。すぐに原田はピンときた。

「真梨子も今頃食べてるのか」

「ええ。さっき帰ってきたばかりなの」

「そうか」

「お父さんが帰ってくる前に食べてしまいなさいって言ってあるんだけど……。食べ始めたの、つい十分ほど前なのよ」

「いいさ。たまには娘と食事をするのも悪くない。別におれに気を使う必要はないよ」

「ええ、まあ、そうなんだけど……」

雅恵はなおもの言いたげに語尾を濁したが、結局それきり言葉を続けなかった。妻が言いたいことはよくわかっていた。夫と娘の怒鳴り合う姿を見たくないのだ。原田は雅恵の心配が手に取るように理解できたので、今日はなるたけ冷静に真梨子と話をしようと心に決めた。

「ただいま」

さりげなく言いながら、ダイニングルームに入った。娘は入り口に横顔を向けるように食事をしていた。「お帰り」とぽつりと呟くように応じただけで、父親の姿を見ようとはしなかった。

原田は続けて言葉をかけようとしたが、娘に対し挨拶以外の言葉を持ち合わせていない自分にすぐ気づいた。気軽に声をかけようと口を開いたにもかかわらず、失語症に陥ったかのように言葉が浮かばない。諦めて口を閉じ、原田は軽く首を振った。

洗面所で口を漱《すす》ぎ、ネクタイを解いただけで食卓に着いた。テーブルを挟んで真梨子と向かい合う位置に腰を下ろす。真梨子は視線を上げず、ただ黙々と箸を動かしていた。

真梨子は今年の四月で高校三年になる。誕生日は夏だから、もう十七になっているはずだ。年相応に身長も伸び、体つきもいつのまにか変化していた。そしてその変化と連動するように、娘の気持ちがわからなくなっていたのだった。

俯いているので判然としなかったが、真梨子は化粧をしているようだった。口紅こそ食事のために落としているものの、目許のラインは明らかにアイペンシルで描いたものだった。もともと丸顔で童顔気味の真梨子には、そうした化粧は痛々しいまでに似合っていなかった。

「化粧、するようになったのか」

その発見に愕然とし、無意識に原田は話しかけた。化粧をした真梨子は、他人の娘のように遠い存在に感じられた。

「悪い？」

初めて真梨子は視線を上げ、原田を睨むように見つめた。咎めるつもりならいつでも相手になってやるといった、問答無用の刺々《とげとげ》しさが語気に漲っていた。

「悪くはないさ。女なんだから、いずれ化粧くらいは憶えなくちゃな。だけど、お前の化粧は初めて見たんで、ちょっと驚いただけだ」

原田はなるべく穏やかな口調を心がけて、応じた。雅恵が無言で白飯を盛った茶碗を渡す。それを受け取り、機械的に総菜に箸をつけ始めた。

「いつ頃から化粧するようになったんだ」

「去年の夏くらいかな」

「友達と一緒に憶えたのか」

「そうだよ」

「化粧って面倒なんだろうな。顔に塗るのだけでもファンデーションやらなんやら、いろんな種類があるんだろう。そういうのはどうやって——」

「別にいいじゃん。いいって言ったろ」

語調を強め、真梨子は言葉を遮った。父親との会話を拒絶する意思を、隠そうとすらしていない。鬱陶しげに眉を顰め、ひたすら食事に没頭する姿勢を見せた。

思いがけぬ強い反応に、原田は一瞬言葉を失った。開いたままの口を閉じることができず、そのまま呆然と娘の姿を見つめる。雅恵にお茶を出され、ようやく我に返ることができた始末だった。

「――今日は帰りは遅かったのか」

何事もなかったかのように言葉を続けた。娘の拒絶など逆に無視してやるという、意固地な決意が沸々と湧き上がってきた。娘に話しかけることの、何が悪いというのか。親にまともな返事もできないのならば、それはどうでも矯正してやらなければならないことではないか。

「早いよ。まだ九時じゃん」

俯いたまま、拗《す》ねたように真梨子は答えた。顔を上げないところを見ると、まだ心のどこかで父親の叱責を恐れる気持ちがあるのだろう。突っぱねたい気持ちと恐れとが、心の中で葛藤しているのが読み取れた。

「九時のどこが早い。高校生が九時に帰ってきて、早いと思う親がいるわけないだろう」

詰問ではなく、諄々《じゅんじゅん》と言い聞かせるように原田は反論した。頭ごなしに叱りつけたところで、娘の反抗心を煽るだけの結果に終わる。親の怒りを恐れる気持ちがあるうちは、まだ話し合いの余地も残されているはずだった。

「謝ればいいの？」

上目遣いに、真梨子は原田を見た。原田の物腰が柔らかなので、爆発する機会を摑めず戸惑っているようだった。原田はさらに質問を重ねた。

「どこに行ってて遅くなったんだ。またバンドの追っかけか」

「今日は違うよ。友達と喋ってた」

「女の子か」

「男だったらどうだって言うの？」

「男なのか」

「どうだっていいじゃん。関係ないでしょ」

「関係ないことないだろう。相手が女の子なら、その子も帰りが遅くなったわけだから、向こうの親御さんも心配するだろ。学校の友達か」

「違うよ」

「ライブハウスで知り合った友達か」

「うるさいな。どうだっていいじゃないか」

「よくないから言ってるんだ。昨日母さんから聞いたが、ずいぶん帰りが遅い日もあるそうじゃないか。娘の帰りが遅いのを心配しない親がどこにいる」

「へえっ」真梨子は馬鹿にしたような声を上げると、皮肉そうに眉を吊り上げて見せた。

「あたしのこと、心配なんだ。初めて聞いたよ」

「当たり前じゃないか！」

こらえようと思っていたが、つい声が大きくなってしまった。それほど真梨子の返事は、原田の胸に突き刺さる棘《とげ》を持っていた。

「当たり前ねぇ。そう」

ひとりで納得したように、真梨子は大袈裟に頷く。原田は抑えきれず、つい「何が言いたいんだ」と問い返した。

「何が言いたいかって？　じゃあ逆に訊くけど、これまでに父さんがあたしのことを心配して何かをしてくれたことってあったっけ」

「どういうことだ」

もはや食事どころではなかった。原田は完全に箸を休め、娘に真っ直ぐ視線を向けていた。横でやり取りを聞いている雅恵は、ただ成りゆきを恐れるように視線をさまよわせていた。

「あたしの帰りが遅いのだって、母さんに言われてやっと気づいたんでしょ。言われるまでは何も気づかなかったんじゃないの」

「それはここのところ仕事が立て続いたから……」

「父さんはいつもそうだもんね。仕事、仕事。仕事が生き甲斐で、娘のことなんかちっとも心配したことないんだ。母さんに言われて、しょうがなくて注意してるんでしょ」

「真梨子。お父さんに向かって、そんな言い方はないでしょ」

ついに雅恵が横から口を挟んだ。窘《たしな》められた真梨子は、さすがに母親を睨み返すことはできないのか、「ふん」と息を漏らすことで不満を表明した。

「仕事が忙しくてお前のことに気づかなかったのは認める。だが一年三百六十五日、ずっと忙しいわけじゃない。それ以外の日は、お前のことにも気を配っていたつもりだ。それが足りなかったことを咎めているのなら、お父さんも反省をしよう」

怒鳴りたいのをこらえて、原田は精一杯の譲歩をした。怒鳴ってしまえば何も変わらない。強く出れば出ただけ、真梨子は同じように強く反発を見せるだろう。それではいつまでたっても溝は埋まらない。

「仕事で忙しい？　どこかの浮気奥さんを追っかけるので忙しいわけでしょ。立派なお仕事よね」

いつしか真梨子の言葉には容赦がなくなっていた。最初は遠慮がちだったやり取りも、原田の仕事に言及したとたんに手厳しくなった。娘の皮肉には、父親を嘲《あざけ》る毒々しさが滲んでいた。

「真梨子！　いい加減にしなさい。何も知らないで、わかったふうなことを言うんじゃありません」

「あたしが何を知らないって言うの」

雅恵の言葉尻を摑まえて、真梨子は反駁した。真梨子は、未だ原田が警視庁と繋がりを保っていることを知らない。それは娘といえども明かせない秘密事項だった。原田は目配せをして、雅恵を黙らせた。

「父さんの仕事のことなんて、知るわけないし知りたいとも思わないわ。どうでもいいもん」

真梨子は言い捨てて、むきになったように食事を続けた。これ以上何も聞きたくないと、硬く怒らせた肩が雄弁に語っていた。

仕事のことについて言われれば、もはや何も言い返すことができない。確かに真梨子が言うとおり、原田の業務内容は浮気調査や身許調べが大半なのだ。だがそれを恥ずべき仕事と考えるのは、真梨子の大きな間違いである。どんな仕事であろうと、社会倫理に悖《もと》らない限りそれは恥ではない。いくら外聞の悪い仕事であろうと、娘に咎められる謂れはなかった。

だがそうした考えを真梨子に理解させるのは、まだ難しそうだった。おそらく真梨子は、原田の仕事を自分の恥と受けとめているのだろう。そんな真梨子に対し、いくら口で恥じる必要はないと言っても、それは虚しく響くだけである。親から諭されて知るのではなく、真梨子が年月をかけて理解すべき事柄だった。

だから原田は、娘の間違いを訂正するのではなく別のことを口にした。それは真梨子が仕事に言及したために思いついた質問だったが、ある意味では娘の怒りを助長する発言でもあった。原田はそれを充分に理解していたが、にもかかわらずあえて尋ねないではいられなかった。

「真梨子、お前、ライブハウスに出入りしているなら、《ゼック》ってバンドの話を聞いたことないか」

「《ゼック》？」真梨子は箸を止め、突然の質問に戸惑ったように眉根を寄せた。「それがどうしたのよ」

「何か知ってるなら、教えてくれないか。そのバンドを捜してるんだ」

「知らないよ」

素っ気なく言い、真梨子は箸を置いた。真梨子の前にある皿には、まだ料理が残っていた。

「ごちそうさま」

真梨子は言って、椅子を鳴らして立ち上がった。

「ちょっと、もういいの?」

狼狽して雅恵が声をかけたが、真梨子は「いいの」と言い捨てただけで、一度も振り返ることなくダイニングを後にした。雅恵は困惑した表情を向けてきたが、原田は何も答える言葉を持たなかった。軽く目を閉じ、中断していた食事に取りかかった。

14

吉住計志がその男に呼び止められたのは、これからアルバイトに向かおうとしているときのことだった。

吉住はアパートのドアに鍵をかけ、階段を下りて門扉を開いた。それを丁寧に閉じているとき、背後から声をかけられたのだ。

「あんた、ここの二〇二に住んでるんだろ」

不意に話しかけられ、吉住はとっさに振り向いた。背後の男は、まるで気配を感じさせずに現れたのだった。心臓が縮まり、振り向いた弾みに背中を門扉にぶつけてしまった。

声の主は、ひと目で真っ当でない生活を送っているとわかる類の男だった。まだ年齢は若そうで、吉住と同世代か、あるいはまだ十代のようでもある。だがガムを嚙みながら唇を皮肉そうに吊り上げたその顔は、修羅場をくぐり抜けたヤクザに見られるような、尋常でない凶暴さに満ちていた。不自然にそげた頰と、狂的に光る眸《ひとみ》は、道ですれ違うときには必ず避けて通りたいと思わせる禍々しい雰囲気を醸し出していた。

男は髪を金色に染め、耳たぶにはピアスをしていた。服装はこの寒空にもかかわらず薄着で、所々破れてすらいる。異様なのは、その服の至る所につけられた、無数のピンの数々だった。

「えっ、どうなんだよ」

男は顎をしゃくって、再度吉住に尋ねた。口の端を吊り上げてはいるが、それは笑みにはなっていない。むしろまったく笑顔など想像できぬ、爬虫類のような表情だった。

「そ、そうですが」

吉住は男の発散する暴力的な気配に圧倒され、どもりながら認めた。白を切ることなど考えもつかなかった。振り向いた瞬間に、この男が先日大家が言っていた訪問者に違いないと確信していた。

「小沼豊が住んでるだろ」

男は前置きもなく、唐突に尋ねた。ノーという返事はあり得ないとでも考えているような、断定的な質問だった。

「こ、小沼？」

とぼけるわけではなかったが、吉住は尋ね返さずにいられなかった。男に気圧されて、まともな返事ができなかったのだ。

「ここに辿り着くまで時間がかかったぜ。妙な小細工しやがって」

男は腹立たしそうに、ぶつぶつと呟いた。吉住に聞かせるというより、完全に己の中で思考が完結している口振りだった。吉住に話しかけているにもかかわらず、吉住の存在など歯牙にもかけていないようだ。

「な、なんのことだか、ぼくにはわからないんですが」

精一杯の勇気をかき集めて、吉住はそう言葉を返した。実際、男の言葉は吉住の理解を超えていた。男はいったい、何を言っているのか？

「痛い目に遭いたくなければ、つまらないとぼけ方をするな。小沼は今、部屋にいるのか」

男は機械的な口調で、淡々と言った。なまじ語調を荒らげないだけに、言葉の底に潜む凄みがひしひしと伝わってきた。吉住は自分の脚が震えているのに気づいた。

「そ、それは勘違いです。ぼくがここに引っ越してきたばかりの頃にも、何人かその小沼さんを訪ねてきた人がいましたが、ぼくは会ったこともないんです。たぶん、このアパートに以前住んでいた人じゃないでしょうか」

ともかく言うべきことを言わなければならないと思った。小沼豊という男に会ったこともないのは事実なのだ。小沼某が何をしたか知らないが、そんな見知らぬ男のためにとばっちりを食うのだけはご免だった。

「引っ越しただと？　おれは奴の住民票を手繰ってここまで来たんだ。奴は今でもここに住民票を置いている。下手に匿《かくま》うと、耳を削ぐぞ」

男はまるで感情を込めず、恐ろしい恫喝を口にした。この男なら必ずそれを実行する、吉住は疑うことなく脅しを信じた。

「本当です。ぼくは小沼なんて人に会ったこともないんですよ。住民票はここにあるかもしれないけど、それは引っ越したときに動かさなかったからでしょう。ぼくには関係ないです」

無意識に哀願するような口調になっていた。相手の情けを乞い、誤解を解消しなければどんな目に遭わされるかわからない。ありったけの言葉を尽くしても、自分が小沼某とはなんの関わりもないことを理解してもらわなければならなかった。

男は感情を読み取らせぬ硬い表情で、狼狽する小沼をじっと見つめていた。その目つきはまるでガラス玉のようで、同じ人間と接しているとはとても思えなかった。相手はカマキリのように無感情だった。

「お前の名前は？」

「――吉住、計志」

本名を名乗るには抵抗があったが、とっさに他の名前は思いつかなかった。ともかくこの突然降って湧いた難事をやり過ごしたいという思いでいっぱいだった。

男は吉住の名前になんの反応も示さず、ただ観察するように吉住の怯える様を見つめていた。吉住がその視線に耐えかね、あと一分もすればその場にへたり込んでしまうというときになってようやく、男は部屋を見せろと言った。

「小沼が住んでいる形跡がなければ、今日はおとなしく帰ってやる。見せろ」

男の言葉には逆らうすべもなかった。吉住はただ言われるままに部屋に戻り、玄関の鍵を開けて、中を見渡せるようにした。後ろからついてきた男は、まず下駄箱を覗いて靴が二足しかないことを確認し、それから土足で部屋に上がってあちこち漁った。タンスから洋服を引っぱり出してそれがひとり分であることを認めると、ようやく納得したように玄関口に戻ってきた。開放廊下から男の動き回る様を見ていた吉住は、思わず「ひっ」と悲鳴を上げて後ずさった。

男はそんな吉住の様子に一瞥をくれると、ひと言も発することなくアパートを出ていった。吉住は金縛りにあったようにしばらくその場を動けず、一分ほどして災禍をやり過ごしたことを悟ると、腰から下の力が抜けて廊下に坐り込んだ。部屋に逃げ込み、内側から施錠しようという知恵すら浮かばなかった。

男の素性は、見当すらつかなかった。ただの不良とも違う。そんな生やさしいものではなく、理解を超えた虚無的な何かを裡に抱えていた。単なる不良に絡まれた程度であれば、これほどの恐怖を覚えることもなかったろう。吉住がこれまで生きてきた世界とはまったく異質の場所から現れた、何か別の生物としか思えなかった。

男はこのまま納得して引き下がってくれるのだろうか。もしもう一度やってきたら、今度はどんな対処をしたらよいのか。自分と小沼某が無関係なことを、どうやって理解させたらよいのか。

親の束縛を離れて半年の間、新しい生活にはなんの不自由も覚えなかった。新たに変身した自分には、充分満足していたのだ。ところが思わぬところから、厄介事が舞い込んできた。まさか小沼豊がそんな面倒に巻き込まれているとは、夢にも思わなかった。

とてもこのままではいられない。吉住は廊下にへたり込んだまま、そう呆然と考えた。この生活に踏み切るに当たっては、何も危険なことはないはずだった。にもかかわらず、あんな恐ろしい男につきまとわれるようになってしまった。この責任は取ってもらわなければならない。

吉住は立ち上がり、しっかりとドアの鍵をかけてから電話に向かった。しばらく接触を断っていた相手に取り次ぎを願うと、今は外出中だと言う。帰ってきたら必ず電話をくれと強く言いおいて、通話を切った。連絡をもらうまでは、どこにも出かけることなどできなかった。

時計を見ると、アルバイトへ行く時間はとっくに過ぎていた。遅刻が店長に知れたら、どんな小言をちょうだいするかわからない。だが今は、それよりももっと恐ろしい暗雲に取り囲まれた心地だった。とてもアルバイトどころではなかった。

見渡すと、畳の上にはどす黒い足跡が無数に残っていた。男の訪問が白昼夢でなかったことを、その痕跡は如実に物語っていた。

15

JR原宿《はらじゅく》駅の代々木《よよぎ》公園側の改札を出てすぐに、その男は原田の視界に入ってきた。髭を生やした口許を綻ばせ、頭を下げながら近づいてくる。

「やあ、元気そうだな」

原田が軽く手を挙げて応じると、水内良樹《みずうちよしき》は律儀に直立した姿勢から低頭した。

「ご無沙汰しています」

水内と会うのは四年ぶりだったが、眼前の男の印象はその頃のイメージと一変していた。口髭を生やしたためか、ずいぶんと落ち着いた物腰になっている。今は小さいながらも自分の喫茶店を持ち、マスターとして働いているという。店を構えたという責任が、水内の自覚を促したのは想像にかたくない。

「すまないな。突然呼び出したりして」

原田が言うと、水内はとんでもないとばかりに手を振った。

「何を言うんですか。原田さんの頼みならば、いつだって伺いますよ」

「店は開けてきたのか」

「ええ、女房とアルバイトの子がいるんで、それで充分です」

「結婚したのか」

「二年前に」

そう言って水内は、照れ臭そうに笑い皺を刻んだ。もはや四年前の、自棄的な雰囲気は微塵も残っていない。もともと顔立ちは整った男だったが、今は照れ笑いがよく似合う、渋い〝親父〟の顔になっていた。

「ガキもできましてね。来月でちょうど一歳になります」

「それはよかった。男の子か、女の子か」

「野郎ですよ。おれは女の子が欲しくて、男を産んだらただじゃおかねえって女房を脅したくらいなんですけどね。でも産まれてみれば、けっこう男の子もかわいいもんですね」

今度は照れることもなく、さらりと水内は言う。原田は「よかったな」と応じ、水内を促して歩き出した。

水内は原田がまだ警察に籍を置いていた頃に関わりを持った男だった。暴力団といざこざを起こしかけていたところを、原田が間に入って取り持ってやったのだ。

当時水内は、歌舞伎町のライブハウスで雇われ店長をしていた。店のオーナーは新宿界隈で多角経営を試みている、なかなかやり手の事業家だった。

そのオーナーが、地場の暴力団とトラブルを起こした。どうやらオーナーが、暴力団に吸い上げられるみかじめ料を業腹に思い、帳簿をやりくりして規定より少なく上納していたらしいのだ。ひょんなことでそれが暴力団に知れ、危険を感じたオーナーはどこかに雲隠れした。

水内はそれまで、歌舞伎町のライブハウスというある意味では運営の難しい店を、無難に切り盛りしていた。ヤクザはもちろん、出入りするバンドや客と悶着を起こしたことはなく、水内の手腕のお蔭でその店はある程度名前を知られる存在になっていた。

だからこそ、水内なりに店には愛着があったという。オーナーが姿を消した後も、水内はなんとか独力で店を維持できるよう努力を続けた。

そこにつきまとい始めたのが、みかじめ料を取り損ねた暴力団だった。ヤクザたちは露骨な営業妨害こそしなかったものの、頻繁に店内への出入りを繰り返し、水内にオーナーの居所を吐くよう迫った。そのころの水内は幾度もヤクザに小突かれ、手足には青痣が絶えなかったそうだ。

原田がヤクザに囲まれている水内を見かけたのは、ほんの偶然だった。ライブハウスが入っているビルの、違う店に用があってそこに通りかかったのだ。原田が声をかけるとヤクザたちはとっさに知り合い同士のように取り繕ったが、見ただけでどういう状況にあったかははっきりとわかった。水内は唇を切り、口角に血を滲ませていた。手加減のないびんたでも食らったのだろう。

ひとまずその場はヤクザを追い払い、残った水内から事情を聞いた。話を聞けば、水内に落ち度はまったくない。ヤクザたちも本気で水内がオーナーの居場所を知っていると睨んでいるわけではなかろう。その組には多少顔が利く相手がいないでもなかったので、原田はすぐに話を通し、つまらない嫌《いや》がらせはやめるよう勧告した。

ヤクザたちはその後、水内の周囲から嘘のように消えた。恩に感じた水内は二度ほど事後報告に現れたが、多忙だった原田はゆっくりと話に付き合うこともできなかった。そのうちにどう決着がついたのか、オーナーも姿を現し、ヤクザとの間で手打ちが行われたそうだった。水内が雇われ店長を辞め、喫茶店を開いたということだけが、風の噂で原田の耳に届いていた。

今日、原田が水内を呼び出したのは、彼のそうした経歴を知っていたためだった。《ゼック》の行方を追いたい原田としては、誰か信頼できる情報源を確保する必要がある。そこで思い出したのが、水内の存在だったというわけだ。

人づてに聞いていた喫茶店の番号に電話を入れると、水内は迷惑がらずに話を聞いてくれた。水内自身は《ゼック》という名を知らなかったものの、かつての知人に当たってみることはできると言う。原田自身も新宿や渋谷のライブハウスに足を運び、そこでの聞き込み調査がすべて空振りに終わった頃、水内から折り返しの電話があった。今日の夕方近くに原宿まで来られるかと水内は言う。もしかしたらそこで、《ゼック》の演奏が見られるかもしれない、とのことだった。

時刻はまだ五時前で、駅界隈に人の数は多かった。総じて十代後半から二十代前半の若者ばかりで、原田や水内のような年配者は少ない。様々な色彩の様々なファッションをまとった若者たちは、何かに急かされるわけでもなくてんでにそぞろ歩いていた。皆、個性的な服装に身を包んでいるつもりなのだろうが、どの顔も一様に平凡に見えるのはどうしたことか。原田が世代の差以上のギャップを覚えてしまうのは、理解してやることができない娘の面影を、道行く若者に投影しているからかもしれなかった。

「《ゼック》については、あまりいい話を聞きませんでしたね」代々木公園の方角へと足を向ける道すがら、水内は自分の調べの成果を口にした。「おれがライブハウスをやってた頃にも、無茶苦茶するバンドはいましたけどね。それでもそういう連中だって、ある程度に抑えてたもんです。そもそも派手なことをするのは、どうにか目立ってプロのスカウトの目に留まりたいからなんですよ。何かひとつ個性がないと、この世界で伸《の》していくことはできませんからね」

「《ゼック》はその限度を超えているというわけか」

「昔に比べれば、ですけどね。今は《ゼック》くらいやらないと、目立てないのかもしれないけど」

「おれも何軒かライブハウスを回ってみたが、《ゼック》はどこでも評判が悪かった。目立とうとして結局、彼らは自分たちの首を絞めているんじゃないか」

「でしょうね。だからホコ天バンドになっちゃったんでしょう」

水内が調べてくれたところによると、最近の《ゼック》は代々木公園の路上でパフォーマンスをしていることが多いという。曜日や時間が決まっているわけではなく、ほとんど気まぐれにゲリラ的に姿を現すそうだ。だから今日彼らが姿を現すとは限らなかったが、それでも《ゼック》の登場を待ちわびているグルーピーたちの話は聞けるかもしれないと水内は説明した。

「《ゼック》は熱狂的なファンがいるほど、人気のあるバンドなのか」

改めて原田は尋ねてみた。

「どうもそうらしいですね。でも数は多くないですよ。ファンとバンドが一体になって、自分たちだけの世界を作るのはよくあることです」

水内は興味もなさそうに吐き捨てた。よほど《ゼック》の行状に嫌悪を覚えているのだろう。

「《ゼック》はプロでも通用すると思うか」

「無理でしょうね。いくらうまくても、常識がない奴らは何をやっても駄目ですよ。しょせんは泡沫バンドのひとつでしょう」

水内の評は容赦がなかった。

神宮橋《じんぐう》を渡り、体育館の方へと足を向けた。特別な催し物があるわけでもないのに、焼きそばやたこ焼きの屋台が並んでいる。車道は通行止めを解除されていたが、車など気にせず傍若無人に横断する人に占拠されていた。

耳には人込みに特有の喧噪とともに、音楽らしき調べが風に乗って届いている。注意して聞くと、いくつかの音楽が混ざり合っているようだった。路上の演奏をしているバンドは、ひとつやふたつではないらしい。

ガードレールや公園の植木を囲う柵には、物憂そうな女の子たちが腰を下ろしていた。顔立ちからすると高校生か、ひょっとすると中学生くらいの年頃にも見えるが、服装だけは妙に大人びていた。どの女の子も皆、似合いもしない化粧で顔を汚している。そんな化粧をすること自体が、互いを同類と確認し合う儀礼のようですらあった。

そういったグループのひとつに、水内は気軽に近寄った。馴れ馴れしい口調で「ねえねえ」と語りかけ、《ゼック》についての噂を知らないかと問うている。なにやら冗談を交えて女の子たちを笑わせているその様子を見ると、ここはすべてを水内に任せた方がよさそうだった。場違いな原田が首を突っ込んだところで、女の子たちの警戒心を誘うだけだ。

最初に声をかけたグループは、大して詳しいことは知らないようだった。

「あっちのほうじゃない」

髪を茶色にした女の子のひとりが、気怠げに道の先を指し示した。少なくとも、この近辺に《ゼック》は出没しているわけではなさそうだった。

そんな調子で聞き込みはいっさい水内に任せ、何人かの少女たちの証言を頼りに、道を西に進んだ。そのうちに《ゼック》の名を知る人に当たり、グルーピーたちが屯する一角を教えてもらった。なんでも《ゼック》のグルーピーは、主に織田《おだ》フィールドのそばのベンチ周辺に集まるらしい。織田フィールドは代々木公園を横切る大通りから一歩奥まった位置にある。そのために、《ゼック》の名はあまり知られていなかったのだ。

「あれでしょうかね」

道を逸れてフィールドに続く芝生の上を歩いていると、前方に五、六人ほどの少女たちの姿が見えてきた。ひとつのベンチに群がるように腰を下ろし、全員がたばこを吹かしている。髪の色は皆茶色や金で、遠目からではとても日本人とは見えなかった。

水内がまた心得たとばかりに、すたすたとそちらに歩み寄っていった。声をかけると少女たちはいっせいに視線を振り向け、値踏みするように水内を睨んだが、補導員の類ではないと見て取ったのだろう、「誰」と無愛想に尋ねるだけで、特別訝しげな顔もされなかった。

「君らはもしかして、《ゼック》の追っかけ?」

水内が尋ねると、少女たちは互いに顔を見合わせた。

「そうだけど、何?」

ベンチの背凭れの上に腰かけていた、よく見れば顔立ちの整った少女が、地上に飛び下りて応じた。

「《ゼック》って、いつもここら辺でやってんの?」

水内はギターを弾く真似をしてみせる。少女たちだけに通じる、何か特殊なボディランゲージを水内は心得ているようだった。

「もしかして、おじさん……スカウトマン？」

少女は瞬時に顔を綻ばせ、嬉しそうに眉を吊り上げた。すると毒々しいほどの化粧に彩られた顔立ちが、とたんに年相応に愛らしくなった。大人びた服装やたばこの吸い方で、二十歳前後の年齢かと思っていたが、もしかすると真梨子と同年代かもしれない。原田は先日の、化粧をして食卓に坐っていた娘の顔を思い出した。

「いや、別にそういう者じゃないよ。ちょっと《ゼック》に興味があったんだ」

水内はにやりと笑い、曖昧な返事でごまかした。

「スカウトじゃないの。じゃあなんで《ゼック》に用があんの？」

「うん、まあ、ちょっと見てみて、できたら話がしたいんだ。あんまり深く訊かないでくれよ」

水内が意味ありげに言うと、少女たちは顔を寄せてひそひそと相談を始めた。水内が思わせぶりな返事をしているため、少女たちはこちらを身分を隠したスカウトマンだと思い込んでしまったようだ。水内だけならともかく、原田のような場違いな中年男が後ろに控えていれば、誤解されるのも当たり前だった。しかもどうやら、水内はわざと少女たちが誤解をするよう仕向けたらしい。そうした方が話が通じると踏んだのだろう。水内がそう判断するのならば、原田が口を挟む必要もなかった。

「《ゼック》はいつもこの辺でライブするよ。でも今日来るかどうかはわからない」

一同を代表して、先ほどの少女が答えた。できる限りこちらの質問に答えようと意見が統一されたらしい。騙すようで悪かったが、《ゼック》に近づくためには仕方がない。もし本当にプロデビューするだけの実力があるのなら、いずれは本物のスカウトの目に留まるだろうし、留まらないのならばそれまでのことなのだ。

「来ないかもしれないのを、こうやってみんなで待ってるんだ。《ゼック》も嬉しいだろうね」

水内が水を向けると、少女は誇らしげに少し胸を反らした。

「《ゼック》を本当に理解しているのはあたしたちだけだからね。たぶんこれから《ゼック》はもっと有名になっていくだろうけど、一番にファンになったのはあたしたちなんだ」

「《ゼック》がやってくるとしたら、何時頃になると思う?」

「そうだなぁ。早ければもう来てもいいんだけど」

「もしやってきたら、いつも君たちだけで聴くの?」

「まさか」少女は心外とばかりに下唇を突き出した。「あたしたちの仲間は他にもいるよ。小池とか小林とか原田とか吉田とか――」

少女が律儀に名前を列挙しようとすると、傍らから「そんなこと訊いてんじゃないんじゃないの」と声がかかった。

「あ、そうか。でもあたしたちだけじゃないよ、《ゼック》を聴きに来るのは。そこら辺歩いてる奴らも勝手に集まってくるしね。ライブが始まれば、ここいらはもう人でいっぱいになるよ」

「そう」

水内は頷いてから、原田に振り返った。そこで原田は、一歩前に進み出て質問を挟むことにした。

「ちょっと訊きたいんだけど、《ゼック》のベースをやってる人の名前を知ってるかな」

「ベース？」尋ねると少女は、意外なことを訊かれたように少し目を丸くした。「《ゼック》にベースはいないよ」

「サポートメンバーがいたはずだけど、もう今はいないの？」

「ああ、いたいた。地味な人ね」

少女が言うと、他の女の子たちもいっせいに忍び笑いを漏らした。原田はその笑いの意味が気になった。

「何がおかしいの」

「だって、あの人ほんとに地味だったんだもん」

「そうそう。ぜんぜん《ゼック》に合ってなかったよね」

「なんか間違えて迷いこんじゃった通行人みたいだったよね」

銘々に口にして、そしてさらに笑う。どうやら小沼豊は、彼女たちの目には魅力的に映らなかったようだ。

「もうその人はいないんだ？」

原田が辛抱強く念を押すと、「とっく」と短い返事が返ってきた。とっくにいなくなっているという意味らしい。

「風のように消えたよね」

「なんだったんだろうね。あの人」

ふたたび少女たちは互いをつつき合って喜んでいた。原田は名前を確認したが、誰も小沼の名前を覚えていなかった。当然のように、行く先を知る者もいなかった。

やはり《ゼック》のメンバーに直接当たるしかないだろうと覚悟を決めた。原田は水内とともに、少し離れたベンチに腰を下ろし、《ゼック》がやってくるのを待った。その間少女たちは、こちらをスカウトと間違えたためであろうが何くれと気を使い、たばこや缶コーヒーを運んでくれた。せいぜい十七、八歳程度の少女にたばこを勧められる気分はなかなかに複雑だったが、少女たちが見かけによらず気さくなことだけは感じられた。おそらく彼女たちは、一度自分の世界に受け入れた者には温かいのだろう。そして小沼豊は、ここでもまた受け入れてもらうことはできなかったのだ。

ベンチに腰を下ろして二時間が経過したときだった。先ほどからこちらと応対していた少女が、「あのう」と声を忍ばせて近づいてきた。

「悪いんだけど、この時間に来なければ今日はもうないよ。おじさんたち、どうする?」

まるで自分が悪いかのように恐縮して、少女は言った。原田は少し考えてから、尋ねた。

「どうしても《ゼック》の人と話がしたいんだ。どこに行けば彼らに会えるか知らないかな」

　それに対して少女は難しげに眉を顰め、「ちょっと待って」と仲間たちの許に戻った。そこでしばらくひそひそと相談をしたかと思うと、いささか不安げな表情でまた戻ってきた。

「確かなことは言えないんだけど、もしおじさんたちがどうしても会いたいって言うなら、あたしたちが間に入ってもいいよ」

「そうか。そうしてくれると助かる」

　原田は疚《やま》しさを覚えつつ、その言葉に縋《すが》った。もし自分がスカウトマンではないと知ったら、この少女たちはどんな反応を示すだろうか。

「でもね、今《ゼック》の居所を教えるわけにはいかないんだ。勝手に教えたら怒られるからね。だからまずあたしが連絡をとってみて、向こうに会う気があったら、そんときにおじさんに伝えるよ。それでもいい？」

「ああ、それでいいよ。じゃあ私はいつも携帯電話を持ってるから、ここに連絡をくれないか。時間はいつでもいい」

　原田が言うと、少女は「きゃあ、さすが」と悲鳴のような声を上げて喜んだ。原田は紙片に番号を書いて渡したが、少女の反応に笑顔で応えることはできなかった。

16

原田が和光市の自宅に帰り着くと、出迎えたのは妻の困惑げな顔だった。考えてみれば、最近の雅恵はいつもこのような顔をしている。以前はよく笑う、朗らかな性格だったのだが、いつのまにか曇りがちな表情がふだんの顔つきになっていた。おそらくそれは原田も同様なのだろう。互いが抱える心配は言葉に出さなくてもわかっていたので、雅恵の顔を見た瞬間に原田は覚悟を決めた。

「真梨子がどうかしたか」

居間に落ち着いてから、声を潜めて尋ねた。二階に真梨子がいるのかどうか、判然としなかったためだ。

「今日、学校から電話があったのよ。具合はどうですかって」

雅恵は原田の斜め前に腰を下ろし、肩を落としてそう言った。うなだれた妻は、もはや若さをすべて消耗し尽くした老婆のようにすら見えた。雅恵が老け込み始めたのはここ一年のことだ。原田が追われるように警察を辞めたときにも明るく振る舞っていた気丈な妻だったが、娘の素行には身を削るほどの心痛を覚えているようだった。

「具合？　真梨子が仮病でも使って学校を休んでいたというのか」

いい知らせではなかろうと思ってはいたが、無意識に顔を歪めてしまうほど妻の言葉にはうんざりさせられた。これまで真梨子は、曲がりなりにも学校にだけはきちんと通っていた。一時の反抗期のため親子の間がすれ違っていたとしても、娘が不良の類に身を貶《おとし》めているとは考えなかったのだ。

だが学校を親に無断で休んでいるとすれば、もはやこれは典型的な堕落のコースではないか。娘はいったい、何が不満でこうまで自暴自棄になっているのか。自分の生活を荒ませて、そこにどんな楽しみがあるというのか。

雅恵は言葉に出さず、ただ顎を引いて原田の言葉を肯定した。

「いつから休んでるんだ」

「もう一週間になるって」

雅恵は疲れ果てたように、言葉を吐き捨てる。

「お前は気づかなかったのか。真梨子が学校に行ってないことに」

「気づかなかったわ」すべての責任を感じているように、雅恵は額に手を当てて軽く首を振った。「毎朝ちゃんと、制服を着て決まった時間に家を出ていたのよ。まさかその後、学校に行かないでどこかに遊びに行ってるなんて思いもしなかった」

「今、真梨子はいるのか」

「いないわ。まだ帰ってきてない」

時計を見ると、時刻は九時半だった。それほど遅いわけではないが、連絡もなしに高校生の女の子が遊んでいていい時間帯でもない。原田は先ほど会ったばかりの、髪を茶色に染め、いっぱしにたばこをくゆらせている少女たちの群を思い出した。真梨子も親の知らぬ間に、彼女たちと同様の娘になっていたのだろうか。真梨子もどこかで、だらしない服装をしてたばこを吸い、人目もはばからず大声で馬鹿笑いをしているのだろうか。

——真梨子は結局、十一時半を過ぎてようやく帰ってきた。それまで原田と雅恵は、風呂にも入らずに無言で膝を突き合わせていた。挨拶もなくこっそりと二階に上がろうとする真梨子に気づいたのは、原田の方だった。原田は敏感に物音を聞き取り、とっさに立ち上がって玄関へと向かった。

「どこに行っていた」

抑えようと努力はしたのだが、どうしても声に詰問の調子が混じった。殴ってすむことならば、この場で何発でも殴りつけてやりたい心地だった。

下駄箱に靴をしまおうとしていた真梨子は、声をかけられて怯えた猫のように肩を震わせた。だが原田の方に振り返ることもなく、何も聞こえなかった振りをして靴を戻し、そのまま硬い表情で階段へと向かおうとした。

「待つんだ。どこに行ってたのか、ちゃんと言いなさい」

思わず原田は真梨子の肩を摑み、こちらに顔を向けさせた。真梨子は肩に触れられると、眦《まなじり》を吊り上げて原田を睨み返した。

「やめてよ」

満員電車の中で痴漢に遭ったような、拒絶以外の何物でもない声だった。肉親に向ける言葉ではなかった。

「やめないぞ。今日こそちゃんと、こちらの質問に答えるんだ。どこに行っていた」

原田は手に力を込め、真梨子の肩を揺すった。どうしてなんだ、と叫びたい衝動を、そうすることでかろうじて封じ込めていた。

「どうしてそんなことを、あんたに言わなくちゃいけないんだよ」

「あんた、だと」

真梨子の言葉にと胸を衝かれ、原田は一瞬絶句した。こともあろうに真梨子は、父親のことを〝あんた〟と呼んだのだ。

「おれはお前の父親だ。あんたなんて呼び方をするな！」

ようやく口から出た言葉は、冷静さを欠いた単なる買い言葉に過ぎなかった。自分の喉が痛くなるほどの大声が、罵声となって飛び出していた。

「やめてよ、そんな大声。馬鹿みたい」

真梨子はうんざりした表情を隠さず、煩わしげに原田の手を払った。

「馬鹿でけっこうだ。お前がそんな生活態度を続ける限り、おれは馬鹿にでも阿呆にでもなってやる」

「ほんと、馬鹿みたい。何ひとりでエキサイトしてんの」

「さあ、ちゃんと言うんだ。どこに行っていた。それから遅くなって心配かけたことを、母さんとおれに謝れ」

「心配してくれ、なんて言ってないじゃない。ほっといてよ」

「ほっとけるわけないだろうが。どうしてほっとくことができる」

「もういいから、あたしのことは忘れてよ。うざいんだよ」

「お前がどこに行っていたか言うまで、部屋には入れさせないぞ。学校も休んでるそうじゃないか。今日こそは、お前がふだん何をしているのか、ちゃんと説明してもらうぞ」

原田が強い剣幕で言うと、ようやくこちらの怒りが伝わったのか、真梨子は諦めたように壁に寄りかかった。そして馬鹿にするかの如く外人じみた仕種で肩を竦めると、「わかったよ」と男のように応じた。

「話してもいいよ。別にあんたたちが心配するようなことしてるわけじゃないんだから。あんたたちは、あたしが売春でもやってないかって勘ぐってんだろ。冗談じゃないよ」

「ば、売春だと」

想像もしなかった単語が真梨子の口から飛び出し、原田は我を忘れてどもった。

「だからやってないって。やめてよ、変な想像」

「じゃ、じゃあ、何をしていたんだ、こんな時間まで」

「話してもいいよ。でも条件がある」

「条件だと」

「そうだよ。あたしが何をしてるか話す代わりに、あんたも自分が何をしているのか教えてよ」

「なに？」

とっさには、真梨子の言う意味が理解できなかった。真梨子はいったい、何をこちらに求めているのか。

「あんた、仕事のことをあたしに話せる？　話せないでしょ、どうせ。だったらあたしも話さない。あたしのすることはあたしの勝手よ。干渉しないで」

真梨子は早口にそう捲し立てると、一瞬の隙を衝いて階段を駆け上った。

「ちょっと待て」

慌てて原田は後を追ったが、真梨子は自分の部屋に飛び込むと内側から施錠し、それきり姿を見せようとしなかった。

「おい、開けろ。ここを開けるんだ。ちゃんとこちらの話を聞きなさい」

どんどんと容赦なく拳でドアを叩いたが、部屋の中からは物音ひとつ返らなかった。物理的に原田と真梨子を隔てる物は薄っぺらなドアひとつのはずだったが、今の彼にはそれが分厚い鉄の扉にも感じられた。

原田の呼びかけに応じるのは、冷ややかな沈黙だけだった。

17

《ゼック》のグルーピーから連絡が入ったのは、翌日の午過《ひる》ぎのことだった。

「あたし。わかります？　昨日会った、《ゼック》の追っかけ」

「ああ、待っていたよ」

携帯電話の聞き取りにくい音声ではあったが、その声は確かに昨日接触した少女のものだった。

「あの後ね、《ゼック》に連絡先を教えていいかどうか訊いたんだよ。そうしたら、いいって。おじさんたちに会うって」

「そうか。それは助かる。どうもありがとう」

「いいんだよ、これくらい。それより《ゼック》をよろしくね」

「何も約束はしないよ。それでもいいかい」

「しょうがないよ。当然だよね」

少女の言葉はあくまでしおらしい。昨夜の真梨子とのやり取りがあるだけに、少女の物腰には好感を覚えずにはいられなかった。親には乱暴な口を利いたとしても、見知らぬ他人には真梨子もこうして穏やかに接して欲しいものだと、心の片隅で祈った。

少女によると、《ゼック》のメンバーはいつも、六本木《ろっぽんぎ》のとあるスナックを根城として集まっているらしい。原田は店の名前と所在地を聞き、通話を終えた。

すぐに水内の喫茶店に連絡を入れると、昨日と同じ頃に時間を割けると言う。頻繁に呼び出すのは気が引けたが、ここは水内の厚意に甘えて協力してもらうことにした。

水内と合流するまでの時間を、店の場所を確認することで費やした。少女の説明では、スナックは地下鉄日比谷《ひびや》線の六本木駅から歩いて五分ほどの場所にあるという。原田は地下鉄を乗り継ぎ六本木交差点で地上に出ると、外苑東通りを麻布台《あざぶだい》の方向へと下った。

平日の日中にもかかわらず、人通りは多かった。新宿や渋谷の人込みと顕著に違うと思わせる点は、雑踏の中に少なからず外国人の姿が散見されることだった。そしてそれが、この街ではさほど目立つ存在ではなくなっている。違うのは肌の色だけで、服装やスタイル、身長などは周りの日本人もほとんど遜色がないせいだろう。原田だけが、ここではまったくの異分子だった。

ロアビル横で右折し、港区役所の麻布支所の方向へ足を向ける。右手に東洋英和《とうようえいわ》女学院の小学部の敷地を見ながら、ビルの看板を見逃さぬように歩いていると、築後三十年は経ていそうな、薄汚れた雑居ビルが目に入った。入り口横には腰の高さほどの看板が立っていて、そこには《BIW》と書かれていた。《BIW》とは《BLOWIN' IN THE WIND》という曲の略なのだと少女が言っていたのを思い出す。

ビルの入り口は狭く、汚かった。錆びたメールボックスの下に、これまたろくに手入れをされていない自転車が置かれ、ハンドルの前の籠にはジュースやビールの空き缶が何本か入っている。その自転車の奥には階段があるのが見えたが、エレベーターはない。《ＢＩＷ》は四階ということだが、そこまで階段をせっせと上らなければならないようだった。

見上げると、四階の窓には明かりが灯っていない。店を開ける準備をしている気配はなかった。原田はいったんビルの前を通り過ぎ、周囲をぐるりと一周してから戻ってきたが、その間一度も《ゼック》のメンバーらしき人物とはすれ違わなかった。諦めて、六本木交差点の方へと戻った。

水内との待ち合わせの時間まで、生演奏をやりそうなパブやスナックを訪問して歩いたが、それらのどこにも《ゼック》は出入りしていなかった。さして期待していたわけでもないので適当な時点で切り上げ、あとは喫茶店に入って時間を潰した。

交差点に面する書店で水内と合流し、ふたたび《ＢＩＷ》の入っているビルに戻ったときには、時刻は五時半を回っていた。四階の窓を見上げると、もうすでに照明が点いている。開店の時間ではなくても、少なくとも誰かがいるようだ。

階段を上り、木製の意匠を凝らしたドアを押した。クローズドの札が出ているので鍵がかかっているかと思ったが、そんなこともなくドアはスムーズに開いた。ドアについている、来客を告げるベルがチリンと小さく鳴った。

入ってすぐの空間は、人ひとりがようやく通れるかというほどの、細長いスペースだった。左手に傘立てがあり、その上の壁にはなにやらビラが無秩序に貼られている。薄暗かったので見にくかったが、目を凝らすとそこには《ゼック》の文字が見て取れた。

「すみませんが」

原田が奥へと声をかけた。人の気配はBGMのムードミュージックとともに、左の壁越しに伝わってくる。厨房はそちらのようだった。

原田が言葉を発すると、それまで聞こえていた話し声がぴたりと止まった。突然の静寂。そこには来客の正体を窺う、息を潜めた好奇心が感じ取れた。原田は足を運び、壁を回って左手奥へと顔を出した。

そのとたん、いっせいに鋭い視線を浴びせられた。そこにいた人間たちは、皆一様に顔をこちらに向け、挑むような目つきで原田を睨んでいた。こいつらが《ゼック》か。瞬時に原田はそう確信した。

「誰だ」

歓迎的でない誰何《すいか》の声が上がった。声の主は判然としない。フロアの半分を湾曲しながら占めているカウンターには三人、奥のテーブルにはふたりの男がいることだけは見て取れたが、いかんせん薄暗く絞った照明のため、それぞれの表情の動きまでは読み取れない。そこにいる全員が二十歳前後と判断するのが精一杯だった。

「君たちのファンの女の子から連絡がいっていると思う。私が君たちに会いたがっていた原田という者だ」

原田は努めて大きな声で、全員に聞こえるように言ったが、返ってくるのは変わらず流れている気怠げなBGMだけで、男たちは気詰まりなほど重い沈黙を保っていた。

「君たちが《ゼック》?」

無言の相手にたまりかねて、後ろから水内が口を挟んだ。ここは自分が出た方が話が早いと判断したのかもしれない。水内は軽く原田の肘に触れ、一歩前へと身を乗り出した。

「おれたちになんの用なんだ。あんたたちは本当にスカウトなのか。だったら名刺を見せてくれ」

カウンターの一番手前にいた男が、うっそりと立ち上がってこちらに歩み寄ってきた。首からは太いマフラーのような物をぶら下げている。だがそれの端が首をもたげているのを見て、マフラーなどではないことに気づいた。男は太い蛇を首にまとわりつかせているのだった。

蛇は鎌首をもたげ、物欲しげに左右を窺っていた。その口からは赤い舌がちろちろと覗いている。一瞬後にはこちらに飛びかかってきそうな、爬虫類特有の冷たい獰猛さが感じられた。

思わず水内は気圧され、顔を背けるように後ずさった。蛇をまとわりつかせた男は、そんな水内の狼狽が面白いのか、にやりと笑みを浮かべて蛇の体表を撫でた。

「嚙みつきゃしないよ。こいつは毒蛇じゃない。かわいいもんさ」

「そ、そうか。なら、いいけどさ」

水内は小刻みに頷き、応じた。だが体は未だ怯えたまま、じりじりと後方へ逃げようとしている。

「こいつはおれたちの蛇じゃない。この店で飼ってる蛇なんだ。だから心配ねえよ」

男は歌うように楽しげに言うと、唐突に右手を差し出した。原田はその手の意味がわからず、「なんだ」と問い返した。

「なんだじゃねえだろ。名刺だよ。早くくれ」

男は目下の者に命令するように顎をしゃくり、再度右手を突き出した。仕方なく原田は、肩書きのついていない名刺を一枚、その掌の上に載せた。

「なんだよ、あんた。レコード会社の人間じゃねえのか」

「そんなことを言った憶えはない。期待はしないでくれと伝えてあるはずだ」

「じゃあ何者だ、あんたたち」

男は突然興味を失ったとでもいうように原田たちに背を向けると、坐っていたストゥールに戻った。他の四人は視線をこちらに向けたまま、ひと言も発しようとしない。カウンター奥の部屋には店員がいるはずだったが、誰ひとり顔を出そうとはしなかった。

「君たちのことは音を聴いてみなくてはなんとも言えない。期待するなというのはそういう意味だ」

ふたたび横から水内が口を出した。あくまで相手にスカウトと誤解させる戦術を使うつもりのようだ。それは一面賢いやり方のようだが、果たしてそれが本当に賢明であったのか、ここに来て原田は少し疑問を覚えた。こちらの嘘がばれたときには、何をしでかすかわからない剣呑さが、この若者たちには感じとれたのだ。

問うべきことを問うて早々に退散した方がいいかもしれない。原田は判断して、水内からやり取りを引き取った。

「こちらの用件を言おう。私は以前君たちのバンドに加わっていた、小沼豊という人を捜しているんだ。今彼がどこにいるか、知ってたら教えてくれないか」

原田が毅然と質問を発すると、蛇をまとわりつかせた男は苛立たしげに、「だからあんたたちは誰なんだよ」と言った。

「てめえの身分も言わねえでいきなり質問だけしやがって、失礼だと思わねえのか」

男は口調に似合わぬ、至極真っ当なことを言った。原田は諦めて、自分の身分を明かした。

「私は探偵だ。依頼を受けて、行方不明になった小沼豊を捜している」

「探偵?」男は妙な抑揚をつけて、問い返した。「あんた、名探偵?」

何がおかしいのか、男の言葉に他の四人がいっせいに笑った。その哄笑はあまりに唐突で、どこか頭のネジがいかれているのではと思わせるほど、狂的な響きがあった。

「どうなんだ。知ってたら教えて欲しい」

「そっちの人はスカウトなの?」

男は原田の言葉に直接答えず、顎で水内を指した。同時に哄笑も収まる。まるで訓練されたような、感情を伴わない止み方だった。

「違う。彼はただ、私の仕事を手伝ってくれているだけだ」

答えようとする水内を遮り、原田が応じた。水内は不満そうに口籠ったが、原田はそれに
「任せてくれ」と目配せで応じた。当初予想していたよりも、《ゼック》のメンバーはずっと物騒な気配を漂わせている。水内に任せられる相手ではなさそうだった。

「知らねえよ」

男は脈絡もなく、言葉を発した。一瞬なんのことか理解できなかったが、どうやら小沼豊の行方について答えているようだった。

「他の人はどうなんだ」

視線を向けて無言の四人にも問うたが、返ってくるのは敵意を含んだ沈黙だけだった。先ほどから応じている男は、他の四人に比べればまだ話が通じる方なのだと悟った。

「彼が君たちと別れたのは、いつ頃のことなんだ」

重ねて質問すると、男はカウンターを爪で小刻みに叩き出した。

「どうしてそんなことをあんたに答えなきゃならない。あんたたちはスカウトだとおれらを騙したんだぜ。半殺しに遭ったって文句は言えないはずだ」

「騙すつもりはなかった。追っかけの女の子にも、はっきりとスカウトじゃないと告げてある」

「さっき、そっちの髭のおっさんは、こっちが誤解するようなことを言ったじゃねえか。あ

んな調子で女の子を騙したんだろ。ふざけんなよ」

「悪かった」

原田は丁寧に頭を下げ、そして水内には小声で「表に出てくれないか。すまない」と頼んだ。水内は何か言いたげに口を開いたが、「わかりました」と素直に出ていった。

「いつ頃まで小沼豊がいたのか、教えて欲しい」

原田は根気よく繰り返した。男はカウンターを叩いている指を止め、ちっと舌打ちをした。

「あいつ、いつまでいたっけ」

仲間たちに問いかける。するとこれまで黙り込んでいた男のひとりが、「知るかよ、そんなこと」と言葉を発した。蛇をまとわりつかせた男は首を竦め、原田に向き直った。

「半年くらい前かな。憶えちゃいないが、いずれにしろそんなもんだ」

「その後どこに行くとは言ってなかったか」

「聞いてないね」

「一度も連絡はないのか」

「ねえよ。むしろこっちも捜してるくらいだ」

男が言うと、「リョウ」と鋭い叱責が沈黙する男の中から飛んだ。リョウと呼ばれた男は、「おっと、やばい」とおどけた調子で言い、不敵な面構えで微笑んだ。

原田はそのやり取りを、無言のまま逐一見届けた。なにやら意味ありげなそのひと幕は大いに原田の興味を惹いたが、それを追及しても答えてもらえるとは思えなかった。少なくとも彼らが小沼豊の行方を知らないことだけは本当のようだった。

「そうか。ありがとう。じゃあこれで失礼するよ」

原田は一同をもう一度見渡し、踵を返して壁の裏側へと急いだ。男たちの視線が自分を追っているのは、振り向かなくても痛いほど感じ取れた。

ドアを開けて踊り場に出ると、水内は手持ち無沙汰げに地上を見下ろしていた。店から出てきた原田を認めて、頷いて先に階段を下り始める。

「すまなかったな。せっかく付き合ってもらったのに、意味がなかった」

「任せてくれれば、もっとうまく聞き出せましたのに」

未だ水内の口調は不満そうだった。原田は緊張のあまり強ばっていた肩から力を抜き、首を振って答えた。

「奴らがポケットに手を突っ込んでいたのに気づいたか」

「えっ」

意味がわからなかったのか、水内は振り返って原田の顔を見た。原田は表情を変えず、淡々と言った。

「奴らのうち、奥のテーブルに坐っていたふたりは、右手をポケットに入れていた。ポケットの中に忍ばせていたのは、おそらく刃物の類だ。こちらの出方次第で、奴らはそれをちらつかせるつもりだったんだろう」

水内は目を剝き、ようやく顔に恐怖を上《のぼ》せた。

18

駅に向かう途中で携帯電話が鳴ったので、水内とはその場で別れた。ビルの蔭に入り、通話ボタンを押す。

「環です」落ち着いた声が耳に届いた。「この前引き受けた、小沼豊の戸籍の附票が手に入りました。現在住民票が存在する地点を今から言いますから、すぐにそちらに回ってもらえますか」

「わかりました。どうぞ」

電話を左手に持ち換え、メモを構えた。環ははっきりした口調で、住所を読み上げた。

「……保谷《ほうや》市中町《なかまち》六丁目、ですね」

改めて確認をする。原田が追跡した限りでは都心部へと移動をしていたが、どうやら最終的には二十三区を抜け出たようだった。

「最寄り駅は西武《せいぶ》新宿線の東伏見《ひがしふしみ》か、西武柳沢《やぎさわ》になりますが、どちらからもけっこう距離がありますね。タクシーでも使ってください」

さすがに保谷市には土地勘がない。中町と言われてもどの辺りか見当すらつかないので、ここは環の言葉に甘えてタクシーを使った方がよさそうだった。

「わかりました。では今から向かいたいと思います」

「お願いします。わざわざ念を押すまでもないですが、その住所に住んでいる人の顔は、しっかり確認してきてください」

環はそう言い添えると、理由も言わずに通話を切った。

顔を確認しろ？　原田は環の最後の言葉の意味を読み取れず、もう一度反芻してみた。顔の確認を求めるということは、環はここに小沼豊はいないと考えているのか。であるならば、この住所に住んでいるのはいったい何者なのか。

しばらく考えてみたものの、環の真意は理解できなかった。ともかく指示どおり、保谷に向かうしかないようだ。原田は諦めて、駅へと急いだ。

19

その男を吉住計志が見かけたのは、夜の七時を回った頃のことだった。

吉住は近くの定食屋で夕食を摂ってきた帰りだった。その店は値段が安い割にはボリュームがあり、味もそこそこいけた。今はアルバイトの身分の吉住にはありがたい存在で、三日に一度は通っているお気に入りの店だった。

今日は好物のひとつであるハンバーグ定食を食べてきた。ハンバーグの上に目玉焼きが載っていて、そこにこってりとしたケチャップソースがかかっている。母の料理はさして旨くもなくあまり好きではなかったが、そんな中でもハンバーグだけはまだましだったせいか、今でもメニューにあるとついそれを頼んでしまう。味覚が子供じみていると思わないでもないが、好きなものは仕方がない。

大振りのハンバーグを、ライスをお代わりして平らげると、満腹感とともに満ち足りた気持ちになっていた。それだけに、道の前方を歩く男には、格別注意を払わなかった。

うっかりしていたらそのまま追い抜いて、男をアパートまで先導してしまうところだった。男が番地を確認しながら歩いているのに気づき、ようやく茫漠とした幸福から我に返った始末だった。

まさかとは思ったが、先日の恐ろしい男のこともある。用心するに越したことはない、と考えて後からついていくと、男はやはり吉住が住むアパートに向かっていた。吉住は曲がり角で立ち止まり、電柱の蔭からアパートの開放廊下を見張ることにした。

男は四十過ぎくらいの、至って平凡な外見をしていた。ダークグレーのスーツはくたびれていて、生活臭が滲んでいる。その辺を歩いているなんの変哲もない中年男で、危険な雰囲気はかけらもなかった。後ろから見る限りでは、先日の体中にピンをつけた男とは関わりがなさそうだった。

もしかしたら他の住人を訪ねてきた人かもしれない。吉住は電柱から顔半分だけを覗かせ、スティールの階段を上っていく男を視線で追い続けた。

中年の男は階段を上りきると、左手に並んでいる部屋の番号を確認するようにゆっくりと奥へ進み始めた。そして二〇二号室の前で立ち止まり、呼び鈴を押した。吉住の部屋だった。もう間違いない。あの男は吉住を訪ねてきたのだ。

遠目だったが、男と面識がないことははっきりと確信できた。となれば、親の監視下から逃げ出した吉住を追ってきた人間か、あるいは先日のピンをつけた男のように小沼某を捜しているか、どちらかのはずだった。そしてそのいずれにしろ、今吉住が関わり合いになりたい相手ではなかった。

なおも見守っていると、男は部屋の中からの返事がないのに諦めたのか、踵を返して階段を下り始めた。このまま帰ってくれるかと期待したが、男はその足で一階の大家宅を訪れた。大家は呼び鈴ひとつで表に顔を出し、男となにやら会話を始めた。気はいいのだがお喋りな大家は、きっと訊かれるままにあれこれ答えてしまうことだろう。

これはまずい。何がどうなっているのか、事態をうまく理解することができないが、ともかくよくないことが起きつつあるのだけはわかる。どうすればいいのか？

対処のしようがなく、身悶えする思いでやり取りを見ていると、男は懐から写真のような物を取り出して大家に示した。それを覗き込んだ大家は、大袈裟に首を傾げて何か捲し立てている。どうも男は小沼某を訪ねてきたようだった。

写真をしまうと、男は礼を言ってアパートを出てきた。しばらく周囲に油断ない目を配る。吉住はひやりとした思いで身を隠し、ひとまずこの場から逃げようと心を決めた。こんなことではいずれ引っ越さなければならないが、ともかく今は男をやり過ごすのが先決だ。どこかでしばらく時間を潰し、男が姿を消した頃にアパートに戻ればいい。明日は早くから出かけ、できればその足で次の住まいを決めてしまおう。敷金や礼金に割ける金はなかったが、こんな事態を招いたのはすべてあいつのせいだ。この責任は取ってもらわなければならない。

小走りで電柱から遠ざかり、さらに次の曲がり角に隠れて背後を見た。ちょうど男も角を曲がったところだったが、隠れた吉住には気づかなかった。先ほどまで吉住が立っていた場所で止まり、電柱に寄りかかるようにしてたばこを吸い始める。どうやらこのまま、吉住の帰りを待つつもりのようだった。吉住はそれを見定めると、惨めな気持ちでとぼとぼと歩き始めた。

どうしてこんなことになってしまったんだ。つい先日までは、こんな自由な生活はないと思っていたのに、今は帰る家さえ失って当てもなく歩いている。いったい自分が何をしたというのか。自由に生きたいと望むことが、そんなにも罪だというのか。吉住はどっと押し寄せてきた疲れに足を引きずりながら、幾度も口の中で愚痴をこぼした。手の中からすり抜けていく〝自由〟を押し止めることもできず、ただなすすべもなく逃げ回る自分の無力さが恨めしかった。

十分ほど歩いて近くの公園に足を向けた。日もとっぷりと暮れた今は遊ぶ子供も当然おらず、無人のブランコや滑り台が白々と街灯の明かりに浮かんでいた。吉住は植木の脇に停めてある違法駐車の車の列を横に見つつ、入り口からベンチへ足を向けようとした。

そのときだった。突然背後から強烈な衝撃が襲ってきて、わけもわからず地面に手をついた。なぜ自分が転倒したのか、その原因すらとっさには理解できなかった。

続く第二撃で、何者かに後ろから蹴り飛ばされたのだということがわかった。尻にまともに入った蹴りは、脳天に直接響くほどの痛撃を吉住に与え、そのあまりの激痛に呻き声すら出せないでいた。

頬を砂利につけ、身をよじりながら痛みと闘っていると、頭上に数人の人影が立つ気配がした。食いしばった歯とともに固く閉じていた瞼を恐る恐る開けてみれば、そこには三人の男が立っていた。街灯を背負っているため、逆光で顔は見分けられない。だが男たちが、体じゅうにピンを刺しているのだけは見て取れた。

あの男だ。土足で部屋に上がり込んだあの不気味な男が、今自分を後ろから蹴り上げたのだ。

言葉にならない根元的な恐怖が、背筋を走った。理由などない、ただ本能的な恐れが吉住の身裡で飛び跳ねた。紛れもない生命の危険が、今そこまで近寄っているのをはっきりと感じ取った。

痛みも忘れて飛び起きようとすると、今度は左の肩口を蹴られた。吉住がもんどりうってのけぞるのを、背後の男は軽くよけた。その男はゴミ箱に近寄ると、そこからごそごそと新聞紙を取り出した。吉住は尻をついたままその場から遠ざかろうとしたが、視線だけは男たちに釘づけにされて逸らすことができなかった。

新聞を持った男は、近寄ってくるとそれを丸め、強引に口の中に押し込んだ。そのときになってようやく悲鳴が喉をつんざいて飛び出したが、それは汚い新聞紙に阻まれて中途で立ち消えた。耐えがたい味覚に嘔吐感が込み上げたが、相手は容赦のないやり方でぐいぐいと新聞紙を押し込み続けた。

残るふたりが両脇に立ち、それぞれ腕を持って吉住を立たせた。吉住は呻き声を漏らし、なんとか腕を振りほどこうともがいたが、しょせん多勢に無勢で男たちにはかなわなかった。

そのままぐいぐいと引かれ、違法駐車していた車の一台に押し込まれた。ひとりが運転席に坐り、もうひとりが続いて吉住の隣にやってきた。エンジンをかけるとすぐ車を前に出し、残るひとりがちょうど吉住を挟み込むように反対側のドアから乗り込んだ。男たちはその間、ひと言も言葉を交わさなかったが、一連の動きは淀みがなかった。拉致などには慣れきったような、スムーズな連係プレイができあがっていた。

このまま連れ去られれば、間違いなく自分は殺される。吉住はそう確信し、精一杯声にならない叫びを漏らした。口から出るのは「うーうー」という呻きでしかなかったが、それでも叫び続けずにはいられなかった。

押さえつけられた両手をがむしゃらに引き抜こうとすると、左側の男がナイフを取り出した。無言のまま吉住の目の前でちらつかせる。その青みを帯びた光に吉住は息を呑み、一瞬動きを止めた。ナイフは吉住の視野をゆっくりと右から左に移動し、そして左耳の脇で止まった。ナイフを持った男は吉住の左手を解放したが、それでも暴れる気にはなれなかった。耳たぶを摑まれた。続いて針で刺すような痛みがあった。金属を押し当てられるひんやりとした感覚と、激烈に生じた熱い痛みが、耳たぶのつけ根で混交した。吉住は今、耳を削がれようとしているのだ。

滴り落ちる鮮血が二の腕を汚し始めるのを見たとたんに、吉住の意識は遠のいた。眼前に星が飛び交ったかと思うと、それらは吸い込まれるように闇に消えた。後にはただ、果ても見えない虚無が漂うだけだった。

20

三十分ほど張り込みを続け、誰も帰ってこないことを確認してから、原田はいったんその場を離れた。今度は徒歩で駅の方へ向かい、適当な店で食事をしてからふたたびアパートに戻った。何気ない顔でアパートの前を通り過ぎ、小沼豊の部屋に一瞥をくれたが、照明が灯っている様子はない。まだ誰も帰ってきていないようだ。

原田は先ほどまで立っていた電柱の蔭に身を潜め、たばこを取り出して火を点けた。ゆっくりと紫煙を肺に送り込んでから、吐息とともに吐き出す。視線はアパートから片時も逸らさずにいたが、脳裏では先ほどの大家の言葉が甦っていた。

大家はこのアパートの二〇二号室には、小沼豊という人物が確かに住んでいることを認めた。だが原田が見せた写真には奇妙な反応を示した。大家は写真の顔をひと目見ただけで、

「小沼さんはこんな人じゃないよ」と否定したのだ。

それについてはしつこいほど確認を求めたが、大家の証言は変わらなかった。ここに住んでいるのは小沼豊だが、この写真の人物は小沼ではない、と確信を持って断言して見せた。

どうやらここに至り、朧気ながら環の示唆したことがわかり始めてきた。小沼豊の住民票が存在するこのアパートには、小沼の名を騙る何者かが住んでいるのだ。おそらく環はそれを予想していたに違いない。だからこそ、住人の顔を確認してこいと言ったのだ。

だが、では小沼の名を騙っているのが何者なのかというと、それは未だ不明だった。大家の証言からすると、年格好は小沼豊と似通っている。おとなしい、どちらかというと引っ込み思案な若者だそうで、これまでトラブルめいたことは一度も起こしたことがないという。実際対面してみるまで予断は禁物だが、その男が小沼豊を殺して成り代わっているとまで推測するのは早計だろう。

いずれにせよ、その謎の人物に直接会ってみないことには何もわからない。取りあえずは何か口実を設けて接触してみるつもりだが、相手の反応如何《いかん》では小沼豊の写真を見せるのもひとつの手だろう。それによって、奇妙な住民票の移動と、人物入れ替わりの真相がわかるかもしれない。

たばこを吸い終え、吸殻を携帯用灰皿に落とし込んだときだった。携帯電話が鳴り、その場の静寂を破った。

環だろうと思いなんの気なしに出てみると、意外にも相手は妻の雅恵だった。雅恵には万一のためにこの携帯電話の番号を教えてあったが、これまで一度もかかってきたことはなかった。何か変事が起きたのかと、原田は心臓を締めつけられるような緊張を覚えた。

「どうしたんだ」

妻の様子には、動揺が感じ取れた。原田はどうにか落ち着かせようと、努めて平静な口調で尋ねた。

「真梨子が、出ていっちゃったのよ」

雅恵は自分の罪を告白するように、ひと言ひと言嚙み締めてそう言った。

「出て行った？　何があったんだ」

どうせそんなことだろうとの予感はあったが、改めて真梨子のことだと言われると、正直辟易《へきえき》する気持ちが湧いてもくる。どうして真梨子は、親を煩わせることばかりするのだろう。何をしてもかまわないから、せめて親に心労を強いるようなことだけはやめてくれないものか。

「あたしと口論したのよ。そうしたらあの子、すごく興奮しちゃって。それでどっかに出ていっちゃったの。もう帰ってこないなんて、捨て台詞を残して」

「帰ってこない？」

「そう。後を追いかけたんだけど、途中でタクシーを拾われて見失っちゃったのよ。真梨子、どこに行ったのかしら。また変な友達のところに行っちゃったのかしら」

妻も未だ興奮しているのか、ふだんよりも早口になっていた。訊かれても答えようがないことを、言葉を重ねて尋ねてくる。原田は落ち着かせるつもりで、その前後の状況を説明させた。

「出ていったのは何時頃なんだ」

「三十分くらい前かしら。後を追いかけてから家に帰ってくるまで、それくらいかかってるはずだから」

すると八時頃のことか。どこかで遊んで、それから電車で帰ってこようとしても充分間に合う時間だ。取り立てて騒ぐほどのことはないかもしれない。

「口論って、どんなことで口論したんだ」

「……あなたの仕事のことよ」

「おれの仕事？」

「そう。あの子があんまりひどいことを言うから、あたしもついむきになって叱っちゃったの。それで」

先日の真梨子の、軽蔑したような言葉が甦る。真梨子はそれほど、父親の生き方を恥と感じているのか。なぜそんなに引け目を感じる必要があるのか。もしどうしても父の仕事を許容できないとしても、自分が泰然としていれば何も恥じる必要はないではないか。真梨子にも同じような生き方を強制しているわけではないのだ。

「――まだ時間は早い。もう少し様子を見て、真梨子からの連絡を待ってみるんだ。まずお前が落ち着くことが先決だよ」

嚙んで含めるように言うと、雅恵は子供のように「うん」と答え、もうしばらく待つと告げた。

「仕事中に邪魔をしてごめんなさい。もう電話したりしないから」

「気にするな。真梨子が帰ってきたら連絡をくれ」

「まだ仕事は時間かかるの？」

「わからない。なるべく早く帰れるようにしたいが」

「……真梨子が戻ったら、また電話するわ」

妻は諦めたように言って、通話を切った。互いに何か言いたいことがあるのに、それを見つけられずにいるもどかしさが残る会話だった。

21

倉持真栄は東急大井町線《とうきゅうおおいまち》の上野毛《かみのげ》駅を出て、環状八号線を北に進んだ。すぐに見えてくる多摩《たま》美術大学前の交差点で右に折れ、多摩川の支流である谷沢《やざわ》川の方へ向かう。環の指示にあったマンションが、その川沿いに存在するのだ。

倉持が捜している広沢良美の戸籍の附票が手に入ったと、環は連絡してきた。附票によると、広沢良美の住民票のある場所は、世田谷区中町四丁目ということだ。住民票の移動の軌跡は、いったんは遠く荒川《あらかわ》区にまで離れたが、結局出発点である大田区のそばに落ち着いたようだった。環は今追っている線をひとまず放っておいてでも、すぐにその住所を確認に行けと指示した。

どうやら環の頭の中には、すでにある程度の推理なり仮説ができあがっているらしい。そうでなければ、何を差し置いても確認しろなどという命令は下さないはずだ。おまけに環は、その住所の住人の顔をしっかり見てこいとまでつけ加えた。倉持がその理由を尋ねても、いつものように含み笑いでごまかされただけだった。

——あのおっさんはいつもそうだな。

ことを同世代だなどとは考えていない。なんとなく外見から自分と同じくらいなのだろうと勝手に推定していたが、彼の実際の年齢など知りもしないのだ。もしかしたら環は、倉持はおろか原田よりも年上かもしれない。そう思わせる底知れなさが、環という男にはつきまとっていた。

倉持は自分と大して年の違わない環を、内心でおっさん呼ばわりした。実際倉持は、環の

環は指令の根拠をいっさい説明せず、ただ急げとだけ倉持に告げたが、そうした秘密主義は決して不快なものではなかった。むしろ的確な指示を与えてくれるのならば、その理由などは聞きたくもない。よけいなことに頭を悩ませるのは性に合わない。考えるのは環、行動するのは自分と、倉持は完全に役割を分担しているつもりだった。

環と組んで仕事をするようになって、もうそれなりの年月を経ているが、一度として的外れな指示をもらったことはなかった。ときに無駄足を踏むことがあっても、それは必ず次のステップへのなんらかの布石となっている。環の読みはちょうど将棋や囲碁の名人のように、何十手も先にまで及んでいるのだろう。そう思うからこそ、倉持は環の思考を後追いしてみる気などないのだった。むしろ黙って指示に従い、その結果どんな真相が浮かび上がってくるのか、そちらの方が楽しみでもあった。

今日もまた、環が住人の顔を見ろと言うからには、きっと何か面白い結果が出てくるに違いない。ここであっさり広沢良美本人が見つかったりしたら、その方がむしろ興醒めというものだ。倉持は自分がにやにや笑いを浮かべているのを自覚しながら、地図にあるマンショ

ンを目指した。

そこは五階建てほどの、茶色いタイル張りの低層マンションだった。場所を考えれば決して安い家賃ではないだろうが、さりとてオートロックの最新設備を備えた高級マンションというわけでもない。管理人がいることはいるがチェックは厳しそうではなく、エントランスにあるメールボックスも施錠式ではなかった。

目指す四〇三号室のメールボックスを見ると、そこに名前は出ていなかった。女性のひとり暮らしであれば当然のことだ。そのことはさして気に留めず、倉持はエレベーターに乗った。

四〇三号室はエレベーターを降りてすぐの部屋だった。ここの表札にも名前は出ていない。倉持はためらうことなく、ドア脇のチャイムを鳴らした。

電子音が部屋の中でするのが、ドア越しに聞こえた。しばらく中の反応を窺う。人が出てくる気配はなかった。

続けて、今度は二度押してみた。やはり反応はない。頭上の電気メーターを見上げたが、それはゆっくりと回っているだけだった。この程度のスピードであれば、冷蔵庫やオーディオ機器などの消費量であろう。中には誰もいないようだった。

仕方ないので、階下に下りて管理人室をノックした。エントランスに面した小窓にはすでにカーテンが引かれている。勤務時間は午後五時までとの表示板が出ていたが、部屋の中に人がいるのはカーテン越しに漏れてくる明かりでわかった。常駐か通いかわからないが、取りあえずまだ管理人はいるようだった。

管理人は不愉快そうな表情で、ドアを開けて顔を覗かせた。不躾な視線で倉持を上から下まで見下ろす。七十に手が届きそうな、頑固そうな顔つきの老人だった。こんな爺で管理人が務まるのかよ、と倉持は内心で悪態をついたが、もちろんそれは微塵も表には出さなかった。

「すいませんが、ちょっといいですか」

腰を屈め、軽い口調で話しかける。続けて相手が口を挟まないうちに、出任せのストーリーをぺらぺらとまくし立てた。

「ちょっと四〇三号室の人のことで伺いたいんですが。あ、私が何者かと言いますと、実は四〇三号の女性の婚約者の兄なんです。今度弟が結婚することになったんですが、心配性の親が、どういう相手かお前調べてこい、なんて言うもんで、お節介に来たんですよ。怪しいもんじゃないんで、ちょっとどんな人か聞かせてくれませんかね。いいことはもちろん、悪いことでも包み隠さずね」

かなり怪しげな口実だとは自分でも思うが、腰の低さと口調の剽軽《ひょうきん》さで、管理人は納得してしまったようだった。「あっそう、ご苦労だね」などと太平楽な相槌を打ち、倉持を部屋の中に請じ入れてくれた。

元来マンションの管理人などは、ふだんひとりでいるためかお喋りな人が多い。この老人も例外ではなく、少し水を向けただけで自分からぺらぺらと住人のことを話し始めた。

それによると広沢良美は——老人は四〇三号室の住人が広沢良美であることは認めた——目黒《めぐろ》のキャバレーでホステスをしているとのことだった。服装は派手で化粧も濃く、たまに男を連れ込むこともあるという。ただゴミなどはきちんと指定の袋に入れて出し、管理人を困らせることもないそうだ。宅配便の類などは一度も預かったことはないが、目が合えば必ず会釈をくれる、気だてがよさそうな子であるともつけ加えた。基本的には誉めるつもりなのだろうが、お喋りなため口が滑って男出入りまで話してしまったという感じだった。

倉持は「ほう」「なるほど」などと大袈裟に相槌を打ち、相手が必要以上に喋るように誘導していたが、脳裏では違和感を覚えてもいた。これまで倉持が調べてきた、どちらかといえば内気そうな人物像とは合致しない。地方から出てきたばかりで右も左もわからず、アルバイト先の馬鹿な男に引っかかった挙げ句にそれを悲観して店を辞めるような、そんな世慣れない過去を持つ人物とも思えなかった。女は都会に一年もいれば、逞しく変身してしまうということなのだろうか。

今はもう仕事に行っているのだろうかと尋ねると、「いや、そうじゃないんじゃないの」と管理人は答えた。

「ついさっき、普段着で出ていったからね。仕事だったらもっと派手な格好をしていくはずだよ。どこか近所のコンビニにでも行ったんじゃないの」

それは好都合だった。この管理人が目黒の勤め先の場所を知らなければ、今日は夜中までの張り込みを強いられることになるところだった。

「ああ、ほら、言ってるそばから帰ってきたよ」

管理人は顎をしゃくり、カーテンの隙間から見える外を指し示した。とっさに振り返ると、若い女性が横切るのが見えた。

「どうもすんませんでした」

倉持はお辞儀をして、極力さりげなく管理人室を後にした。女性の後を追おうとすると、エレベーターがちょうど閉まろうとしているところだった。

「ああ、ちょっと」

大声を出し、手を挙げて走り寄った。ドアの間に手を挟み込み、無理矢理中に飛び込んだ。

「すみませんね」

にこやかに挨拶する振りをして、相手の横顔を盗み見る。つんと尖った頤《おとがい》が魅力的な美人だった。

写真で見た広沢良美の顔ではなかった。

整形手術をしたとしても、これほど面相を変えるのは大変だろう。単純に別人と考えた方が正解のようだった。

「何階ですか」

涼しげな声で尋ねられた。倉持は素知らぬ顔で微笑み、「三階をお願いします」と頼んだ。

すぐにエレベーターは停まり、倉持は会釈して降りた。何気ない振りで左右を見回し、背後でドアが閉まったのを確認すると急いで階段を駆け上がった。

すぐに四階に辿り着き、物陰から廊下を見た。女性は倉持の奇妙な行動には気づかず、鍵を取り出して四〇三号室の扉を開けた。勝手知ったる様子で中に入り、後ろ手にドアを閉める。女性がそこの住人であることは、取りあえずこれで確認ができた。

「ふうん」

倉持は息ひとつ乱さず、鼻先から声を漏らした。女性は広沢良美ではなかったが、その顔には確かに見憶えがあったのだ。

女性の顔は写真で一度見たことがあった。環が持ってきた失踪人ファイルのうちの一枚。山口早希代《やまぐちさきよ》というのが、その名前のはずだった。

22

国道十七号線を渡ってすぐに見えてくる遊歩道に沿うように、そのアパートはあった。《コーポ別所《べっしょ》》というアパート名を確認して、武藤隆は目指す部屋に向かった。

先日全員で集まったときの報告で、調べた相手は住民票を移動していないと武藤が告げると、環はその場で調査の中止を命じた。そこで新たに下された指令は、失踪者リストの中で蒸発後に住民票を頻繁に移動している人物を洗い出せ、というものだった。例によってその理由を環は説明しなかったが、武藤にそれを質す気はなかった。環は倉持と原田の調査結果を聞き、瞬く間に推理を紡ぎ上げたに違いない。武藤にそんな真似は不可能だったし、また自分にできないことを誰かに補足して欲しいとも思わなかった。環は必要があるときにはきちんと自分の考えを話してくれるだろう。それまでは、彼が何を考えようが武藤にはどうでもよいことだった。

武藤は資料をまとめ、区ごとに段取りよく住民票を請求した。たいていの場合は移動していないか、あるいは親が実家へと移しているかのどちらかだったが、まれに奇妙な動きをしているものもあった。武藤はそうした人物が見つかるたびに環に報告し、環はそれを受けて戸籍から現住民票所在地を割り出しているようだった。

リストのうち七人の調査が終わった時点で、環は武藤に、埼玉に向かうよう指示を下した。不自然な住民票の移動が確認できた人物のひとり、泉直雅《いずみなおまさ》の現住所が判明したというのだ。

戸籍の附票に記載があった住所は、浦和市別所二丁目。JR埼京《さいきょう》線武蔵浦和《むさしうらわ》駅から徒歩で七、八分ほどの場所である。そこに泉直雅の住民票が存在するという。

泉直雅の資料は、武藤の手許にあった。それで顔写真を確認したが、取り立てて記憶に残る容貌でもなかった。失踪者たちに共通する無気力感や厭世観が見られ、顔つきから受ける印象は暗い。学校であればクラスに必ずひとりはいるが、卒業してしまえば名前も思い出せないといったタイプだった。

取りあえず泉の住民票があるアパートを訪ね、そこに住んでいる人の顔を確認してこいと環は言った。そのようなことを言うからには、泉本人がすぐに見つかるとは考えていないのだろう。ではそこに誰がいるのかと推測してみても、武藤にはいっこうに見当がつかなかった。

時刻は夜七時だった。少し早いかとも思うが、真っ昼間よりも誰かがいる確率は高いだろう。取りあえず訪問してみて、誰もいなければまた出直せばいい。相手の帰りを待って張り込むのなど、武藤にとってはなんの苦でもなかった。

だが武藤があえて苦労をする必要もなさそうだった。目指す部屋の窓には明かりが見える。廊下に面した換気扇が回っているところを見ると、部屋の住人は感心にも自炊をしているところなのかもしれない。あるいはひとりではなく、誰か女性と同棲しているのか。

郵便受けとドア脇の表札の両方ともに、名前は出ていなかった。隣を見ると、そこもひとり暮らしなのか、《加藤浩一《かとうこういち》》という表札が出ている。その名を頭に刻んで、武藤は呼び鈴を押した。

はい、という男の声がして、覗き窓が開いた。中から目だけが現れ、こちらに視線を送ってくる。その細い隙間からでは、相手の顔は確認できなかった。

「あれ、ここ加藤の家じゃないんですか」

わざととぼけて言った。逆に不審げに、相手の顔を覗き込んでやる。相手は不愉快そうに、「加藤さんは隣ですよ」と言うと、顎をしゃくるようにして窓を閉じた。

「あ、そうですか。すみません」

一応謝り、ドアの前から去る。そのまま廊下をうろうろして一分ほど時間を潰し、また呼び鈴を押した。

「すみません。ちょっと頼みたいことがあるんですが」

覗き窓が開く前に、大きい声で中に呼びかけた。今度は露骨に眉を顰めた目が、覗き窓の隙間から現れた。

「なんですか」

「加藤は留守みたいなんで、お願いしたいことがあるんですよ」

「なんのことです」

「ちょっと」

曖昧な言い方をして、それきり後を続けない。我慢比べのように沈黙が続いたが、そのうち相手が折れてドアを開けた。

「なんです」

チェーンをかけたまま、こちらに顔を見せる。わずかしかドアは開かなかったが、それでも今度はしっかりと顔を確認することができた。

その男は泉直雅ではなかった。だが、まったく武藤が知らぬ顔でもなかった。

武藤の頭の中で、眼前の男の顔とデータが瞬時に結びついた。資料の中にあった顔写真の一枚は、確かにこの男を写していた。名は確か村山《むらやま》某。資料で見る限り、泉直雅とはなんの接点もないはずの男だった。

「すみませんけど、ちょっと隣の加藤に二千円ばかし借りがありましてね。返しに来たんだけど、留守でしょ。また出直すのも面倒だし、郵便受けに投げ込んどくのも具合が悪いから、申し訳ないですがお宅で預かってもらえませんか。加藤が帰ってきたら渡して欲しいんですけど……」

武藤は内心の疑問を押し殺して、何事もないように作り話を続けた。

23

ふたたび携帯電話が鳴ったとき、原田は新青梅《おうめ》街道沿いのファミリーレストランでコーヒーを飲んでいた。懐から電話を取り出し、口許を覆って「もしもし」と応じる。

「ごめんなさい、あたし」

雅恵はまずそのような詫びを真っ先に口にした。

「真梨子が帰ってきたのか」

原田は全身から力が抜けるほどの安堵を、その一瞬に感じた。いずれ帰ってくるだろうと高を括ってはいたが、自分で思っていた以上に心にかかっていたようだ。

だがその安堵も束の間のことだった。雅恵が続けた言葉は、原田の予想を超えるものだった。

「今、病院から連絡があったの。真梨子が緊急入院したって」

「入院？」

即座にはその言葉の意味がわからなかった。原田は三秒ばかり惚けたように口を開け、そして我に返り電話を持ち直した。

「交通事故に遭ったのか」

それ以外に考えられなかった。真梨子は親に似たのか体は強健で、小さい頃から大病ひとつしたことがなかった。骨折すら一度としてなく、そんな真梨子が突然入院するとしたら事故しか理由はあり得なかった。

「ううん、違うのよ。よくわからないけど、なんか薬を服《の》み過ぎたらしいわ」

「薬？」

雅恵の声は異様に淡々としていた。もはやパニックを通り越して、感覚が麻痺しているとしか思えなかった。自分が語る異常事態を、あまりよく認識できていないような節が感じ取れる。原田はそれに恐怖を覚えた。

「眠くなる薬なんですって。それを服み過ぎたとお医者さんは言ってたわ」

「事故、なのか」

事故であって欲しいと願った。真梨子はただ、いたずらで少し危険な薬を服んでみただけに違いない。それ以外に、どうしてこんな状況が生じようか。

「違うみたい。自殺未遂かもしれないって」

妻は感情が揮発したような声で答えた。原田は絶句した。

妻の、不気味に感情を押し殺した声の意味をようやく悟った。雅恵は自分との口論が、真梨子を自殺未遂にまで追いやったと考えているのだ。今、雅恵はその事実を受けとめかねて、一時思考を棚上げしているに違いない。ある意味ではこちらも危険な状態かもしれなかった。

「病院はどこだ」

ともすれば焦りで大きくなる声を、全力で抑えつけなければならなかった。今は逆上している場合ではない。誰よりも原田こそが、一番冷静であらねばならないときだった。

「新宿の東洋医大。そこの急患受付に行けばわかるって。真梨子は今、処置室に入っているそうよ」

「東洋医大の急患受付だな。今から行く。お前もすぐに来い」

「わかった」

原田に指示されたことで安堵したのか、雅恵はようやくふだんのような柔らかな声に戻った。そのことに少しだけ救われた気持ちで、原田は通話を切った。

ウェイトレスに水を頼んで、それをひと息で呷る。大きく息を吸い込み、目を閉じて混乱する頭を鎮めた。

電話を持ってトイレに立つ。個室に入って鍵をかけてから、ふたたび携帯電話のボタンを押した。

二コール目で環は電話口に出た。どんな場合にも動じぬ、巌のように安定した声だった。原田はどうしたことか、その声が聞けることをありがたいと感じた。

「今、話をしてもいいですか」

「かまいません。どうぞ」

「すみませんが、任務の話ではありません。私の家庭の事情で、突発事が起きました」

「どうしました」

あくまで環の返事は冷静だった。むしろ冷たげですらある応対が、いっそ今は好ましいほどだった。

「娘が先ほど緊急入院しました。できたら今からそちらに向かいたいのですが」

「入院ですか。どうしましたか」

「……詳細はわかりません」

いずれ環には本当のことを言わなければならないだろうが、今は話す気になれなかった。

環もまた、深く追及してこなかった。

「小沼豊の住民票があるアパートには、小沼ではない人物が住んでいるようです。大家に顔写真を見せたら、別人だと断言しました。ですがその人物は留守で、まだ接触できていません」

「かまいません。気にせず、すぐに病院に行ってください。後はこちらで何とかします」

「すみません」

「ちょうど倉持さんと武藤さんからも報告があったところです。ふたりとも面白い発見をしたようですから、もうこれで充分でしょう。特別急ぐ必要もなくなりました」

「面白いこと?」

「ええ。これで何が起きていたのか、はっきりしたと思います。ですが、そのことは今はいいです。すぐ病院に向かってください。私もできる限り早く、そちらに駆けつけます」

「いえ、環さんを煩わせるようなことは……」

「何を言っているのですか。さあ、入院先を教えてください」

強い口調で押し切られ、原田は病院名を口にした。環の言う事件の真相は気になったが、今は真梨子の許へと急ぐべきであった。仕事ばかりで家族を気にかけなかったという真梨子の批判に応えるのは、今このときをおいて他になかった。

24

西武新宿駅から東洋医大付属病院までの道のりを、原田はタクシーを使って急いだ。歩けない距離ではなかったが、一秒でも早く病院に辿り着きたかった。案の定タクシーの運転手はいやな顔をしたが、先に五千円札を渡すととたんに愛想がよくなった。

正門の方へ着けようとする運転手を制して、青梅街道に面する裏口で停めてもらった。今は車も停まっていない駐車場を駆け足で通り過ぎ、赤い非常灯が灯る急患受付に飛び込んだ。名を名乗ると、守衛はきびきびとした口調で処置室の場所を教えてくれた。原田は自動ドアをくぐり、誰も通らず閑散とした白い廊下を早足で進んだ。

処置室前のベンチには、数人の人影が見えた。雅恵は原田よりひと足早く到着していたようだ。両手を握り合わせ、それを胸の前で抱くようにしている。目は真っ直ぐ処置室のランプに向けられていたが、原田の足音を聞きつけるとゆっくり首を巡らした。

雅恵の隣、原田から見て廊下の奥には、奇妙な髪の色をした少女たちが坐っていた。最初原田はその髪の色しか見て取れなかったが、雅恵が立ち上がることによって顔立ちを確認できた。

原田は歩みを止め、少女たちの顔をまじまじと見た。彼女らもまた、原田を認め驚きの色を浮かべた。

少女たちは代々木公園で会った、《ゼック》のグルーピーだった。

虚を衝かれ立ち止まったが、一瞬後にはすぐ我に返った。彼女たちがなぜここにいるのかは疑問だったが、それよりもまず妻の話を聞きたかった。

立ち止まった原田に、雅恵の方から駆け寄ってきた。顔には狼狽の色が見える。電話で話したときの感情の膠着状態は、取りあえず脱したようだった。

「どういうことなんだ。落ち着いて説明してくれないか」

努めて冷静に、原田は妻を促した。雅恵は夫の落ちつきぶりに安心したのか、子供のようにこくりと頷いた。

「真梨子は眠くなる薬を服み過ぎたらしいの。あの子、それがいっぱい服むと危ない薬だと知ってて、わざと自分から服んだようなのよ」

「眠くなる薬って、睡眠薬か。どうしてそんな物が手に入ったんだ」

「どこでも売ってる、市販の薬らしいわ。それでもまとめて服むと眠くなって、場合によってはそのまま死ぬんだって。真梨子はそれを知ってたそうよ」

「……やっぱり自殺未遂なのか」

口に出したくない言葉だった。この期に及んでまだ、単なる事故であって欲しいと願う自分がいたことを、原田は改めて自覚した。自殺であるならば、その気配を事前に察知し、制止することが親の務めのはずだ。にもかかわらず、原田はもとより雅恵も、ふたりともに真梨子を理解してやることができなかった。のみならず、真梨子がこんな行動に走ったのは雅恵との口論がきっかけであり、その口論の原因はといえばそれは他ならぬ原田自身なのだった。どんな言葉で言い繕おうと、この罪は重い。

真梨子はいったい、両親に何を求めていたのだろうか。原田は虚しい問いを、心の中で発さずにはいられなかった。

理解か。真梨子は親に理解して欲しいと願っていたのか。だが、ろくに口を利こうともせず、親の仕事を恥じ、自暴自棄になったように生活を荒ませてゆく真梨子を、原田も雅恵も一瞬たりとて見捨てようとはしなかったはずだ。真梨子の行動や思いは、確かにとうてい理解できないものだった。だが理解しようという努力は、決して怠らなかったはずだと己に誓える。真梨子はそれでも足りなかったというのか。

もしかしたら真梨子が欲していたものは、決して自由などではなかったのかもしれない。原田は真梨子に対し、人並みの愛情を注いでいたつもりだったが、それでも親馬鹿の域に達するほど盲目的に溺愛していたわけではなかった。真梨子が幼いときからその自主性を重んじ、すべてを彼女自身の意思で決定させるのが、原田の子育ての方針だった。真梨子はそこに、親の愛情の薄さを感じ取ったのかもしれない。

原田の容認を、真梨子は興味のなさと受けとめたのか。そうだとしたら、それは大きな間違いだ。子を思わない親がどこにいる、という陳腐な言い回しを、真梨子はそれこそ陳腐としか捉えなかったのかもしれない。言い古されているからこそ、それがすべてを表しているとも知らずに。

原田は視線を転じて、ようやく少女たちに注意を向けた。ここにいるからには、彼女らは真梨子の友人に違いない。昨日尋ねたとき、友人の名として「原田」という姓が出たことを思い出す。特別珍しい名前ではないので聞き流したが、それは真梨子のことだったのだろう。今どきの少女の、互いを姓で呼び合う奇妙な付き合いが、「原田」という姓と真梨子の名を繋げるのを阻んだのだ。

「あの子たちは、真梨子の友達か」

尋ねると雅恵は振り返って、こちらを見ている少女たちに顔を向けた。

「そうみたい。家を出てから真梨子は、あの子たちの許に駆け込んだそうよ。でも話を聞くと、それほど親しい付き合いをしてたわけでもないんだって。あなたからも詳しいことを聞いてみて」

雅恵も、少女たちの髪の色や奇抜な服装に、扱いにくさを覚えているようだった。原田は頷いて、ゆっくりとそちらに歩み寄った。

「君たちが救急車を呼んでくれたのか」

声をかけると、全員がいっせいに無言で頷いた。彼女たちの中に、昨日応対してくれた気さくな女の子がいるのを見つけた。原田はその子に話しかけた。

「君もいたのか。昨日はありがとう」

「おじさん、原田のお父さんだったんだね」

少女は強ばった表情のまま、そう言った。

「ああ、そうだよ。私が真梨子の父親なんだ。偶然だけどね」

「スカウトじゃなかったんだ。原田のお父さんて、確か探偵だもんね」

「騙すつもりはなかった。どうしても《ゼック》に会う必要があったんだ」

「汚いよね」少女は声を荒らげることなく、吐き捨てるように小声で言った。「原田が言ってたとおりだ。ほんと、探偵なんて卑しい仕事だね」

「君たち潔癖な女の子から見て、探偵の仕事が卑しく見えるのは仕方がない。でも私は、決して卑しいとは考えていないんだよ」

「議論するつもりはないよ。こんなときだしね。ふだんだったら絶対許さないけど」

「君たちを傷つけたとしたら、謝る。それから救急車を呼んでくれたお礼も言わなければならないね」

原田は身を深く折り、少女たちに向かって首を低く垂れた。できることなら何もかもに大声で詫びたい心地だった。

「やめてよ、おじさん。今はそんなことしてる場合じゃないだろ。原田が大変なんだよ」

「わかってる。真梨子は本当に自殺するつもりだったのか」

顔を上げて、少女たちを見回した。少女たちの表情には戸惑いが見られた。それは原田の質問に対してのようでもあり、原田が頭を下げたことに対してのようでもあった。

「あたしたちが無理矢理服ませたわけじゃないよ。やめろって止めたくらいなんだから」

「真梨子はどこで薬を服んだんだ」

「歌舞伎町のカラオケボックス。あたしたち、暇だとそこに屯してんだ。歌、歌ってたらさ、突然原田が血相変えて飛び込んできて、『ヤバイ、ヤバイ』って言うんだよ。それでいきなり薬の箱開けて、がばがばビールと一緒に服み始めたんだ。もうびっくりだぜ」

「やばい？　いったい何がやばいんだ」

「よくわかんない。あたしたちも訊いたんだけどさ、あいつ興奮してて何言ってんだかよくわかんなかったんだよ」

「わからなくてもいい。真梨子が言ってたことをそのまま教えてくれないか」

原田が頼むと、少女は困ったように仲間たちを見回した。話すべきかどうか、躊躇があるらしい。だが原田がちらちらと処置室の方を気にするのを見て同情したのか、重い口を開いた。

「あいつね、勘違いしてたんだ。《おにぎり》はヤバイって言ってた」

「おにぎり？」

少女の言葉は、原田の想像から大きく逸脱していた。こんなときに突然飛び出した《おにぎり》という日常的な単語は、少女が言い渋れば渋るだけ滑稽に響いた。

「おにぎりって、あのおにぎりか」

思わず念を押した。どうにも意味を理解しかねた。

「違うよ」真剣な原田の表情がおかしかったのか、ようやく少女は硬い顔を崩して微笑んだ。「ご飯を握ったおにぎりの、どこがヤバイのさ。ギャグ言わないでよ」

「じゃあ、そのおにぎりってなんなんだ」

「誰にも言わないでよ」

少女は秘密めかして、声を潜めた。原田が頷くと、小声でこっそりと言った。

「あのねえ、手製のたばこみたいな物。こんなね、見た目は犬のフンみたいで不格好なやつなんだけど、一応火を点ければ吸えるのよ。あたしたちはそれを《おにぎり》って呼んでるの」

「手製のたばこ?」

少女の言葉だけでは、そのイメージが掴みかねた。手製の酒ならば聞いたことがあるが、手製のたばことは初耳だ。たばこなど、いったいどうやって作るというのか。

「君たちはそれを吸ってるの?」

原田が訊くと、少女はいやそうに顔を顰めた。

「生活指導の先生みたいなこと言わないでよ。たばこ吸っちゃ駄目だなんて言うんだったら、あたしたち帰るよ」

「別にそんなことは言わない。でもひとつだけ聞かせてくれ。真梨子もそれを吸ってたのか」

「そうだよ」

「普通のたばこも?」

「もち」

もちろん、という意味のようだった。覚悟はしていたが、その軽い肯定には打ちのめされた。真梨子がたばこを吸ってるところなど、想像すらできなかった。

「……その《おにぎり》は、誰がどうやって作ってるの」

気を取り直して尋ねると、少女は「知らない」と首を振った。

「あんたたち、知ってる?」

少女は周りの友人にも訊いたが、誰も知らないと言う。とぼけてるわけではなさそうだった。

「じゃあ、どうやってそれを手に入れるんだ」

「売ってくれる人がいるのよ。誰かは内緒。絶対言わない約束なんだから、訊かないでよ」

少女は厳しい語調で言う。原田はもっと追及したかったが、ひとまずそれは抑えた。原田は彼女たちを欺いた人間として、強い反発を受けても仕方のない立場なのだ。非常時だからこそ、彼女たちも腹を割ってくれるのだろう。その好意につけ込めば、たちどころに拒絶されるに違いない。

だが、その《おにぎり》という代物には、どこか非合法の臭いが感じ取れた。たばこを個人で作ること自体が法に触れるかもしれないが、そんなことではなくそのできあがった《おにぎり》そのものに、公にはできない後ろ暗さが見て取れる。真梨子が『ヤバイ』と感じたのも、そこに起因するのではなかろうか。

「《おにぎり》は、普通のたばことは違うの？」

「そうだね。たばこより気持ちいいかな」

「気持ちいい？」

「うん。人によるけど、けっこう飛ぶ奴もいるよ」

「飛ぶ？」

そのひと言で原田は確信した。彼女が言っているのは、まさしくイリーガルドラッグ——麻薬の類ではないのか。

「あっ、でも勘違いしないでよ」原田の一瞬の沈黙を敏感に感じ取ったのか、少女は慌ててつけ加えた。「《おにぎり》はドラッグじゃないからね」

「でも飛ぶっていうのは、ちょっと危なそうじゃないか」

強く追及したい気持ちを抑えて、努めて穏当に反論した。

「危なくなんかないよ。別にラリっちゃうわけじゃないからさ。中毒にもならないしね。だからドラッグじゃないよ」

少女はあっけらかんと言う。その口調はほとんど無邪気ですらあった。中毒にならないからドラッグではないという認識は、まったく浅薄と言うしかない。中毒性、依存性を持たないイリーガルドラッグなど、いくらでも存在するのだ。少女の無邪気さを、原田は危険にすら思った。

「そんな疑わないでよ。だってさ、ホント、犬のフンみたいなんだよ。こんなの」少女は原田を納得させようと、手振りを交えて説明する。「こんなクスリ、ないよ。おじさん、聞いたことある？」

逆に訊き返された。確かに少女の言うとおり、そんな外観のイリーガルドラッグなど聞いたことがない。もしかするとそれは、ままごとをする幼児が葉っぱに火を点けたがるように、単なる少女たちのお遊びに過ぎないのかもしれない。『飛ぶ』というのは少女たち特有の言い回しで、原田が考えるような危険な状態ではないかもしれなかった。

「クスリじゃないからね。クスリだったら、あたし、やらないもん。そこまで馬鹿じゃないよ」

少女は自信を持って言い切った。原田はそれ以上怪しむこともできず、ただ《おにぎり》という言葉だけを脳裏に刻んだ。

——処置室のランプが消え、白衣の医師が出てきたのは、原田が到着して三十分後のことだった。若い医師はマスクを取り、原田に頷きかけた。

「どうなんですか」

原田は雅恵とともに立ち上がり、医師に詰め寄った。真梨子が死ぬことなどあり得ないと信じていた。

「ご心配なく。まだ昏睡状態が続いていますが、最悪の状況は回避できたでしょう」

「そうですか」

膝から下がとろけるような安堵を味わった。とてつもない解放感に、眩暈《めまい》すら覚える。雅恵は軽くよろけて、原田の肘に摑まった。

「主な処置は胃洗浄ですが、その他にも体温低下を防止するためのカンフル剤を射ちました。症状からして、服んだ物は塩酸ヒドロキシジンでしょうからね」

「塩酸……？」

「塩酸ヒドロキシジン。中枢神経を抑制する薬です。一般には精神安定剤として知られていますがね」

「それが、危ない薬なんですか」

「大量に服みますと、命に関わります。娘さんの場合はアルコールと一緒に服用していたため、大変に危険でした」

「どうして娘がそんな物を……」

「塩酸ヒドロキシジンを配合した薬は、どこの薬局でも売っているのですよ。今はそういう知識を売り物にした本も出回っているそうですから、たぶんそれを見て服用したんでしょう。ただ、量が少ないのが幸いでした」

「そうですか。しかし娘は目を覚ますのでしょうか。このままずっと目覚めないなんてことは……」

「様子を見る必要がありますが、まず大丈夫だと思います。薬を服んですぐ運ばれてきたようですから、それほど体に影響はないはずです」

原田はただ、医師の説明に頷くだけだった。大丈夫だという言葉を信じる以外、原田にできることは何もなかった。

「そう……ですか」

「入院の必要があります。後で看護婦に聞いて、手続きをしてください」

医師はそれだけを言い置いて、軽く低頭して立ち去った。その後に続くように、処置室からストレッチャーに寝かされた真梨子が出てきた。

真っ先に雅恵が取り縋った。遅れて原田も顔を覗き込む。真梨子の顔は、死線をさまよった形跡を物語るように、紙のように白かった。医師の言葉は間違いで、本当はすでに息を引き取っているのではないかと思わせるほど、顔色には生気がなかった。

少女たちもその死人じみた様子には驚かされたようだった。ふたりほど真梨子の名前を呟いただけで、後は息を呑んだように静まり返っていた。

——真梨子、どうしてこんなことをしたんだ。

原田は応えない娘に、心の中で強く語りかけた。

25

小沼勇一《ゆういち》は遅れがちになる妻を急かして、足早に羽田空港のロビーを横切った。出口正面に並んでいるタクシーの列に目を留めると、飛び込むようにそこに乗り込んだ。

「横浜の水上署までやってくれ」

運転手に声をかけ、もたもたしている妻を中に引きずり込んだ。運転手は小沼の剣幕に驚いたのか、少し首を竦めて車を出した。

「高速使っていいんですか」

「かまわん、急いでくれ」

短く言い置いて、小沼は背凭れに寄りかかった。太い腕を組んで、目を瞑《つぶ》る。札幌から釧《く》路《しろ》を経由しての強行軍には、いささか疲れを覚えていた。

数ヵ月前から行方不明だった息子の豊が、横浜で死体で発見されたと連絡があったのは、今日の午《ひる》過ぎのことだった。小沼はそれを、議員会館の食堂で聞いた。豊については、どうせろくなことにはならないだろうと半ば諦めていたが、まさか死んでいるとは思いもしなかった。

取るものも取りあえず北海道を発ち、飛行機の空席に滑り込んで東京に着いてみれば、時刻はすでに六時を回っていた。ここから横浜までどのくらいの距離か、北海道在住の小沼には見当がつかなかったが、少なくとも一時間はかかるだろう。飛行機の中ではそれほど覚えなかった焦りを、小沼は今になって感じ始めていた。一刻も早く、遺体となった息子の顔を確認したかった。

息子が失踪したのは、小沼に取ってみれば不本意としか言いようがなかった。ひとり息子であるだけに期待をかけ、早くから高い教育を受けさせてきた。高校は全寮制の名門校に入れ、大学は東京の六大学に進学させるつもりだった。大学を出たら自分の許で秘書として勉強させ、ゆくゆくは小沼の地盤を引き継ぎ道議会議員として身を立てていくはずの息子だったのだ。そうしたコースをすべてお膳立てしてやり、息子にはなんの苦労もさせずに歩ませてきたはずだったのに、豊はどうしたことか自ら行方を絶った。

もともと六大学に入り損ねた段階で、期待するほどの性根が息子にないのは見抜いていた。だがそれでも、東京の大学を首席で卒業すれば箔がつく。本人のがんばり次第で、充分に有権者にアピールできる経歴を作れるはずだった。豊はそうした親のプランを、真っ向から裏切ってくれた。あろうことか、大学を放ったらかしにし、どこかに消えてしまったのだ。

これほどの屈辱を息子から受けたのは、豊が産まれて以来初めてのことだった。親の威厳というものを人並み以上に重視する小沼は、豊が幼いときから徹底してそれを示し続けた。口応えなどは許さず、万事に亘《わた》って自分を見習えと教育してきた。小沼は己を、子供が手本とするに足る人間だと自任していたのだ。

そうした方針の甲斐もあって、豊は親に逆らわない従順な子供として成長した。世間の子供たちが反抗期に入る時期にも、豊は取り立ててそうした兆候を見せなかった。それもこれも、自分の教育方針が正しかったことを証明しているのだと、小沼は自負していた。

豊はそうしたおとなしい態度の下に、いつか逃げ出してやろうという不埒な考えを養っていたのだ。それは徹底して痕跡を消した失踪ぶりからも窺える。親に対しての裏切り以外の何物でもなかった。

いつからそんな逃亡の夢を抱いていたのかと考えると、小沼はくらくらと眩暈を覚えるほどの怒りに駆られた。親許にいた当時の、何事にも素直な返事をしていた豊を思い出す。高校時代からすでに、いやもしかしたら中学生の頃にも、心の中で親を裏切っていたのかもしれない。大学に行くまではおとなしくし、そして親の視界から逃げ出す計画を、隠微な空想の中で練っていたのか。

それほど政治家になるのがいやだったのなら、ひと言そういえばよかったのだ。小沼は瞼の裏に浮かぶ息子に向かって、怒りの言葉を投げつけた。何も政治家になるのだけが立派な人生ではない。もし豊が望むならば、東京の一流会社に就職するなり、司法試験の勉強をするなり、いくらでも選択肢を与えてやることはできた。親が自慢できるような息子になってくれさえすれば、進む道はなんでもかまわなかったのだ。

そうした親の考えがわからず失踪したこと自体、豊の性根の甘さを物語っているのだろう。息子の蒸発を知ったとき真っ先に感じたのは、心配ではなく失望だった。自分の息子はその程度の人間だったのかと、驚き呆れる気持ちの方が強かった。

だからいずれ現れるにしても、豊には何も期待できないと覚悟していた。一度逃げ出した者は、今後幾度も逃亡することだろう。人生は一度後ろ向きになれば、とことん敗残者への道を歩むだけなのだ。

そう見切りをつけていた矢先の、今日の急報だった。豊が死体で発見されたと聞いたとき、小沼は来るべきものが来たかという虚脱感に襲われただけだった。

豊は横浜の山ノ内埠頭で、油の浮いた海に漂っていたという。何者かに暴行を受けたらしく、体中に打撲の痕が見られたそうだ。肋《あばら》が三ヵ所、指が左右合計六本、骨折していたという。ただの喧嘩などではなく、拷問に近い状況下で死亡したのではないかとの話だった。

死亡推定時間は今日の午前一時前後ということだった。身につけていた財布は抜き取られておらず、そのまま放置されていた。中の金銭も手つかずの状態で、物取りの犯行とは思えなかった。身許は、財布の中にあったレンタルビデオ屋の会員証のお蔭ですぐにわかった。そして豊が住居としていたアパートを管理する不動産会社に問い合わせがゆき、親である小沼の連絡先が判明した。そうした経緯を経たために、小沼の許に訃報が届いたのが午過ぎとなったのだった。これらはすべて、電話口に出た横浜水上署の警察官の説明だった。

気になったのは、不動産会社に実家の住所が控えられていたことだった。豊は学生であるから、そうした入居の際は親許に確認があってしかるべきである。にもかかわらず、小沼の耳にはそんな事実は伝わっていなかった。不動産屋がきちんと確認をとってくれてさえいれば、豊の居所はすぐにもわかったはずだったのに。前後の状況がわかり次第、その不動産屋にはひと言抗議をしてやるべきかもしれなかった。

やり場のない怒りを心の中で持て余しているうちに、タクシーは横浜水上署に到着した。

運転手には一万円札を投げつけ、妻を押し出して車から飛び出た。玄関に駆け込み、受付で名前を名乗る。担当の刑事が現れるのをいらいら待つうちに、四十年輩の刑事が顔を出した。

摑みかからんばかりに詳しい事情を尋ねると、豊の遺体は今ここにはないと突っぱねられた。司法解剖を受けるために横浜医大の研究室に運ばれているという。今度はパトカーに乗り換え、刑事とともに大学へ向かうこととなった。

道中は、解剖という言葉にショックを受けた妻がべそべそと泣き出し、重苦しい雰囲気に終始した。小沼は妻を無視して刑事にいろいろ問いかけたが、無口なのかそれともわざと何も言わないようにしているのか、ひとつとして情報を得ることができなかった。これが北海道であれば、決してこんな応対はされまい。自尊心をないがしろにされた気分で、小沼はむっつりと腕を組んだ。

パトカーは大学の敷地内の奥深くまで入り込み、比較的小さい建物に横づけした。促されて車を降りると、刑事が先に立ち建物の中に導く。待合室で二分ほど待たされると、戻ってきた刑事が解剖が終わっていることを告げた。

ふたたび刑事の先導で廊下を進んだ。《霊安室》と書かれた部屋の扉を開けると、消毒液のつんとした臭いが鼻を衝いた。部屋の真ん中には、白い布に覆われた人間の体が横たわっていた。

「豊さん！」

それまでハンカチを鼻に当て俯いていた妻が、唐突に声を張り上げた。許可も得ずに遺体にしがみつき、乱暴に布を取り去る。そのまま遺体の頬に手を置いて揺すろうとしたが、「ひっ」と声を上げてその場にしゃがみ込んでしまった。

そんなに驚くほどひどい面相になっているのかと、小沼は覚悟を決めて歩み寄った。妻がしゃがみ込んだ反対側に回り、同じように遺体を見下ろす。その瞬間、小沼も同じように声を上げた。

「な、何だ、これは！」

「どうしましたか」

ふたりの態度を見ていた刑事が、怪訝そうに近づいてきた。小沼はいったい何が起こったのか理解できず、ただ遺体の顔を指差して喚いた。

「こ、これは、息子じゃない！　見たこともない人だ！」

26

一夜明けて、真梨子の病状は小康状態に入った。もう心配はないと、今朝巡回に来た医者に言われたが、真梨子は未だ目を覚まさない。呼吸をしていることだけは確かだったが、青白い顔色を見ると、無条件に医者の言葉を受けとめることもできなかった。まず目を覚ましてくれない限り、真梨子の命が保たれていることを実感するのは無理だった。

できれば個室を希望したかったが、あいにく空きはなかった。六人部屋の一番入り口に近いベッドをあてがわれ、真梨子はそこで昏々と眠り続けている。ベッドの傍らにパイプ椅子を持ってきて、妻とふたりで一睡もせずに真梨子の顔を見守り続けた。顔に脂が浮いているのがわかったが、洗面所に洗いに行くことすら煩わしい心境だった。席を立っている間に真梨子が目覚めたらと思うと、どうしてもここを離れる気になれなかったのだ。

眠っている真梨子の顔を見ると、ここ一年ばかりの荒んだ言動が嘘のように感じられる。化粧を落とした幼い顔は、未だ幼少時の面影をはっきりと残していた。寝顔を見守っている限りでは、十数年前から何も変わっていないような錯覚すら覚えた。

こうして病院にいると、かつて一度だけ真梨子を担いで夜の道を走ったことを思い出す。あれは確か、真梨子が三歳のときのことだった。

夜の九時を過ぎていたように記憶している。その日は非番で、原田は珍しく家でゆっくりしていた。まだ幼かった真梨子も、父親がいることを嬉しく感じていたのか、ふだんなら寝る時間であったにもかかわらず、なかなか興奮して寝つかなかった。いつもは帰宅したときにはすでに寝ている娘だった。その娘と、妻も含めて三人の時間を過ごしていることが心地よく、原田は真梨子を自由に遊ばせていた。

真梨子はブロック遊びをしていた。一時間ほどそれに付き合い、小さい城などを作ってやりもしたが、真梨子はとても眠りそうにない。さすがに飽きて、妻と顔を見合わせ肩を竦めてから、真梨子の周りにブロックを集めて立ち上がった。食卓で雅恵が淹れてくれたお茶を飲みながら、背後から聞こえるブロックの触れ合う音に耳を傾けているときだった。

突然、「けっ」と喉を鳴らす音が聞こえた。驚いて振り向くと、真梨子は口から血を吐いていた。びっくりして駆け寄ると、吐き出した血の中にブロックが混じっている。どうやら真梨子は、いたずらでブロック片を飲み込もうとしたらしい。

真梨子は大声で泣き出し、涎とともに血を吐き続けた。肘や膝の擦り傷などとは違い、口からの吐血はただごとではないように原田の目には映った。いささか慌ててしまい、まず先に何をすべきかすらも思い当たらなかった。

こうしたときはやはり母親が強いな、と感じたのは後のことである。雅恵は歯を食いしばる真梨子の口の中に指を突っ込み、怪我の状況を見極めた。そして原田に、近くの病院に連絡してすぐに向かうことを伝えてくれと指示した。原田はただ頷き、言われるままに電話を入れた。

すぐにも来いとの応対に、原田が真梨子を負ぶって向かうことになった。真梨子にはガーゼを噛ませ、背中に抱きつかせた。そのまま後ろも見ずに家を出て、ひたすら夜道を駆けた記憶だけがある。あのときの真梨子はぐったりと体重を預けてきて、小さな割にはなかなか重く感じたものだ。あれが娘の存在の重さだった。

もし今回も、原田の目の前で薬を服んだなら、自分は真梨子を背負って病院に向かえただろうかと考えた。真梨子はさほど大柄ではないが、それでも体重は五十キロ近くあることだろう。そんな大きな娘を背負っている自分を想像することは、いささかの気恥ずかしさとともに誇らしさをも感じさせてくれた。今だってきっと、あのときのように負ぶって走るさと、原田は己に応えた。

真梨子が素直さを捨て、徐々に親の理解しうる範囲から逸脱し始めた原因も、今こうして冷静に娘を見つめることによってわかってきたように思う。思えば真梨子は、人一倍父親の職業を誇りに感じている子供だった。

幼稚園や小学校でできた真梨子の友達は皆、平凡な家庭の子供ばかりだった。たいていの親は普通のサラリーマンで、中に幾人か小売り店舗を経営する人がいるくらいなものだった。

そんな中で、警察官の父親というのは、真梨子にとって自慢の種のようだった。『うちのパパはお巡りさんなんだよ』というだけで、たやすく友達の尊敬を得られた節がある。真梨子はよく、自分も将来は婦人警官になるんだと言って、原田を複雑な気にさせたものだった。

そうした無条件の尊敬が揺らぎ始めたきっかけを、原田は唐突に思い出した。そのときはなんでもないことと聞き逃していたが、今になって考えると、真梨子にとっては深甚《しんじん》なショックだったのかもしれない。

あれは真梨子が中学三年の春のことだった。真梨子は当時、もう古ぼけて錆びてしまった自転車を、不平も言わず乗り続けていた。変速が三段までしかない自転車は、中学三年にもなれば物足りないはずであったろうが、真梨子は新しい自転車をねだることもなく、それを大事にしていた。真梨子は決して高価な物を親にねだるような子供ではなかったのだ。

だがその自転車の古さがあだになった。ある夜のこと、シャープペンシルの芯がなくなったと言って近くのコンビニエンスストアに買い物に行ったときだった。真梨子は自転車に跨って出かけ、そして三十分ほどで帰ってくると、目に涙を浮かべていた。

雅恵が見咎め、どうしたのだと尋ねたところ、警官に捕まっていたと真梨子は答えた。ちゃんとライトを点け、歩行者の邪魔もせずに歩道を走っていたのに、横柄な口調でふたりの警官に呼び止められたという。

若い警官は顔に懐中電灯の明かりを浴びせ、どこに住んでいるんだと真梨子に詰問した。まるで犯罪者を扱うようなその物言いに怯えて真梨子が口籠ると、さらにこんな時間に何をしてるんだと警官は尋問した。

『女の子が出歩いてていい時間じゃないよな。わかってんの?』

そんな調子でふたりの警官は真梨子を舐めるように見回し、自転車の後輪部分に視線を向けた。車輪を覆う泥よけには真梨子の住所と名前が書いてあったが、あいにくなことにそれは錆びて読み取れなかった。警官はそれを見て取ると、『この自転車、どこから持って来たの』と尋ねた。

真梨子は自転車泥棒と疑われていたのだ。最初それがわからず、真梨子は素直に自分の物だと主張した。だが警官は最初から疑ってかかり、なかなか信用してくれなかったという。十分ほどもつきまとわれ、連絡先として自宅の住所と父親の職業を名乗るまで、警官たちは真梨子の言葉を頭から嘘だと決めつけていた。父親が警察官だと聞いて、ようやく慌てたように去っていったのだそうだ。

『なんにもしてないのに、どうして疑われなくちゃならないの？　お巡りさんたち、最初からあたしのこと自転車泥棒だって決めつけてたんだよ』

真梨子は悔し涙を浮かべて、そう訴えた。原田は運が悪かったと内心では思ったが、もちろんそんな慰め方などできなかった。

本来ならば市民のための仕事である警察官も、実態はそれと大きくかけ離れている。あまり世間には公表できない事実だが、警察官は皆、一般人を見れば犯罪者と思えと教育されているのだ。平穏な暮らしを営む市民も、一歩間違えば犯罪者に堕ちてゆく。そうした意味では、警察にとり日本国民のすべてが犯罪者予備軍であるのだ。

そのような教育に忠実なのか、はたまた警察官という職務自体に権力臭がつきまとうのか、制服警官には横柄な態度の人間が少なくない。もちろんそればかりでないのは確かだが、少なからぬ数の人間が自分の職掌をはき違えているのも、また事実である。真梨子はそうした、典型的な《威張る》警官に当たってしまったのだ。

思えばその事件以来、真梨子は警察という名に懐疑的になっていたのかもしれない。それまで無条件に信じていただけに、その価値観の転換は急激だったのだろう。少なくとも真梨子は、以前のように無邪気に父親の仕事を賞賛することはなくなった。

そして追い打ちをかけるように、原田は警察を追われた。もしそのとき、父親だけは理想の警察官だと真梨子が信じていたとしたら、おそらく原田はそれを裏切ってしまったのだ。少なくとも真梨子は、裏切りだと考えたのだろう。内実はともあれ、原田は警察官失格と見做されたのだから。

原田は退職直前は、警視庁の捜査一課に籍を置いていた。強行班専従で、その道のベテランのひとりだった。こつこつと積み上げてきた実績は少なくなく、自分でもこの道で一生を終える確信と、それを支える自負を持っていた。

それは平凡な殺人事件だった。四十過ぎのホステスが、自分のアパートで絞殺死体となって発見されたのだった。

容疑者はふたりいた。ひとりはホステスのヒモをしていたヤクザ者であり、もうひとりはホステスと浅からぬ関係を結んでいた客のひとりだった。

ヒモにはアリバイがなく、客にはあった。客は事件当夜、同僚と麻雀をしていたのだ。現場からは、ホステスが手許に置いていたらしい現金が消えていた。ヒモはギャンブル狂いで、常に金に困っていた。ホステスはヒモと手を切りたがっていたらしく、痴情の縺れによる犯行なのは明らかだった。

捜査本部は、そのヒモを犯人と決めて、裏づけ捜査に取りかかった。もうひとりの容疑者である客の方は、おざなりな調べだけで捨て置かれた。

それに疑問を覚えたのは、原田ひとりだった。原田は捜査の方針が、単に先入観だけで決められてしまったように感じていた。もし客が一流企業の人間ではなく、アリバイを証言したのが身許のはっきりしない人間であったら、もっと突っ込んだ調べをされていたはずだ。捜査本部は最初からヒモがヤクザ者であるというだけで、方針を絞ってしまったところがあった。

原田は係長の目を盗み、客の身辺調査を単独で続行した。そしてその結果、客もまた賭け麻雀で多額の負債を抱えていたことを発見した。客は妻子がいる身で、遊びのつもりでホステスに手を出したらしいが、ホステスは本気になってしまった。どうやって手を切ろうかと、最近はそれに苦慮していたという噂も耳にした。

だが決定的な証拠はなかった。アリバイを崩せない限り、それら状況証拠では捜査本部の方針を変えさせる力はない。そのために原田は、調査結果を自分の腹に収めておいた。

そうするうちに、ヒモの方の追及も行き詰まった。状況的には明らかにヒモが犯人なのだが、それを決定づける物証に欠けていた。原田が口を出すまでもなく、捜査本部の方針は改められた。

ふたたび客に注意が向けられ、もう一度背後事情が洗い出された。その経過で、原田の単独行動が上司にばれた。

事なかれ主義の係長と、頑固なところがある原田との相性は、お世辞にもよいとは言えなかった。原田は係長を、いずれは入れ替わる置物のように考え、係長もまた、原田を一介の手駒としか捉えていなかった節がある。そうした関係が、結局は原田の退職の伏線となった。

係長は原田の単独行動と、調査結果を腹に収めていた判断を、ねちねちとしつこい口調で叱責した。原田はいっときの嵐と聞き流したが、今回だけはそれでは済まなかった。原田自身すら思いがけない事実が判明したのだ。

なんと客は、原田の小学生時代の同級生であった。格別親しい間柄ではなく、また「鈴《すず》木《き》」というありふれた姓が、その事実に気づくことを妨げた。原田は鈴木と自分との関係を第三者に告げられるまで、まったく思い当たりもしなかったのだ。

だが、そうした主張は認められなかった。そこに至り、鈴木にとって不利な情状を原田が隠していたことが問題になった。原田は捜査に私情を交えたと見做されたのだ。

知らなかった、との反駁《はんばく》は空しかった。誰もが原田の行動を疑ってかかった。もし他の人間が同じ状況に置かれたとしても、やはり原田もその人の主張を鵜呑みにすることはできなかっただろう。それほどに、言い訳不可能な状況が揃いすぎていたのだ。

周りの目は冷たくなり、原田の行動は刑事部長の耳に届いた。そして非公式の会議の結果、原田に捜査一課からの異動が告げられた。所轄署の会計課への異動だった。私情を交える刑事には、一線の捜査は任せられないとの判断だった。

それはあまりに厳しい処分だった。捜査を自分の都合で左右する刑事はいくらでもいる。

ただそれらの人は要領がよいので、表立った問題にならないだけのことだ。原田だけが現場を追われなければならない理由はなかった。

そうした場合には庇ってくれるべき直接の上司の援護が得られなかったのは痛かった。弁護どころか、原田の異動を積極的に主張したのは係長だったそうだ。原田はその卑しさに嫌気が差し、また自分が現場から追われたショックに退職を決意した。刑事畑以外で自分が生きる道はあり得ないと考えたのだ。もしその道が自分から奪われるとしたら、これ以上警察にしがみついている理由もなかった。

ある意味で、それは信念の退職だった。原田は誰にもはばかることなく、胸を張って警察を辞めたつもりだった。そうした心意気を、雅恵は何も言わず察してくれた。

だが残念なことに、真梨子の理解は得られなかった。原田は前後の状況を説明し、自分は何も恥じるところがないのだと告げた。だが真梨子は、それで納得はしなかった。後ろめたいところがないのならば、どうして警察を辞めたのだと反駁した。

原田は面倒な人間関係は省略していた。それだけに真梨子は、原田が辞めなければならない状況が理解できなかったようだ。辞めるということはすなわち、疑惑を認めたからだと内心で結論づけていたのだろう。そしてその瞬間、原田はあの横柄な警官たちと同列と見做されたのだ。

真梨子が原田に向けていた尊敬の念が大きければ大きいだけ、失望の度合いも大きかったのかもしれない。絶対値はそのままに、原田の父親としての評価は正から負へと転落したのだ。そしてその結果、真梨子は迷走することになる。すべての因果関係が今、一本の糸となって眼前に現れたように原田は感じた。

どうしようもなかった、とは言いたくなかった。おそらく自分は、どこかで選択を間違えたのだろう。それは退職を決意したときかもしれないし、単独捜査を始めたときかもしれない。いやそんなことではなく、警察官を職業と決めたときから、すでに誤りを犯していたとも考えられた。いずれにしろ、もう取り返しはつかない。

今原田は、真梨子のために自分にできることならば、どんな困難にでも立ち向かう決意があった。真梨子がさまよったであろう苦悩の森を分かち合い、一緒に苦しみたいとすら願った。そうすることでしか、一度失った娘の信頼と理解を取り戻せないと、原田はようやくに悟ったのだ。

ベッドに眠る真梨子に視線を転ずる。真梨子は蠟人形のように微動だにせず、そこに静かに横たわっていた。手を伸ばし、頬に触れてやりたいという思いが、激しいまでに身裡で膨れ上がった。原田はぎこちなく身を乗り出し、真梨子の顔を覗き込んだ。

そのときだった。病室の扉が控えめに開けられ、来訪者が顔を覗かせた。

環だった。

27

「どうですか」

環は真梨子の寝顔に視線を向け、それから小声で問いかけてきた。昨夜の時点で環は一度病院に来ている。そのときから変わらぬ様子に、病状を懸念したのだろう。感情を表に現さぬ環にしては珍しく、その眉根は心配げに顰められていた。

「すみません。幾度もいらしていただいて」

原田は立ち上がり、堅苦しく挨拶をした。雅恵は未だ、原田たちの仕事に得体の知れなさを感じている様子がある。それだけに、雅恵の前では上司と部下との関係をはっきりさせておきたかったのだ。

「医者が言うには、命に関わる状態ではないとのことです」

「それはよかった」

環は言葉少なに言い、ごく微かな動きで頷いた。一度真梨子の顔に目を向けてから、原田に視線を戻した。

「ちょっと、いいですか」

軽く顎をしゃくり、廊下に出るよう促す。原田は同意し、雅恵に断って環の後に続いた。

「駐車場に車を停めてあります。そこで話しましょう」

環はあくまで平静な口調で言った。昨日環は、倉持と武藤の調べで面白いことがわかったと言っていた。昨夜は顔を出しただけで帰ってしまったが、今日はその件を改めて説明してくれるつもりなのだろう。戦線を離脱してしまった自分が申し訳なかった。

一階に下り、裏口から駐車場に出る。環は後部スペースではなく、運転席に着いた。それに合わせて原田も助手席に坐る。環はエンジンをかけ、無言で車を出した。

青梅街道に出てから、すぐに左に曲がった。超高層ビル街を周回するつもりなのだろう。原田は自分からは促さず、環が口を開くのを待った。

「まず、倉持さんと武藤さんの調査結果から話しましょう」

環はおもむろに、そう切り出した。

「面白いことがわかった、とおっしゃいましたね。失踪した人間の住民票が存在する場所には、本来いるべきでない人がいたのですか」

「そうです。原田さんもそこまでは読んでましたか」

「個々の失踪に繋がりがあるとしたら、それ以外考えられませんからね。ですが、その先についてはお手上げです」

「わかったことから先に言いましょう」

環は事務的に言った。軽いハンドルさばきでふたたび左折し、新宿駅の方角へ向かう。道の両脇には都庁のふたつの庁舎が聳えていた。

「倉持さんが追っている相手、広沢良美の住居には、山口早希代が住んでいました。また同様に、武藤さんに調べてもらった泉直雅の住居には、村山繁朗《しげろう》がいました」

「山口……村山？」

どこかで耳にした名前だったが、とっさにはそれを思い出せなかった。焦慮を胸に抱いたままの徹夜が、意識を仕事に戻すことを妨げている。はっきりしない頭を拳で小突き、自分を叱咤した。

懸命に記憶の棚をかき回すうちに、ようやく答えを思い出した。原田は驚きの声を漏らした。

「確か、それも同様に失踪していた人物ではないですか？」

「そう。山口早希代も村山繁朗も、私が持ってきた失踪人ファイルの中に含まれていました」

「どういうことですか。彼らは相互に知り合いだったのですか」

「その可能性もないわけではないですが、たぶん知り合いではないと私は考えます。原田さんが追っていた小沼豊の住居にも、違う人間が住んでいたのでしたね。おそらくその人物と小沼も、面識はないと思いますよ」

「では……いったい何が行われていたのですか」

環が示唆することを、原田は理解できないでいた。それは必ずしも、頭の回転が鈍っているためばかりでもなかった。

「原田さんが追っていた線についても、新しい事実が判明しました。むしろそちらの方が問題です」

環は原田の疑問をやり過ごすように、話の矛先を変えた。

「問題？　小沼豊に何かが起きたのですか」

「そうです。今朝七時過ぎ、横浜の山ノ内埠頭に、小沼豊名義のレンタルビデオの会員証を持った他殺死体が上がりました」

「もしやそれは、小沼豊本人ではなかったのですか」

「そうです。小沼の両親が北海道からやってきて確認しましたが、遺体は別人でした。両親曰く、見たこともない人だそうです」

「それもまた、失踪人のひとりだったわけですね」

「ええ。私が顔写真で照合しましたら、該当者がいました。吉住計志。やはり半年ほど前から失踪していた人物です」

「吉住計志」

確かにその名前も記憶にあった。ではあのアパートに住んでいた人物が、その吉住であったということか。

車は京王プラザホテル脇で曲がり、さらに三井ビル横で左折した。前方には、街灯に浮かんだ新宿中央公園の緑が見え始めている。

「吉住が殺されたのは、小沼と入れ替わったことが原因でしょうか」

「そこまではわかりません。推測できるのは、人物入れ替わりのからくりだけです」

「教えてください。そのからくりについて」

原田が促すと、環は無造作に核心を衝いた。

「行われていたのは、おそらく戸籍の交換でしょう」

「戸籍の交換」

「そうです。失踪した若者たちは、自分の名前を入れ替えることで、新たな生活を手にしていたのです」

「どういうことですか」

人物が入れ替わっているということは、すなわち戸籍も入れ替わっているという意味なのは理解できる。理解できないのは、その行動にどんな意味があるかだった。

「ある人物が、自分の痕跡を残さず失踪したいと考えた場合、一番のネックになるのはなんだと思いますか」

「痕跡を残さずに、ですか。それはやはり、社会から遊離してしまうことではないでしょうか」

「そうです。失踪した人物は、姿を消した時点で社会的保障のいっさいを放擲《ほうてき》したことになります。これは頭で考える以上に、けっこう厄介なことですよ」

「年金や健康保険の問題ですね」

「ええ。我々くらいの年齢になれば、一番もったいないと考えるのが年金でしょうが、若い人にとって痛いのは健康保険でしょう。風邪をひいただけで何千円も取られてしまうのでは、おちおち医者にも行けませんからね」

「つまり彼らは、失踪した後の身の安全のために、戸籍を交換していたというのですか」

「もちろん健康保険だけではありません。身許を保証するものがなければ、大袈裟な話、ビデオをレンタルで借りることすらできないのですよ。現代の世の中は、すべてそうした身分保障が前提となっているのです」

「根無し草では生きていけない、ということですか」

「そう。特に今の若者たちにとっては、社会から遊離してしまうのは耐えがたい恐怖でしょう。自分の境遇から逃げ出したいと願う人も、その後の不安定な生活を思えば踏みとどまるはずです。病気にもなれず、親しい友人も作れず、まともな職も得られず、ただ人目を気にして隠れ住むのは、考えただけで辛い生活ですからね。何も好きこのんで、そんな境遇に飛び込むこともない。今の若者は、それなりに満ち足りた生活を送っているはずですからね」

「そうした危険性を回避できるのが、戸籍の交換なわけですね」

「失踪した人たちは皆、親の過剰な期待や、ままならぬ人間関係に疲れていました。新たな自分に成り代われるものなら、今の自分など捨てても惜しくないと考えたのでしょう。そうした利害関係が一致して、戸籍の交換が行われたのです。考えてもみてください。私たちだってかつては些細なことで悩んだりもした。そうしたとき、自分以外の人間になれたらどんなにいいかと、一度くらいは夢想しませんでしたか。もちろん他人に成り代わるなど、普通はできることではありません。ですが彼らはそれができたのです。チャンスが与えられたがために」

「チャンス。チャンスを彼らに与えた人物がいるのですか」

「おそらく」環は前方を見たまま頷いた。「彼らが相互に面識がなかったことは、まず間違いないでしょう。面識がある同士で戸籍を交換しても、遅かれ早かれ共通の知人からばれてしまうでしょうからね」

「知らない者同士を結びつける仲介者が、一連の失踪の裏にはいたわけですか」

「その仲介者について考えてみましょう。どんな人物像が考えられますか」

「どんな人物——」

尋ねられても、いっこうにイメージが湧かなかった。とっさに思いついたのは、組織力を動員して非合法活動ができる暴力団だったが、彼ら失踪人たちがそうした類の人間と関わっているとも思えなかった。また暴力団の側からしても、それほど旨味がある仕事とも思えない。なにしろ客は、二十歳前後の若者なのだ。仲介料をせしめたとしても、その金額はたかが知れている。

「戸籍の入れ替えで、一番不自由を覚えるのは何だと思いますか」

環は原田の返事を待たず、質問を重ねた。

「一番の不自由ですか。それは職探しではないのですか」

「違います。きちんとした身許があるのだから、職業には困りません。そもそも仕事などは、身許の保証などがなくてもいくらでも見つけられるのはご存じでしょう。彼らはちゃんとした企業に就職しようと思えば、誰にも怪しまれることなくできたはずです」

「では、何がネックになるのですか」

「家探しですよ」環はこともなげに言った。「アパートやマンションに入居する際は、保証人を求められるでしょう。普通そうした場合は、親や親戚を保証人として立てるものですが、失踪人たちにはそれができません。もちろん天涯孤独と偽ってもいいでしょうが、不自由であることに変わりはないはずです」

「では、彼らはどうしていたのでしょうか」

「小沼豊の両親には、どうやって連絡がついたと思いますか」

「それは遺体の身許がレンタルビデオの会員証でわかったのなら――」

そこまで言ったところで、原田は自分の思い違いに気づいた。会員証から遺体の人物――実は吉住計志――の住居を割り出すことまではできるだろう。だがそこに、小沼豊の両親の連絡先がわかるようなものが残っていたとは考えられない。吉住計志にとり、小沼豊の両親などなんの関係もないからだ。どうして警察は、両親に連絡ができたのか。

「所轄署は、不動産屋に問い合わせて両親の連絡先を知ったのですよ」

「どうしてですか。小沼豊の両親は、吉住計志の保証人にはなり得ないでしょう。それなのになぜ、不動産屋が連絡先を知っていたのですか」

「不動産屋の記録では、両親はしっかりと保証人になっていました。もちろん両親の承認ももらっていることになっています。そして両親は、そんな記憶はないと否定しました。両者に行き違いがあるのです」

「なるほど。ようやくわかりました。仲介者は不動産屋だったわけですね」

「そうです」環は初めて微笑を浮かべた。「客の個人データを事細かに知り得、不特定多数の人と接触し、その中から交互に戸籍を交換し得る人物をピックアップできる人間と言えば、それは不動産業者以外に考えられません。そして興味深いことに、吉住計志はもちろん、山口早希代と村山繁朗の住居を仲介したのも、すべて同じ不動産会社でした」

環は《新興エステート》という会社名を口にした。それはテレビのCMなどでも知名度の高い、大手不動産会社のひとつだった。

「彼らの住居の仲介をしたのは、《新興エステート》のそれぞれ別の支店でした。ですが不動産会社は、コンピューター処理で瞬時に客の個人データを引き出すことができます。戸籍の仲介者が《新興エステート》内にいることは間違いないでしょう」

「しかし《新興エステート》といえば、業界の最大手ではないですか。契約社員も含めれば、従業員は何千人にもなるでしょう。その中から、どうやってたったひとりの人間を探し出せるのですか」

「探し出す必要はありません。おそらく向こうから、なんらかの行動を起こしてくるはずです。我々はそれを待ちます」

「なぜですか。どうして向こうから行動を起こしてくると考えるのですか」

「それは、小沼豊を名乗っていた吉住計志が、何者かに殺されたからです」

環は淡々と言った。

28

「これ、馬橋《まはし》さんにお願いするよ」

受話器を置いた支店長は、メモをひらひらさせて馬橋庸雄《やすお》に示した。馬橋はデスクから立ち上がり、それを恭《うやうや》しく受け取った。

メモにはたった今電話をかけてきた顧客の、不動産購入の条件が事細かに書かれている。ざっと目を通したが、年収や頭金に比べて希望条件があまりに高望みすぎる。この程度の収入でこんなよい物件が買えるのならば、日本中のサラリーマン全員が家を持ててしまうだろう。またひとり、金になる見込みの薄い客を抱えたというわけだった。

支店長がこうした客をこちらに回してくるのには理由がある。なかなか成績の上がらない馬橋に対する、気遣いのひとつなのだろう。何せ契約社員の馬橋は、成績を上げなければ金が入ってこないのだ。一ヵ月に一本も売買契約を結べなければ、基本給十三万円だけがその月の収入となる。子供三人を抱えた一家の大黒柱としては、あまりにも少ない数字だ。加えて通年の成績が悪ければ、それは顕著にボーナスに跳ね返ってくる。下手をすれば、新入社員の初ボーナスにも負けてしまうほどなのだ。

そういう条件の中、馬橋は二ヵ月連続坊主だった。電話がかかってくるたびに、今度こそよい客であってくれと願いを託して受けるのだが、ほとんどすべてがろくでもない客だった。土地など買う気もないのに取りあえず電話をしてきたという感じの人や、未だバブルの夢が忘れられず、相場より一千万近く高い売値でマンションの売却を希望する客ばかりなのだ。馬橋もかつては、そうした人たちでもいずれは金になるかもしれないと、こまめなアフターフォローを欠かさなかったものだが、今ではすっかり熱意も冷めている。駄目な客はどうアプローチしようが駄目なのだと、長い経験から悟ったのだ。今はただ、惰性で客をさばいているに過ぎない。

支店長にも、そうした無気力さがわかるのだろうか。なんとか仕事をあてがおうと気を使ってくれているのはわかる。何せ支店長は、生活が保障された正社員なのだ。月々の給料はもとより、ボーナスなどは馬橋の何十倍も取っている。市場が冷え込んだ今、その安定収入が契約社員からするとどれほど羨ましいか、支店長もよくわかっているのだろう。

だからといって、こんなクズ客を回されたところでやる気など起きはしない。こういう客は絶対に駄目なのだ。それを支店長は、理想論を振りかざして、絶対に食らいつけと言う。どんな客でも、交渉次第で金になると主張するのだ。支店長は現場経験が少なく、正社員というだけですぐに支店長になってしまっただけに、顧客心理の実態に疎い。不動産売買には、ことのほか冷やかしが多いというのがわかっていないらしい。

メモに目を通した馬橋は、がっかりする表情を隠さなかった。それを見て取ったのか、支店長は声を大きくした。

「今月こそがんばれよ。まだ数字を上げてないのは馬橋さんひとりだからな」

「……がんばります」

ぼそぼそと応じて、席に戻った。支店長はいい人には違いないのだが、どうにも反りが合わない。ああいう励まし方は、馬橋の劣等感をより誘うだけだと、どうしてわからないのだろうか。同僚たちに比べ、自分が営業に向いていないことは、他人に言われなくてもよく承知している。引っ込み思案で口べたな人間に、不動産売買などできるわけもないのだ。だが家族を抱えた身としては、それでも職を放り出すわけにはいかない。だからこそ、少ない給料でも齧りついて続けているのではないか。いまさらそれを思い出させてくれなくてもよさそうなものだ。

取りあえずすることもないので、受け取ったばかりの顧客の希望条件をコンピューターに打ち込んでみることにした。どうせ該当物件はありませんとメッセージが答えるだけだろうが、それでもやらないよりはましだ。支店長の手前、何か仕事をしなくてはならない。

カウンター脇に設置してある、コンピューターのディスプレイの前に坐った。スイッチを入れ、モニターに文字が浮かび上がるのを見る。そして沿線別コードを打ち込んでから、プログラムが検索結果を表示するのを待った。

ひとつだけ該当物件があったが、それは建築基準法の条件を満たしておらず、新しい建物が建てられない土地だった。どうせこんなものしかないのだ。馬橋はうんざりしながらも、条件をいくつか変えて打ち込み直した。この程度の収入なら、猫の額ほどの土地しか買えないことを、きちんと示してやる必要がある。そのためにも、資料を取り揃えておいた方がいい。

馬橋がキーボードをぽつらぽつらと叩いていると、店の自動ドアが開いて人が入ってきた。「いらっしゃいませ」と、カウンターに坐っているパートの女性が声を上げる。つられてそちらに視線を転じると、入ってきた客は若い女性だった。

どう見ても不動産を買う客ではない。賃貸で部屋を探しているのだろう。そうであれば、馬橋の関知するところではなかった。賃貸客はすべて、パートの女性たちが取り扱うことになっている。

馬橋はディスプレイに顔を戻し、作業を続けた。だが耳には自然に、客の女の子とパートの女性のやり取りが聞こえてくる。どうやら女の子は、地方から上京してきたらしく、あまり東京の地理には詳しくないようだった。

聞くともなく聞いていると、次々と女の子の生活の実態が耳に飛び込んできた。パートの女性は聞き上手なのだ。家探しにはそこまで関係ないんじゃないかというところまで、根掘り葉掘り聞き出してしまう。また客の方も、それに憤慨したりせずぺらぺらと喋りまくる。

いかに東京には孤独な若者が多いかを、こうしたやり取りが顕著に教えてくれる。

聞いているうちに馬橋は、すっかり意識をそちらに引きつけられていた。客の女の子は、これまで県の施設の女子寮にいたらしいが、人間関係のトラブルで急遽《きゅうきょ》そこを出ることになったという。その様子は打ちひしがれていて、今にも消え入りそうな表情だった。トラブルとやらに、相当神経をすり減らしてしまったようだ。

なるほど、これはいけるかもしれない。馬橋はディスプレイから目こそ逸らさなかったものの、気持ちはすっかり傍らの会話に引きつけられていた。ここのところ副業ともご無沙汰している。そろそろ小遣い稼ぎをしてもいい頃だった。先ほどとは打って変わって、急にやる気が出てきたのを馬橋は自覚した。

「いい部屋あった?」

女の子と近くの物件を見に行っていたパートの女性が戻ると、馬橋は何気なく問いかけた。

「うん。感触はまあまあかな。たぶんここで決まると思う」

「さすがだね。やり手の営業ウーマンだな」

「馬橋さんも人のこと言ってないで、せいぜいがんばんなさいよ。下の子ももうすぐ中学でしょ」

「へいへい。せいぜいがんばらせてもらいますよ」

馬橋はおどけて応じながら、女性がファイリングしている資料を覗き込んだ。そこには今の客の氏名と現住所が記載されていた。それをすばやく頭に叩き込んで、馬橋は席を立った。

しばらくだらだらとデスクワークをして、パートの女性が席を離れるのを待った。そして女性がトイレに行った隙に、最前の資料を取り上げ、ページを開いた。一番最後のページに、憶えている名前を見つけた。馬橋はそのページをすばやくコピーに取り、さりげなく資料を元に戻しておいた。誰ひとり、馬橋の行動に気づいている者はいなかった。

外回りに行ってくると断り、社用車のキーを摑んで店を後にした。駐車場に向かい、車の中で先ほどのコピーを取り出した。親の連絡先や職業、通っている大学名までしっかりと記載されている。そのどれを取っても、条件には申し分なかった。

現在の住まいである寮は、中央区《ちゅうおう》の月島《つきしま》にあるとのことだった。馬橋は車を出し、月島へと進路を取った。うまくすれば、帰ってくる女の子を摑まえられるかもしれなかった。

寮の前に着いたのは、五時半過ぎのことだった。とっぷりと日が暮れた巷は、街灯の明かりも寒々しく、いささか寂しげであった。馬橋は寮の門から百メートルばかり離れた地点に車を停め、前方に視線を注いだ。頭の中で、話の切り出し方をあれこれと模索した。不動産の売買よりも、ずっとやりがいのある交渉だった。

三十分ほど粘ると、ようやく目当ての女の子が顔を出した。すでに寮に帰り着いていたらしく、ラフなトレーナー姿で門から出てきた。近くのコンビニエンスストアにでも行くつもりなのだろう。財布を剝き出しのまま手に持っていた。

馬橋はゆっくりと車を降り、女の子に歩み寄った。他意のなさそうな笑みを浮かべ、名刺を取り出す。そして驚かさないように、物静かな声で話しかけた。

「すみません。わたくし、先ほどおいでいただいた《新興エステート》の者ですが……」

29

その電話は昼休み前の、もうすぐみんなで食事に出ようかという時刻にかかってきた。とっさに時計を見ると、もう十一時半になっている。馬橋は舌打ちをして、電話を受けた女性に尋ねた。

「誰だって」

「それが、名前を言わないんですよ。訊いたんですけど」

「あ、そう。誰だろう」

一瞬、副業の方で関わった誰かを連想した。ここのところ幾度か、吉住計志という若者から電話をもらっている。なんでも戸籍を入れ替えた相手である小沼豊という人物が、面倒そうなトラブルに巻き込まれていたようだと言うのだ。間違えられて迷惑だから、どうにかして欲しいと吉住は主張した。

どうにかしろと言われたって、いまさらどうしようもない。人違いであることをちゃんと説明すれば、そんなこと軽く受け流せるはずではないかと、馬橋は思う。後々まで苦情を持ち込まれても困るのだ。戸籍の交換が完了した時点で、馬橋との縁は切れたものと思って欲しいと説明したのに、吉住計志はすっかりそれを忘れているようだ。

「はい、お電話代わりました。馬橋です」

面倒だなと思いながら、電話を引き取った。また吉住であったら、いったいどうしてくれようか。もう一度戸籍の交換を勧めてみるか。もしそうするなら、また適当な相手を見つけなければならない。それはそれで、副収入が得られていいかと、馬橋は瞬時に結論づけた。

「――あんたが、馬橋さん？」

受話器からは、陰々と押し殺した声が届いた。聞き憶えのある吉住計志の声ではない。これまでの顧客の誰かかと考えたが、思い当たる節はなかった。

「そうですが、どちら様ですか」

以前営業で、手当たり次第にマンション各戸を訪問し、名刺を配り歩いたことがある。売却を考えるときはぜひ相談してくれという、なんとも迂遠な営業活動だった。だいぶ以前のことなので忘れていたが、そのときの相手が電話をくれたのだろうか。馬橋は背筋を伸ばして、椅子に坐り直した。

「お先に、食事行くよ」

支店長を始め同僚は、そう声をかけて店を出ていった。それに目だけで応え、馬橋はメモを手許に引き寄せた。

「――おれのことはどうでもいいよ」

相手は思いもかけない返事をした。馬橋はその意味が理解できず、「は?」と訊き返した。

「おれのことはどうでもいいと言ったんだ。わからないか」

突然相手は、ぴしゃりと撥ねつけるような声で言った。目下の者を叱りつけるような、容赦のない口調だった。

「なんですか、あんたは」

思わず眉を顰め、問い返した。突然知らない人間から電話を受けて、その上名前を訊いただけで怒られるのではたまらない。失礼な客には慣れているつもりだったが、さすがにいささかムッとした。

「偉そうな口を利くなよ。後で後悔するぜ」

相手は恫喝めいた言葉を吐いた。どうやら普通の人間ではないようだ。厄介事が舞い込んできたのを、馬橋は瞬時に悟った。

「用がないなら切りますよ」

とたんに後込みする気持ちが湧いてきて、逃げるように電話を切ろうとした。馬橋はこれまで、極力トラブルや揉め事とは関わらないように生きてきた。生来の臆病さがなせる業《わざ》だったが、そのお蔭で四十数年無事に生きてこられたのだと思っている。この年になって厄介なことに巻き込まれるのだけは願い下げだった。

「切るな。切ったら貴様の職場に押しかけてやる」

相手は怒鳴るでもなく、淡々と言った。自分の言葉に相手を服従させるのに慣れた語調だった。逆らわれることなど、微塵も念頭に置いていないようだった。

「誰なんですか」

馬橋は受話器を持ち替え、今度は小声で尋ねた。周りにいる人に、妙な電話だと悟られるのを嫌ったのだ。瞬間の判断だったが、どうやらこれは職場の人に聞かれてもかまわない電話ではないようだった。

「こちらのことは訊くなと言ったはずだ。わからない奴だな」

苛立ちが如実に伝わってきた。その冷え冷えとした調子は、聞く者の気持ちを竦ませるものがあった。思わず馬橋は、受話器を置いて会話を打ち切ろうとしたが、相手の声は恐怖の呪縛となって、馬橋の腕を縛りつけていた。相手の話を聞きたくないのに、聞かずにはおれない強制力があった。

「貴様と話してるといらいらする。不愉快だ」

何を言ってるんだ。内心で馬橋は抗議した。勝手に電話をかけてきて、一方的なことを捲し立て、挙げ句の果てに不愉快だとは、いったい何様なのだ。こいつはどこか頭がおかしいんじゃないだろうか。どうしてこんな電話がかかってくるのだ。

「おれは貴様がやっていることを知ってる。警察にチクられたいか」

その言葉を聞いたとたん、さあっと血の気が顔から失せたように感じた。体が強ばり、脳裏から言葉が揮発し果てた。警察という単語が、理屈ではない根元的な恐怖を呼び起こした。心の隅にわだかまっていた疚しさが、一瞬にして膨張し馬橋の平常心を呑み込んだ。

クックック、とさも愉快そうな押し殺した笑い声が届いた。馬橋の絶句を楽しんでいるのだ。そこには他人の弱みにつけ込む、サディスティックな快感が滲んでいた。

言葉が見つからず、水から上げられた金魚のように口をぱくぱくさせていると、唐突に電話は切れた。相手は何も言わず、ただ不気味なまでに不自然な通話の終わりだった。それだけに、最後の台詞は馬橋の胸に重くのしかかり、錆びた鉄のようにざらざらとした味わいを残した。

通話が切れた後の、無機質な機械音だけが耳に聞こえていた。馬橋は精一杯の努力で受話器を戻した。架台に置いた瞬間に、ふたたび同じ相手からかかってくるのではないかという妄想に駆られた。

だが電話は鳴らなかった。その沈黙もまた、馬橋にとっては恐ろしかった。

どうかしたんですか、とパートの女性に尋ねられたが、それに何事もなかったように答えられたかどうか、自分でも自信がなかった。

30

原田はJR埼京線の北赤羽《きたあかばね》駅を出て、荒川の方向に足を向けた。吉住計志の戸籍の附票によると、現在彼の住民票は北《きた》区赤羽北一丁目に存在するのだ。環の推理が正しければ、そこには吉住の名を使用する小沼豊が住んでいるはずだ。

吉住計志の死については、ふたとおりの可能性があった。ひとつは吉住計志自身が狙われた場合、そしてもうひとつは小沼豊の身代わりとして殺された場合だ。もし後者であるならば、小沼豊の行方を探し当てることが急務だった。犯人に辿り着くためには、小沼の線を追うしか方法がないからだ。

環は原田に、これまで続けてきた小沼豊の身辺調査を続行するよう指示した。小沼豊こと吉住計志殺害事件に関しては、横浜水上署に捜査本部が設けられ、そちらで処理される。だから厳密に言えば、環のグループが追う必要のない事件なのだが、何を考えているのか環は小沼の線も手繰るつもりのようだった。環曰く、そうすることによって戸籍の仲介者を燻り出せるとのことだった。

戸籍の仲介そのものに関しては、現行の刑法ではなんの罪にも当たらないのではないかというのが、環の説明だった。別人の戸籍を使っている失踪者たちは、「公正証書不実記載罪」と「公文書偽造罪」、及び同行使の罪に問われる。だがその仲介者ということになると、適用すべき法律が見当たらないのが現状だった。そもそも「公正証書不実記載罪」や「公文書偽造罪」にしたところで、刑法違反には違いないが、その行為に伴って実害を受けた人がいない限り、警察も腰を上げるほどの犯罪ではない。つまり現在のところ誰も不具合を感じていないのであれば、これ以上追及したところで、新しい平穏な暮らしをしている人たちを脅かすだけということになるのだ。

環は淡々とそれらを説明しただけで、後は続けようとしなかった。その表情に取り立てて変化はなく、状況の展開に戸惑っている気配もなかった。法律で裁けないからといって、追及の手を緩めるつもりは毛頭ないのだ。仲介者を探り当ててどうしようというのか原田には見当がつかなかったが、環には環なりの考えがあるようだった。

北赤羽駅周辺は工場街で、お世辞にも潤いのある街並みとは言いがたかった。気のせいか空気もどこかいがらっぽい。道を歩いている人の大半も、近辺の工場で働いているらしき、作業服を着た男たちだった。

そうした人の流れに乗りながら、原田は小沼豊の住居を目指した。工場は工場、住居は住居で固まっているので探しやすい。駅を出て数分で、原田は難なく目的のアパートを見つけた。

そこは木造モルタルの、煤煙で煤けてしまったような薄汚れたアパートだった。付近のマンションの蔭になり、日当たりもあまりよさそうではない。小沼豊は何から逃れたくて、ここまで流れ着いたのだろうか。原田は初めてその動機に疑問を覚え、一瞬思いを馳せた。

二階へのスティール階段の下に、集合ポストがあった。目指す部屋番号に表札は出ていない。それを確認してから、原田は部屋のドアをノックした。

中にいる人を脅かさないよう、最初は控えめに叩いた。だが反応がないので、次には少し力を込めた。それでも人の気配はしない。どうやら留守のようだった。

隣家の窓が開いているので、今度はそちらを訪ねた。ドアを叩くと、四十過ぎほどの中年の女が顔を出した。隣の人はいつからいないのかと訊くと、昨日の夜は帰らなかったという答えが返ってきた。

「帰らないことが多い人ですか」

尋ねると、頭にビニールのキャップを被った女は首を振った。アンモニアの臭いが漂ったところを見ると、白髪染めでもしていたらしい。

「いいや、いつも家にいる人だよ。友達の出入りもないしね」

「じゃあ、昨日帰らなかったのは、珍しいことなんですね」

「そうだけどさ、吉住さんが何をしたのさ。なんで探偵さんが調べてるわけ」

女は露骨に好奇心を示し、原田の風体をじろじろと見回した。原田は適当に言葉をごまかし、その場を後にした。

もう一度小沼の部屋の前に立ち、ドア横の曇りガラスに顔を近づけた。朧に見える部屋の内部には、まだ家具が置いてあるようだ。逃げたのだとしたら、身ひとつで立ち去ったに違いない。

今度こそ小沼豊は、本当の失踪を遂げたのかもしれなかった。

31

現金自動取扱機のディスプレイが、支払金額を打ち込むことを要求してきた。馬橋庸雄は一瞬ためらい、五十万円とボタンを押した。

しばらくして、静かな音とともに取り出し口が開いた。ひと目では数え切れないほどの紙幣が出てくる。馬橋は備えつけの封筒を広げ、札束を強引な手つきでそこに突っ込んだ。ありがとうございました、というアナウンスの儀礼的な挨拶を背中に、銀行を出た。背広の内ポケットに入れた札束は、実際の重み以上に心に重くのしかかっている。これだけの金を手放すのには、未だ割り切れないものを感じていた。

昨日の奇妙な電話は、それきり二度とかかってこなかった。《警察に言うぞ》という謎の言葉には、無条件で恐怖心を覚えたが、一日が過ぎてみると何かの間違いだったようにも思えてきた。心の隅にはかかっていたものの、さして気にせず出勤すると、今日の午後になって馬橋宛の郵便が届いた。

差出人の名はない。宛名は乱雑な書体で、よく郵便局員が解読できたものだと思えるほどの粗雑さだった。知性を感じさせない乱暴な字は、馬橋にいやな予感を植えつけた。そのために、同僚がいる前ではその封書を開けなかった。

開けないで正解だった。おそらく馬橋は、中身の文面を見たとたんに顔色を変えていたことだろう。誰かに見咎められていたら、ごまかすこともできなかったはずだ。

文面は簡単なものだった。《貴様のやっていることは知ってる》と電話と同じ言葉がまずあり、続いて《ばらされたくなかったら、二百万円を用意しろ》と書かれていた。

謎の相手が仄めかしていることが、馬橋が副業としてやっている戸籍の仲介であることは明らかだった。相手はそれをネタに、馬橋をゆすろうとしているのだ。

どうしてばれたのかと、とっさに考えた。馬橋の人選は的確で、しかも事務処理は完璧だった。第三者が何かに感づいたとしても、馬橋まで辿り着く方法はないはずだった。

ではこれまで仲介した人の中の誰かが、この謎の相手なのだろうか。馬橋は何人かの顔を思い浮かべてみた。いずれも皆、些細なことにコンプレックスを持ち、現状から逃げ出したいと考える消極的な若者ばかりだった。誰ひとりとして、こんな大胆な行動に出る人物とは思えなかった。

相手の正体が摑めないのは、なんとも不気味なことだった。どうやら相手は、馬橋の職場の住所や電話番号まで承知しているのだ。相手の心ひとつで、馬橋の社会生活は簡単に葬られてしまうだろう。何せ会社のデータを無断で抜き出し、顧客に法律違反を唆《そそのか》しているのだ。それが会社にばれたら、どんな処分を受けるかしれなかった。

馬橋はすぐに、相手の要求に屈する気持ちに傾いた。三人もいる子供を思えば、今ここで失職するわけにはいかない。馬橋の行為そのものが刑法上のどんな罪に当たるのかわからないが、いずれ警察に知られればただでは済まないだろう。三人の子供たちに肩身の狭い思いをさせることだけは、なんとしても避けなければならなかった。

とはいえ、二百万という要求は無体だった。そもそも金に困っていなければ、こんなことに手を染めはしなかったのだ。十三万円に過ぎない月給を補うつもりで始めた副業だった。馬橋の妻は三人目の子供を産んだときに体調を崩し、以来寝たり起きたりの生活をしている。当然共働きなどできるわけもなく、一家の生計は馬橋の双肩にかかっていた。贅沢など望まないから、せめて子供たちにちゃんとした文房具でも買ってやりたいとの思いが、馬橋に戸籍の仲介を思いつかせたのだった。

しかしそれも、対象が親許を離れようとする若者だから、それほど金になるわけではない。せいぜい一件につき二十万から三十万、それを双方から取っても多いときで六十万にしかならない仕事だった。その程度の収入しか得ていない行為に対し、いくらなんでも二百万の口止め料は高すぎる。とても払える金額ではなかった。

脅迫状は続けて、奇妙な要求をしていた。馬橋がかつて仲介した、小沼豊の居所を教えろというのだ。

こっそりとしまい込んでいた秘密のファイルを見直してみると、小沼が戸籍を交換した相手は吉住計志となっていた。何度か馬橋のところに苦情を持ち込んできた相手だ。吉住はそのとき、戸籍の交換相手が残していったトラブルで困っていると訴えていた。これはそれに付随することなのだろうか。

いずれにしても、馬橋には関係のないことだ。小沼豊の現住所を教えることなどなんでもない。その程度の要求に応えることで勘弁してもらえるのなら、なんの躊躇もなく小沼の住所を教えてやろう。

問題は金の要求だった。二百万はいくらなんでも応じかねる。そこで馬橋は、五十万円だけを用意し、相手に相談を持ちかける旨の手紙を同封することにした。どうやら相手の目当ては小沼豊の住所らしい。金の方はついでであれば、五十万でも納得してくれるかもしれないと、馬橋は都合よく考えた。

金は新宿西口地下の、地下鉄改札そばの公衆トイレに置けと指示されていた。時刻は午後六時ちょうど、鞄に詰めた金を個室の中に置いておけとのことだった。それを受けて馬橋は、会社を早退して新宿にやってきたのだった。

銀行を出ると馬橋は、用意してきたバッグに金が入った袋を入れた。中には小沼豊の住所を書いた紙と、脅迫者に宛てての手紙が入っている。それを確認してから、馬橋はバッグの口を閉めた。

時刻は五時五十五分だった。もうすぐ指定の六時になる。馬橋は公衆トイレ前まで行き、腕時計の長針を目で追い続けた。

六時になった瞬間に、馬橋は行動を起こした。男子トイレに向かい、手洗い場から奥へ入る。三つある個室のうち、手前ふたつが空いていたので、一番入り口に近いところに入った。

鍵をかけて、軽く息をついた。意識はしていなかったが、極度に緊張しているらしい。謎の脅迫者がこの近くにいると思うと、自然と肌が粟立ってきた。

馬橋は個室の床に直接バッグを下ろし、そのまま何食わぬ顔で外に出た。手も洗わずトイレを後にする。足早にその場から遠ざかり、そしてJRの切符売り場の方向に曲がった。ぐるりと回り込み、トイレの入り口が見渡せる場所に戻った。地下街の柱の蔭に隠れ、あのバッグを手に出てくる人物を待つ。できることなら後を尾け、相手が何者か探るつもりだった。置いてきた五十万円についてはもう諦めていた。だがこれ以上要求されるのは願い下げだ。

相手に気取られないよう、しかし一瞬もトイレの入り口から目を離さぬよう、馬橋は真剣に監視を続けた。するとすぐに、馬橋が置いてきたバッグを手に、トイレから出てきた人物がいた。

その人物の風体は、予想とまったく違っていた。地味な色のスーツを着込み、一見したところ馬橋となんら変わらないサラリーマンのようであった。漠然とヤクザまがいの、粗暴な男を想像していただけに、相手の平凡ななりには拍子抜けした。これならば、まったく話が通じないこともないかもしれない。

男は馬橋の眼前を涼しい顔で横切った。取り立てて急いでいるふうでもない。脅迫者にしては、落ち着き過ぎとも言える堂々たる態度だった。

馬橋は三十メートルほど置いて、後を尾け始めた。三十メートルでは近いかと思ったが、この人込みの中ではこれ以上の距離はおけない。また同時に、相手から見ても馬橋の存在は摑みにくいはずだった。

だが心配するまでもなく、男はまったく背後を警戒していなかった。奇妙に思えるほど正常な歩調で進み、一度立ち止まって考え込む様子を見せた。

おかしいな。馬橋はその様子を見て眉を顰めた。せっかく金を手にしたのだから、立ち止まって考えたりせずとっとと逃げるのが普通ではないだろうか。もしかして男は、脅迫者とは違う人物なのではないだろうか。

馬橋がそう考えた刹那《せつな》だった。男は方向を転換し、地上から続く地下ロータリーの方へ向かった。馬橋はその方向を見て、顔色を変えた。男が向かっている先にあるのは、交番だった。

あいつは違う。馬橋はすぐに判断した。あれは脅迫者ではなく、まったくの第三者だ。それがトイレに入ったときにバッグに気づき、落とし物と思い交番に届けようとしているのだろう。

冗談じゃない。せっかく捨てたつもりで置いてきたのに、相手の手に渡らなければなんにもならない。警察になど届けられたら、もっと厄介なことになる。

馬橋は走り出し、「すいません」と男に声をかけた。

「そのバッグ、私のなんですよ。返してください」

男は振り向き、怪訝そうに馬橋に目を向けた。

「え？　これですか。これ、あなたのなんですか」

「そうなんですよ。うっかり忘れてきちゃって」

「そこのトイレにあったんですよ。あなたもそこに忘れたんですか」

「そうなんです。戻ってみたらなくなってたんで、びっくりして探したんですよ」

「ああ、そう」

男は頷いたが、なおもバッグをしっかりと握り締めていた。こちらに渡してくれる気配はない。馬橋は焦れて、手を伸ばした。

「ありがとうございました。受け取りますよ」

だが男は、馬橋の手を避けるように一歩後ずさった。

「ちょっと待ってください。この中身、変なんですよ。本当にあなたのなんですか」

中を見たのか。馬橋は舌打ちしたい気持ちだった。まさか手紙までは見ていないだろうが、現金が五十万円も入っていればおかしいと思うのが当たり前だ。どう言い訳しようかと、馬橋は必死に頭を捻った。こんなことをしている間に、脅迫者はトイレを探しているかもしれない。そこに現金がなかったと知れば、次にはどんな行動に出てくることか。

「お金が入ってたでしょ。それがないと困るんですよ」

「そう。金が入ってましたよ。しかも金だけ。どうしてこんなバッグの中にお金だけが入ってるんですか」

うるさい奴だな。馬橋は顔を歪めた。そんなこと、お前には関係ないじゃないか。

「ちょっと急いでたもんで。これからいろいろ買うんですよ。返してください」

言い訳にもならない言い訳をすると、男はよけいに警戒をしたようだった。胡散臭そうに馬橋を眺め、目でちらりと背後を指した。

「そこに交番がありますから、ちょっと一緒に行きましょう。ぼくはお巡りさんに渡すから、あなたはお巡りさんから受け取ればいい」

「何言ってんですか。それは本当に私のバッグなんですよ」

「だからお巡りさんに言ってください。ぼくはただ届けます」

男は頑なに言った。今にも馬橋を振り切り、交番に駆け込みそうな勢いだった。

まずい、と感じた。今交番に駆け込まれては、ことが大袈裟になる。この男が疑問に思ったくらいだから、警官にも金の意味を問われるだろう。そうしたら、馬橋はどのように答えたらよいのか。

様々な想像が一瞬のうちに頭を駆け巡り、馬橋の思考はパニックに陥った。ともかく何がなんでも、眼前の男からバッグを奪い取らなければと思った。馬橋は相手の手許に飛びつき、バッグに縋りついた。

「何をするんだ！　離せ」

男は大声を出し、力一杯抗《あらが》った。お互いにバッグを持ち、引っ張り合う格好になった。

道行く人の注目が、いっぺんに集まった。争う馬橋たちを中心に、綺麗に人の輪ができた。馬橋はそれにも気づかず、ただ一心に男からバッグを奪い取ろうとしていた。

馬橋が我に返ったのは、人垣を割って現れた警官の姿を見たときだった。

32

「なんだか、よくわかんねえなぁ」倉持真栄はハンドルを叩いて、大袈裟に首を捻った。

「お前、わかってる？」

横目でちらりと武藤隆を見る。助手席に坐っている武藤は、いつものように無表情だった。くそ面白くもねえ野郎だな、倉持はその様子を見て、内心で悪態をついた。

「一応、わかった」

武藤は言葉をちぎって捨てるように、ぶっきらぼうに応じた。

「あっ、そう」倉持は不満をぶつけるようにアクセルを踏み込み、車のスピードを上げた。

「じゃあ、わかりやすくおれに説明してくれないか。おれは環の旦那から電話で聞いただけなんで、いまいちからくりがわからねえんだよ」

「何がわからない」

あくまで武藤の言葉は短かった。環や原田に接するときは一応敬語を使うが、倉持に対しては対等な言葉遣いをする。それもまた、倉持は気に食わなかった。

「そうだな。まず根本的な疑問は、戸籍の入れ替えなんかをして、本当にばれないのかということだよ。そんなにうまくいくものかね」

「うまくいくようだ。戸籍の入れ替えは、現行の日本の身分証明制度の盲点を衝いている。現在の制度では、名前と本人を結びつける証明書はほとんどないんだ」

「わかりやすく言ってくれよ。こちとら頭が悪いんだ」

苛立って倉持は言葉を挟んだ。本当はわからなくもなかったが、知ったふうな武藤の口調が気に入らなかったのだ。

「戸籍にしろ住民票にしろ、本人の顔写真を添付しているわけじゃない。だから写しを申請された役所の窓口の人は、生年月日から年格好を判断して発行しているんだ。つまり、年齢さえそれほど違わなければ、他人でも簡単に申請ができてしまうんだよ」

「それはわかるよ。おれだって調査でよくやってるからな。しかしだからって、名前を入れ替えりゃいくらなんでもわかるだろうよ」

「それがわからないんだ。一方的に乗っ取られていたとしたら、遅かれ早かれ名前を取られた側がそのうち気づく。でも双方が合意の上で交換していたら、役所だって気づきはしないさ」

「そうまくいくかね。だって運転免許証には顔写真がついてるんだぜ」

「だからこそ、戸籍の交換は免許を持っていない人たちの間で行われていたんだ」

「あ、なるほどね」

そういえば、失踪人たちの共通点を環が列挙したとき、運転免許証を持っていないという項目もあったのを思い出した。

「じゃあよぅ、戸籍を入れ替えた奴らは金輪際、車の運転はできないってわけか」

「ところがそうじゃない。運転免許証は住民票と自分の顔写真を持っていけば発行してもらえる。戸籍を入れ替えた後で、偽の住民票で免許を取ってしまえば、今度は自分の顔写真入りの偽の身分証明書ができあがるというわけさ。これはパスポートでも同じことだ。戸籍を交換したら海外旅行に行けなくなってしまうわけではない」

「印鑑証明は？」

「国民健康保険証か、免許証があれば登録できる。ともかく運転免許証まで作っちまえば、後の障害は些細なものだよ」

「そんなもんかね」

倉持は鼻を鳴らした。なるほどよく考えられている。こんなからくりを嗅ぎつけた環の方がすごいと言うべきだろう。

「じゃあ次の疑問だ。奴らの住民票はなぜ都内を転々としていたんだ？」

「追跡調査をしにくくするためだろう。親が住民票から後を追おうとしても、あまりに頻繁に移動していれば、追い続けるにも時間がかかる。普通は戸籍の附票になど頭が回らないだろうからな。加えてその戸籍も移しておけば、元の戸籍の所在地に残る除票は、五年経てば破棄されてしまう。つまり五年間逃げ切れれば、後は安泰になるということだろう。まあ、実際は根気よく調べれば辿れるのだから、一応の防御措置程度に過ぎないが」

「そうだよな。現におれたちだって、戸籍の附票から現在の住民票がある場所を探り当てたわけだからよ。真剣に子供を捜したい親や、それに雇われた探偵だったら、いずれは入れ替わった野郎のところに行き着くはずだろ」

「たぶんな。入れ替わった当初は、そういう人物も何人か訪ねてくるかもしれない。だがそれは、前に住んでいた人だろうととぼければいい。自分は引っ越してきたばかりだから知りません、ってな」

「だから奴らが住んでいる家には、絶対に表札が出ていないわけか。例えばおれが追っていた広沢良美であれば、山口早希代と入れ替わっていたわけだが、もし山口の身内が来たときに表札に《山口》と堂々と出ていたら、言い訳が利かないもんな。なるほどね」

ようやく頭が整理できてきた。うまく考えたものだ。これならば、よっぽどのことがない限り完璧に身を晦ますことができる。

「からくりはわかったよ。でもよぅ、これがどれほどの金になると思う？　若造相手の商売じゃ、大した金にゃなるまいよ」

「だろうな。せいぜい四、五十万がいいところだろう」

「だよな。そう考えると、こいつ、大して頭がよくねえかもしれねえな。ヤバイ橋渡って、一件につき五十万じゃ、割に合ってるとは言えねえ」

「ところがその代わり、仲介者自身は法律に抵触していない。もし万が一警察にばれても、逮捕される心配はないんだ」

「それにしたところで、もう会社にはいられないだろうよ。やっぱり馬鹿だな、こいつ」

倉持はそう吐き捨てた。なにやら大山鳴動鼠一匹といった感がある。さんざん引き回された挙げ句に、黒幕が法律で裁けないのでは、なんのための捜査だったのかという気がしてくる。ここまでわかったのならば、もう仲介者を燻り出すことなどどうでもよいのではと倉持は考えた。

「そんで、おれらがこれからマークする馬橋庸雄ってのは、何者なわけ？　そいつが仲介者だって、どうしてわかるんだ」

環からの指示は例によって一方的だった。突然馬橋某という聞いたこともない名前を出され、武藤とふたりでマークしろと言い渡された。馬橋の勤め先が《新興エステート》であることから敷衍《ふえん》すれば、環がその馬橋を仲介者であると考えているのはわかる。だがどうしてそういう結論になるのか、倉持はさっぱりわからなかった。

「昨日の夕方、新宿の地下街で奇妙な諍《いさか》いがあった」

「それは知ってるよ」倉持は武藤の説明を遮った。「だがよ、それがどうしてこの件に繋がってくるんだ」

「環さんの勘だろ。おれにはわからない」

「勘かよ。これが当たるんだよな。あのおっさん、超能力者かね」

「環さんは近いうちに、《新興エステート》の人間がなんらかのトラブルに巻き込まれると考えていた。だから都内全域の情報を収集していたようなんだ。そうするうちに飛び込んできたのが、昨日の新宿西口地下の事件だったたんだろう」

「おっさん同士が金の入ったバッグを奪い合っていたんだろ。でも結局、馬橋なんたらっていう奴の物だって証明できたそうじゃねえか。落とし物だと届けようとした奴のお節介だったわけだろ。それがどうしたんだよ」

「馬橋は忘れ物をしたんじゃない。トイレにわざと置いてきたんだろう」

「つまり誰かにゆすられてた、というのか」

「おれにはわからん」

にべもなく武藤は言った。これで話は終わりだとばかりに、窓の外に目を向けた。

愛想のねえ野郎だな。倉持はふたたび心の中で罵った。一緒に仕事をしてるんだから、もう少し打ち解けたって損はねえじゃねえか。

「ゆすってるのは、吉住計志を殺した奴らだろうな。吉住は拷問された痕跡があったというじゃねえか。たぶんそのときに、馬橋のことをゲロしたんだろう」

いささか小腹が立ったので、しつこく話しかけてやった。果たして武藤は、面倒そうに顔を戻した。倉持はそれを横目に見て、にやりと微笑んだ。そうだよ旦那、シカトなんかしたらただじゃおかねえぜ。そのうち手柄を出し抜いてやっからよ、そのときはせいぜい悔しがってくれよな。

「おれは何も考えない。ただ、環さんの指示に従うだけだ」

「ああそうかいそうかい。がんばってくれよな」

倉持はからかうように言い、「畜生、面白くなってきたぜ」とひとりごちた。今度は武藤も、何も言葉を返さなかった。

ほどなく、環の指示にあった不動産屋が見えてきた。ガラスのウィンドウに物件の見取り図を貼りつけた、典型的な街の不動産会社だった。倉持は店の前を通り過ぎ、斜向《はす》かいの銀行の駐車場に車道を横切って突っ込んだ。車を停めると、助手席から武藤が無言で降りた。今から客を装い馬橋と接触し、できることならトイレを借りる振りをして馬橋の机に盗聴器を仕掛ける手はずになっていた。

倉持はシートに身を任せ、頭の後ろで両腕を組んでバックミラーを見つめた。ミラーには、自動ドアをくぐって店の中に入っていく武藤の姿が見えた。認めるのは悔しいが、武藤が確実に盗聴器を仕掛けて戻ってくるのは間違いないところだった。

33

ヤバイぞ、本当にヤバイ。

村木了《むらきりょう》は先ほどから苛々とたばこを吹かすのをやめられないでいた。《おにぎり》を始めてから、たばこを吸う量はぐんと減っていた。だがここ最近《おにぎり》の供給が止まり、ふたたびたばこに戻ったところだった。一度たばこに戻ると、また以前のように一日ふた箱は吸うようになっていた。

《BIW》の店内は、他の《ゼック》のメンバーが吸うたばこの煙も手伝って、霧がかかったように白くなっていた。古いビルのため、換気装置がうまく働いていない。おれが死ぬなら肺癌だろうなと、漠然と了は考えた。首に巻きついている蛇は、さほど煙をいやがっているようでもない。蛇でも肺癌になるのかなと、いささか浮き世離れした疑問も了は感じた。

「うるせえよ」

そう言われて始めて、自分が貧乏揺すりをしていたことに気づいた。Gパンの腰につけたチェーンが、先ほどからチャラチャラと音を立てている。換気扇の音かと漠然と考えていたが、自分が音源だったのだ。そのことにも気づかないほど、了は心の中で焦りを覚えていた。

我に返り、店の中にてんでに屯しているメンバーたちの顔を見た。どいつもこいつも皆、判で押したように同じ顔をしている。もともと彫りが深いのに加えて、頬がこけているので凄みがある。何があろうと表情はほとんど変わらず、能面のような顔ばかりだった。いやむしろ、鰐《わに》や蜥蜴《とかげ》といった爬虫類か。それともカマキリや蜘蛛のような虫か。

これまではこいつらの顔つきを、頼もしく思い、また好ましくも感じていた。こいつらと一緒にいれば、どんなことだってできると考えていた。事実、メンバーたちとつるんでいるときこそが、了にとって生きているという実感を味わえるときだった。

それなのに今日は、仲間たちの無表情が苛立たしく思える。どうしてみんな、そんなに平然としていられるのだ。どうにかしなくちゃいけないとは考えないのか。本当にヤバイことが起きているんだぞ。

とうとう我慢できなくなって、大声で喚きだそうとしたときだった。店の入り口が開き、「すいません」と誰かが入ってきた。出鼻をくじかれて、了はむっつりと黙り込んだ。

「おい、ヨシオ。誰か来たぜ」

厨房の中にいる、この店の正規の店員に声をかけた。《BIW》はオーナーがメンバーのひとりの羽田陽介《はだようすけ》の叔父ということもあって根城にしているが、ふだんは一般客相手の営業をしている。ヨシオは了たちとは違って、至って真面目な働きぶりを見せる店員だった。

ヨシオが壁を回り込み、応対に出た。しばらくやり取りが聞こえる。黙って聞いていると、そのうち来訪者が大きな鉢植えを担いで店内に入ってきた。

「じゃあ、ここでいいですか」

鉢植えを担いだ男は、グレーの作業着を着ていた。植木屋のようだ。ヨシオが返事をし、作業着の男が頭を下げた。

「では、一ヵ月したら取りに伺います」

よろしく、と言い置いて、男は伝票を置いて出ていった。残された鉢植えは、人の背丈ほどもある熱帯産の観葉植物だった。

「なんだよ、あれ。葉っぱなんか置いてどうするんだよ」

村木の隣に並んでカウンターに坐っていた陽介が、顎をしゃくって気怠げに尋ねた。ヨシオは怯えた表情を隠さず、生真面目に答えた。ヨシオは了たち《ゼック》に対して、いつも距離をおいて接していた。

「鉢植えのレンタルだそうです。一ヵ月無料で貸し出しているので、置かせてくれないかって言うんですよ。場所が空いてたから、まあいいかと思って」

「ふん」

陽介が鼻であしらうと、ヨシオはそそくさと厨房に戻った。開店前は絶対に店内に出てこようとはしない。台風が通り過ぎるのをじっとこらえるように、《ゼック》が消えるのを待っているのだ。了にはその怯えが面白かった。了たち《ゼック》にとって、他人が自分たちの支配下に置かれるのは快感であった。音楽をやっているのも、ただその欲望を満足させるためと言っても過言ではない。

了は運ばれてきたばかりの、面白味もない熱帯植物に一瞥をくれてから、おもむろに口を開いた。どうしても一度、仲間たちと今後の対応策を話し合う必要があると考えていたのだ。

「おい、どうするよ。このままじゃヤバイんじゃねえか」

苛立ちが頂点に達したときに肩透かしを食ったためか、言葉は穏当になっていた。ストゥールを回転させて、メンバー全員の顔を見渡す。彼らはやはり顔の筋ひとつ動かさなかった。

「なんだよ、黙ってねえでなんとか言えよ。あれをやったのは《あいつら》なんだろ」

あれ、というのは、つい先日横浜の港に上がった死体についてだった。報道によると、名前は吉住計志となっていた。また同時に、吉住が偽名を使っていたとも伝えられている。その偽名までは明らかにされていなかったが、了はすでに詳細を知っていた。吉住という男は、小沼豊の名前を使っていたのだ。

以前に少しだけバンドを一緒にやったことがある小沼が消えたのは、半年ほど前のことだった。小沼の特技を知り、《あいつら》が連れ去ったのだ。小沼は演奏の技術こそあったが、とても《ゼック》と一緒にやっていけるような性格ではなかった。了も荷物運び要員としか考えていなかったので、小沼が抜けたところで痛くも痒くもなかった。

その小沼が失踪したというのは、風の噂で聞いていた。《あいつら》との関係がこじれたのだろう。《あいつら》も必死になって捜しているそうだったが、小沼の行方はいっこうにわからなかった。

そんななか、誰かが住民票から手繰るということを思いついたらしい。だがそこで見つかったのは、小沼とは別人だった。その男こそが、死体となって発見された吉住計志だったのだ。了の耳には、そこまでの経過は届いていた。

吉住計志は、《あいつら》に捕まって小沼の居所を吐くよう、痛めつけられたに違いない。挙げ句の果てに殺されてしまったのだから災難だ。とっとと喋っちまえば殺されずに済んだのになと、了はさほど憐れみも覚えずに切り捨てた。

問題はその殺人行為そのものだった。まさか《あいつら》が殺しまでやるとは思わなかった。常軌を逸した奴らだという話は聞いていたが、それほどまでとは知らなかった。《あいつら》は怖いものがないのか。それとも後先を考えられないほど、想像力が欠落しているのか。

《あいつら》が小沼を追っていたことが警察に知れれば、そのわけが追及される。すると必然的に、とばっちりは《ゼック》に降りかかってくる。何せ《おにぎり》供給の窓口となっていたのは《ゼック》なのだ。《あいつら》と《ゼック》は、言ってみれば一蓮托生の関係なのだ。

了自身、これまで無茶苦茶なことを幾度もしてきた。シンナーや大麻はもちろん、覚醒剤もいたずらで射ったことがある。さすがに覚醒剤は理性が危険と訴えたのでのめり込まなかったが、イリーガルドラッグは決して嫌いではなかった。

万引き、恐喝、女の子に酒を飲ませての無理矢理の暴行と、ありとあらゆる悪事を了はしてきた。だがそれも、了に言わせれば遊びの範囲のことだった。現に一度も、了の行為が警察沙汰になったことはない。警察が乗り出すほどの重犯罪に手を染めるつもりはなかったのだ。

それなのに《あいつら》は、なんの躊躇もなく殺人を犯した。おそらくは無抵抗だったろう吉住計志を、虫けらのように嬲《なぶ》り殺したのだ。《あいつら》のそうした歯止めのなさは、了には空恐ろしく感じられた。先ほど《ゼック》の仲間たちをカマキリに譬《たと》えたが、そういう比喩を使うなら《あいつら》こそがカマキリにふさわしかった。

「なんとか言えよ。《あいつら》がパクられれば、おれたちにも火の粉が飛んでくるんだぜ」

言葉を重ねているうちに、ふたたび焦りが舞い戻ってきた。どうしてこいつらはこんなに落ち着いているのか。とうとう《あいつら》が殺人まで犯したというのに、なんで動じないでいられるのか。自分たちは関係ないとでも思っているのか。

「ビビってんのかよ、了」

ひとりだけウィスキーのボトルを傾けていた長谷宏治《はせこうじ》が言った。宏治はバンドの中でパーカッションをやっている。性格は決して温厚とは言えず、荒々しいパーカッションの叩き方にそれが如実に現れていた。身長が百六十センチに満たず、そのコンプレックスが粗暴さに拍車をかけているところがあった。バンドの中で暴論を吐くのは、いつもこの男だった。

「ビビるもビビらないもねえだろうよ。《あいつら》は人殺しをしたんだぜ。どういうことだかお前だってわかるだろ、宏治」

了が顔を向けて言うと、宏治はつまらなさそうに唇の端を歪めた。

「《あいつら》が何をしようが、おれたちにゃ関係ねえじゃねえかよ。てめえはビビってんだよ、了」

いつもの宏治の調子だった。宏治はふだんから、ひとりで極論に走る傾向がある。今も了の心配を怯懦《きょうだ》と決めつけ、話し合いに応じるつもりもないのだろう。こんなときにやり合っても仕方のない相手だった。

「文昭《ふみあき》はどう思うんだよ」

了は相手を替え、《ゼック》のリーダーでもある田中《たなか》文昭に問いかけた。文昭はリードギターでもあり、サイドギターを受け持つ了とは一番気が合う。相手が文昭でなければ、了はサイドギターになど甘んじているつもりはなかった。それほどに、了は文昭の技量とリーダーシップに一目置いていた。

「そんなに心配することはねえんじゃねえか」

だが案に相違して、文昭もまた楽観論だった。宏治とは別のテーブルに坐っている文昭は、悠然とたばこをくゆらせながら了に応じた。

「殺された奴と《あいつら》は、もともとは無関係なんだろ。被害者からの関係で《あいつら》が浮かび上がることもないさ」

「そんな楽観的なことを言っていいのかよ。おれは手が後ろに回るのはご免だぜ」

「まあ、待てよ。落ち着こうぜ」

隣の陽介が口を挟んだ。ボーカルの陽介は、五人の中で一番甘いマスクをしている。それだけに女性グルーピーには圧倒的に人気があったが、実際はむしろ酷薄な男だった。女を物としか考えていないところがある。了もあまり女性に情を移す方ではないが、陽介の割り切り方には敵《かな》わなかった。

「落ち着いてるさ、おれは」

了は反駁したが、陽介はそれに対し「チッチッ」と舌を鳴らした。

「舞い上がってるぜ、てめえ。そんなにヒステリー女みたいにぎゃんぎゃん喚かれたって、うるせえだけだよ」

「お前はどうも思わねえのかよ、陽介。《あいつら》の仕業とばれねえほど、ポリどもは甘いと思うか」

「おれはポリを舐めちゃいねえよ。でもよ、今ここでお前が喚いたって、なんにも始まらねえじゃねえか」

「できることはあるさ。《あいつら》とこの際すっぱり手を切るんだ」

了は言い放った。店の中が静まり返った。

先ほどから《あいつら》と称しているが、実は了は彼らに一度も会ったことはなかった。

伝聞で噂を聞いているだけである。渋谷に屯するチーマーの延長のような奴らだったが、彼らの行動はチーマーよりも遥かに粗暴だった。

例えばもし了が暴力を振るう際は、相手に致命的なダメージを与えないようにと配慮をする。決して骨折したり内臓を痛めたりしないよう、ぎりぎりのところでセーブをするのだ。ナイフをちらつかせることはあってもそれは威嚇で、絶対に武器として用いることはない。そうしなければ、本当の命のやり取りとなってしまうからだ。

だが《あいつら》には、その抑えがない。《あいつら》が暴力を振るうときは、本気で相手の目を潰しにかかる。鼻を折る。耳を削ぐ。それが《あいつら》のやり口だった。未だプロデビューの夢を捨てていない了としては、あまり関わりになりたくない相手だった。

《あいつら》との付き合いを《ゼック》に持ち込んだのは、ドラムの池上昇平《いけがみしょうへい》だった。顔が広い昇平は、思いもかけぬ相手と知り合いだったりする。六本木や新宿歌舞伎町に出没するイリーガルドラッグの売人にも顔が利き、そうした物を《ゼック》に持ち込んでくるのはいつも昇平だった。

その昇平が、《あいつら》に小沼のことを話した。すると《あいつら》は、ほとんど拉致するように小沼を連れ去ったようだった。小沼の技術が金になると、《あいつら》は踏んだのだろう。そのため《おにぎり》は有料になり、また《ゼック》のファンにも広く浸透した。現在の《ゼック》の人気は、《おにぎり》を販売し始めたことが大きな要因となっていた。

昇平の話によると、《あいつら》とはそれほど深い付き合いというわけではないそうだ。以前新宿で顔を合わせたときに知り合い、そして小沼のことを話した。それだけの関係だから、こちらから連絡をとることもできないのだと言う。《あいつら》のうちのひとりの名前も知らないと昇平は言った。

《あいつら》との接触は、《おにぎり》の郵送だけだった。向こうから勝手に《BIW》宛に、《おにぎり》が入った小包が送られてくる。そしてそれを販売した金を、リーダーの文昭がまとめて銀行に振り込んでいるのだ。銀行口座の名義人は、《鈴木源三郎《げんざぶろう》》となっていた。とても若者の名前ではない。誰かの名義を借りているか、そうでなければ偽名だろうと了は推測していた。

「手を切るったって、《おにぎり》のやり取りがなくなったんだから、実質切れてるも同じじゃないか。いまさら何を言ってるんだよ」

そう言ったのは、《あいつら》との関係を《ゼック》に持ち込んだ当人である昇平だった。了の言葉を自分に対する非難だと受けとめたのだろう。了の出方次第じゃ許さねえぞという無言の圧迫が、昇平の視線には籠っていた。

了はその言葉にすぐには応えず、じっと昇平の顔を見つめた。実は内心、了はある疑いを持っていたのだ。

《あいつら》と《ゼック》の繋がりは薄い。現にメンバーのひとりである了が会ったこともないほどだ。昇平以外は誰も、《あいつら》の顔も知らないことになっている。

だが了は、その言葉を疑っていた。噂に聞く《あいつら》の評判からして、今や彼らの資金源となっている《おにぎり》の販売を、《ゼック》に全面的に委託しているのはおかしかった。関係の薄いアマチュアバンドに一任するほど、《あいつら》が信頼関係を大事にしているとは思えない。集めた売上金をこちらがピンハネしたところで、《あいつら》はそれを知るすべがないからだ。

実際のところは、文昭が律儀に送金をしているらしい。その見返りとして、《ゼック》のメンバーには無料で《おにぎり》が分け与えられていた。だがそれにしたところで、《あいつら》の無条件の信頼は納得がいかない。誰にも疑惑は告げていないが、メンバーの中に《あいつら》と繋がっている奴がいると了は睨んでいた。

おそらくそいつは、《あいつら》から派遣された監視役なのだ。その人物がいるからこそ、《あいつら》は《おにぎり》の販売を《ゼック》に委託していられるのだ。了はその推測に確信を抱いていた。

そう考えれば、《あいつら》の噂がいつのまにか届いているのにも得心がいく。小沼豊が失踪したのも、吉住計志についての話も、誰言うともなく気づいてみればメンバーの全員が知っていた。本当に関係が薄いのであれば、それほど逐一情報が入ってくるわけもなかった。

一番怪しいのは、そもそもの関係を作り上げた昇平だった。奴自身も、《おにぎり》の販売については熱心な姿勢を見せている。それはとりもなおさず、《あいつら》の意向を受けているからではないのか。

だがもしそうだとしたら、それはあまりに見え透いているとも言えた。どうしたことか《あいつら》は、周到なまでの配慮で《ゼック》と距離をおいている。まるで表に出るのを嫌うように、《ゼック》の背後に隠れ、しかもその《ゼック》とも直接接触しようとしない。そうすることの理由はわからないが、そこまで頑なに隠れようとしている相手が、実は昇平と繋がっていたのでは、いかにも安易すぎる。もし《ゼック》の背後に隠れているつもりなら、もっと違う接触の方法があったはずだ。少なくとも昇平が仲介をする必要はなかった。

では《おにぎり》の金を集めている文昭こそが、《あいつら》と繋がっている人物なのか。集金人が直接繋がっていれば、何もピンハネの心配をする必要もない。だから《あいつら》は、こちらにすべてを任せているのだろうか。

了は文昭に視線を転じた。ちょっとしたことですぐ喧嘩腰になるメンバーの中では、文昭だけが腹を割って話せる相手だった。その文昭が自分に内緒で《あいつら》と繋がっているとは、了としては考えたくなかった。

「——ともかく、《あいつら》とは手を切るべきだ。そうしないと、いずれとばっちりが来るぞ」

だが了は自分の疑惑を口にせず、力なくそれだけを言った。メンバーの中に潜む何者かに訴えたつもりだったが、相手に届くかどうかは自分でも疑問だった。

34

「どうです。ちゃんと聞こえますか」

ライトバンに戻ってきた環は、そう原田に声をかけた。身を屈めて後部スペースを奥に進み、着ていたグレーの作業着を脱ぐ。環は今、レンタル鉢植え屋を装って《ＢＩＷ》に行ってきたばかりだった。もちろんその目的は、盗聴器を仕掛けることにあった。

「聞こえてますよ」

原田が目で受信機のアンプを指し示すと、少し途切れていた会話がふたたび始まった。

《ビビってんのかよ、リョウ》

アンプからは、低く押し殺した声が聞こえた。それに対し、先ほどから言葉を発している相手はすぐに応じた。

《ビビるもビビらないもねえだろうよ。《あいつら》は人殺しをしたんだぜ。どういうことだがお前だってわかるだろ、コウジ》

その声には聞き憶えがあった。原田が小沼豊の行方を尋ねに行ったときに応対した、首に蛇を巻きつけていた男だ。先ほどからこの男だけが懸念を表明していた。

「面白い会話をしているようですね」手早く着替え終えた環は、戻ってきて楽しそうに言った。「原田さんの推理どおり、吉住計志は小沼豊の関係で殺されたということですか」

「どうもそのようです」

北赤羽のアパートを訪ねた原田は、その後もしばらく粘り、小沼が戻らないことを確認した。やはり小沼は、吉住計志が殺されたことを知り、身ひとつで逃げ出したのだ。となれば、吉住の死の原因は小沼関係と考えるのが妥当だった。その考えに基づき、心の隅に引っかかっていた《ゼック》のメンバーに探りを入れたところ、早々に推理を裏づける会話が飛び込んできたというわけだった。

しばらく黙り、聞こえてくるやり取りに耳を傾けた。《ゼック》のメンバーは、今回の殺人を巡って意見が分かれているらしい。自分たちのことを心配しているのは、リョウと呼ばれているあの蛇の男だけのようだった。

《手を切るったって、《おにぎり》のやり取りがなくなったんだから、実質切れてるも同じじゃないか》

それまで一度も言葉を発していない男の声が聞こえた。原田はその台詞の中の《おにぎり》という単語に虚を衝かれた。

「《おにぎり》――」

思わず無意識に口走ると、環がそれを聞き咎めた。

「知ってるんですか」

「いや、実は……」

　そこで原田は、真梨子の友人たちから仕入れた情報を話した。今回の事件とは無関係かと思っていたので、環に報告しないでいたのだ。

　環は原田の説明に耳を傾け、「なるほど」とひとり納得したように頷いた。

「できたらその《おにぎり》の現物を入手したいですね」

「もう一度グルーピーに当たってみますか」

「いや、その必要はないでしょう。どうやら《おにぎり》の供給はなくなったようですから、当たるだけ無駄です」

「彼らが言う《あいつら》というのが、《おにぎり》の供給源なんでしょうか。その《おにぎり》と小沼豊の失踪は関係していると考えますか」

「原田さんは、《おにぎり》とはなんだと思いますか」

「――《おにぎり》とは、イリーガルドラッグの一種ではないでしょうか」

　そう言ったとき、原田の胸に一瞬疼痛が走った。未だ目覚めない娘の顔が脳裏をよぎる。真梨子は《おにぎり》がなんであるかを知っていて、それをやっていたのだろうか。もしそうであったとしたら……。

「でしょうね。私もそう思います」

　環は簡単に肯定した。原田は疑問を呈する。

「ですが、私の知る限りでは、そんなドラッグは存在しません。彼らは何を指して《おにぎり》と言っているのでしょう」

「確か小沼豊は、北海道出身でしたね」

環は原田の質問には答えず、唐突に違うことを尋ねた。

「ええ、そうです」

「インドにも行ったことがあるとか」

「そんな話を聞きました」

「なるほど。やはり《おにぎり》の現物を見てみたいですね」

環はそう言ったきり、《おにぎり》についての問答はこれで終わりだとばかりに口を噤んだ。環は一度説明をやめると、どうつついても先を続けてくれない。原田は諦めて引き下がることにした。

《てめえのしけた面を見てると、こっちまで気が滅入ってくるぜ。じゃあな》

受信機からそんな捨て台詞が聞こえてきた。それに続いて、幾人かの足音が響く。《ゼック》のメンバーは店を出たようだった。

「どうしますか」

原田は環の顔を見た。環は平然とした顔つきで、言った。

「彼らの言う、《あいつら》を燻り出しにかかりましょう。それには馬橋庸雄が役に立ってくれるはずです」

35

馬橋庸雄がそのファクスを見つけたのは、ほんの偶然のことだった。たまたま同業者からの物件の照会を受け、それを送付しようとファクス機の前まで来たのだった。もし一歩遅く、他の人に見つけられていたら、どうなっていたか想像もできなかった。

《馬橋庸雄は会社のデータを悪用している!》

吐き出されたファクス用紙には、マジックペンで書いたらしき乱雑な文字が躍っていた。この前受け取った脅迫状と同じような字だ。昨日金銭の授受ができなかったことに腹を立て、こうしてファクスを送ってきたに違いない。

馬橋はあのとき、警官がやってくる前にかろうじて、脅迫者に向けての交渉文だけはバッグから抜き取った。五十万円で勘弁してくれ、などという内容の文章を警察に見られたら、これはどういうことかと追及されるのは必至だ。そうなれば、どのような言い訳ももはや叶うまい。それだけに、是が非でも取り返したい手紙だった。

警察への弁明は、結局銀行の明細を見せたことによって認められた。金を届け出ようとした男は自分のお節介を詫び、警官は「お金が戻ってよかったですね」と、太平楽な言葉をかけた。だがその際になにやらノートに一筆書かされたのが不愉快だった。どうも警察のやることは気に食わない。

交番を出て馬橋は、その日のうちの金銭授受を諦めることにした。いまさら公衆トイレに戻ってバッグを置いてきたところで、今度こそ警察の注意を惹いてしまう。それにこれだけ大騒ぎをしてしまえば、脅迫者も逃げ出したことだろう。こちらに金を出す意思があったことは、おそらく伝わっているはずだ。馬橋はそう考え、その日はおとなしく帰宅したのだった。

いずれ脅迫者から次の接触があるとは思っていた。だがまさか、こんなふうに人目につくやり方を取るとは予想しなかった。どうやら相手は、理も非もない無茶苦茶な人間のようだ。こんなことをして馬橋の行為が会社にばれれば、金をゆすり取ることもできないというのがわからないのか。その思慮のなさが、馬橋には恐ろしく感じられた。もしかしたらこれは、交渉などが通じる相手ではないかもしれない。

送られてきたファクスの、送り主を示すヘッダ部分には、今日の日付と時刻しか印字されていなかった。さすがにそこに電話番号を載せるほど、思慮が足りないわけではないようだ。このファクス一枚だけでは、相手に到る手がかりはまるでなかった。馬橋は用紙を握り潰し、背広のポケットに突っ込んだ。

ちょうどそのときだった。事務の女性に声をかけられ、電話が入ったと告げられた。応じてから自分の席に戻り、受話器を取った。

「ファクスは見たか」

届いた声に、一瞬硬直した。先日の声と同じ人物だった。

「あ……、ど、どうも、お世話になっています」

とっさに周りの耳を気にして応対できたのは上出来だった。馬橋がとぼけた返事をすると、相手は「馬鹿か、てめえは」と見下げたような口調で言った。

「この前はふざけたことをしてくれたな」

相手の言葉の底には、抑えた憤りが感じ取れた。もし電話でなく直接相対していたら、おそらく馬橋は肝を縮み上らせ、何も言えなくなっていたことだろう。それほどに、相手の恫喝には剣呑な気配があった。

「も、申し訳ありません。あのようになってしまったことには、ちょっと事情がありまして……」

馬橋は四苦八苦しながら、ようやくそれだけを言った。自分に落ち度がないことを強くアピールしたかったが、同僚が周りにいる手前、それも満足にできなかった。

「つべこべ言うな。貴様のお喋りは気に食わねえ」

またしても、威圧的な言葉を相手はぶつけてきた。馬橋は黙り込み、向こうの言葉に聞き入っている振りをした。これ以上言葉を重ねても、相手を苛立たせるだけだと考えたのだ。

「もう一度だけチャンスをやる。今度金を寄越さなかったら、貴様、殺すぜ」

相手の言葉には、脅しでない本物の決意が籠っているように感じた。〝殺す〟という単語を、相手はいとも簡単に口にするのだ。それはまるで、彼にとっては日常のことで、いっこうに困難な行為ではないかのようだった。その素っ気なさに、馬橋は相手の本気を感じ取った。

「わ、わかりました」

「今度は新宿の東口だ。JRの改札を出て左、地下道に下りる階段の手前に有料の公衆便所があるだろう。わかるか」

「え、ええ、わかります。東口の有料トイレですね」

「その便所の個室に金を置け。今日の五時ちょうどだ。今度はへまをするなよ」

「今日ですか。今日は準備が……」

「今日だ」強い口調で遮られた。「今日持ってこなければ、すべてをばらしてやる。そのつもりでいろ」

時計を見ると、午後の三時だった。五時に新宿に向かおうとしたら、仕事を途中で切り上げて抜ける必要がある。昨日下ろした金も今朝銀行に戻してしまったので、それを引き出す時間も考慮しなければならない。どこかに外回りに行く口実を作る必要があった。

「わかりました。五時に伺います」

「小沼豊の住所も忘れるなよ」

「ええ、それは確かに……」

返事の途中で、電話は切れた。前回と同じ、一方的な上意下達だった。馬橋はそれを不愉快に感じる余裕もなく、受話器を固く握り続けていた。虚無的な相手の声は、いつまでも耳に残って離れなかった。

36

「五時だってよ」

シートを倒して車の中に寝そべっていた倉持は、身を起こさずにそう言った。助手席に坐っている武藤は、眠っているわけでもないだろうが先ほどから目を瞑っている。瞑想でもしているようだ。

「聞こえてる」

武藤は目を開けず、ぶっきらぼうに言った。馬橋の声は、車のステレオコンポのスピーカーから聞こえてくる。感度は良好で、小声で話している言葉もはっきりと聞き取れた。

「相手の言葉も聞きてえところだったな」

倉持は上を向いたまま、聞こえよがしに嫌みを言った。武藤が電話機にまで盗聴器を仕掛けてこられなかったことを、暗に非難しているのだ。

「無理を言うな。あの状況では机に仕掛けるだけで精一杯だった」ようやく武藤は目を開け、倉持の言葉に反駁した。「時間がわかっただけでも拾いものだ。そうだろう」

「まあな」

倉持は簡単に認めた。おそらく自分が行ったとしても、やはり電話機に盗聴器を仕掛けることはできなかっただろう。わかっていて、わざと嫌みを言ったのだった。

「東口の有料トイレと言えば、まず新宿だろう。そこで五時だ」

「先に行くか」

倉持が尋ねると、武藤は無言で頷いた。一度馬橋と顔を合わせている武藤は、なるべくならば直接の尾行は避けた方がよい。

「じゃあこの車を持ってってくれ。おれは歩いていくよ」

「わかった」

「もし新宿じゃなかったら、連絡を入れる」

「ああ」

「じゃあな」

倉持は起き上がり、車の外に出た。武藤はすぐに運転席に移り、車を出した。確か馬橋の店の斜向かいには、ウィンドーの大きい喫茶店があったはずだ。そこで雑誌でも読みながら時間を潰すつもりだった。

馬橋は四時に店を出た。駅の売店に寄り、紙袋を買う。おそらく金を入れるための袋だろう。倉持は先に切符を買い、時刻表を眺めて暇を潰した。馬橋は定期券で改札を抜けた。倉持も後に続いた。

案の定馬橋は、真っ直ぐ新宿に向かった。一度東口から地上に出て、その足で銀行に向かう。現金自動取扱機の前には、五人ほどの先客が並んでいた。倉持は大胆に、馬橋の後ろについた。馬橋はまったく倉持の尾行には気づいていないようだった。

一列整列のため、空いた機械の前に順番に客は進んでいく。そのため倉持は、馬橋がいくら金を下ろすのか、確認することはできなかった。だが遠目に見たところ、大金ではなかった。せいぜい五十万といったところか。

馬橋はそれを備えつけの封筒に入れ、さらに紙袋にしまい込んだ。倉持は残高照会だけをして、早々に機械を離れた。馬橋は金をしまうのにぐずぐずしていたから、距離を離されることもなかった。

腕時計を見ると、時刻は四時四十五分だった。そろそろ約束の五時だ。馬橋も時間を確認し、とたんにそわそわし始めた。人を掻き分けるように地下街への階段に向かい、駆け下りた。あまり急いでいたために、途中で躓《つまず》いて手摺にしがみつく始末だった。それでも馬橋は、金の入った紙袋を後生大事に抱えて離さなかった。

地下のショッピング街を真っ直ぐに抜け、有料トイレへと馬橋は急いだ。トイレの前には、待ち合わせをしているらしき若い男女が何人もいた。その中に武藤がいることを倉持は認めたが、決して目を合わせようとはしなかった。武藤もまた、倉持が来たことを気づいていないわけでもなかろうが、一度も顔を向けなかった。

倉持は硬貨を投入して、馬橋より先にトイレに入った。鏡に向かい、髪を整える振りをする。トイレの中には、四十年輩の背広の男がいたが、軽く手を洗うとすぐに出ていった。五時ちょうどに、馬橋がトイレに入ってきた。洗面台の前にいる倉持に不安げな一瞥をくれ、個室に閉じ籠る。倉持はそれを鏡で見届けてから、悠然と櫛を取り出して髪を分け始めた。

馬橋は三十秒もせず、個室から出てきた。倉持は櫛をしまい、今度は小便器の前に立った。馬橋はもう一度倉持に視線を向けたが、首を軽く振ってすぐにトイレを出ていった。それと同時に、倉持は個室に入った。鍵をかけ、床に置いてある紙袋を開く。中には先ほどの金と、二枚の紙片が入っていた。一枚は誰のものかわからない住所が書いてあり、もう一枚は脅迫者に宛てての馬橋のメッセージのようだった。それにざっと目を走らせ、倉持はにやりと微笑んだ。

小型カメラを取り出し、すばやくその二枚の紙を写真に撮った。そして元通りに袋に戻し、個室の扉を開いた。

外に出ると、隣の個室を覗き込んでいる者がいた。学生服を着ている。高校生のようだ。倉持の姿を見て、高校生は怯えた表情を向けた。目が合うと、気弱げに自分から逸らす。倉持は無視して、手を洗いトイレを出た。

真っ直ぐに歩き、武藤の傍らを通り過ぎるときに小声で囁いた。

「高校生だ」

武藤は頷きもせず、まるで違う方向を見ていた。

「JR改札」

ほとんど唇を動かさず、それだけを言う。馬橋は改札に向かったという意味だった。

その場を離れ、倉持も改札口へと急いだが、もはや馬橋の姿は見えなかった。今日は金が相手に渡るのを確認する気もないらしい。前回の騒動で、すっかり懲りてしまったようだった。

そうとなれば、倉持のすべきことは終わりだった。後は武藤がうまくやるに違いない。倉持はその足で、馴染みのカメラ屋へと向かった。

37

詰め襟の学生服を着た少年は、どう見ても大人を恐喝して大金を得ようという人物ではなかった。むしろ金を受け取ることに怯え、周囲の目を気にしておどおどしているように見受けられた。

トイレを出てきて左右を見回し、紙袋を胸に抱くようにして右に進み始めた少年の後ろを、武藤はゆっくりと尾け始めた。少年は自分の行為に舞い上がっているのか、足早に進むことだけに専念し、背後を気にする様子もない。武藤にとっては楽な尾行だった。

切符の販売機前の混雑をすり抜け、地下街の一番端から地上に出た。中途で凍結されている南口再開発の地域が目の前に見える。少年は地上出口を出てすぐ右に折れ、薄汚い物陰にぽつんと一台だけ置いてあるコインロッカーの前に立った。

ポケットから鍵を取り出し、ロッカーを開ける。そこに紙袋を突っ込み、三百円を投下してふたたび閉めた。音を立てて硬貨が落ちると、少年は少しだけホッとした表情を見せた。厄介な任務を遂行し終えた安堵のように、武藤の目には映った。

少年はしゃがみこみ、鞄の中から封筒を取り出した。閉めたばかりのロッカーの鍵をそれに入れ、スティック糊で封をする。二、三度振ってみて、口が開かないことを確認してから、すぐそばにあるポストへと足を向けた。

武藤は一部始終を、タクシー待ちをする顔で見守っていたが、そんな演技も意味がないようだった。少年は自分が見張られていることなど、露ほども心配していなかった。いささか軽くなった足取りで進み、ポストに封筒を投函した。武藤はどうにか強引にその宛先を確認しようかと一瞬考えたが、ロッカーの所在がわかっているのだからそこまでする必要はないだろうと結論づけた。どうやら少年は、誰かの指示で金を受け取っただけらしい。となれば、その何者かは必ずロッカーに金を取りに来るはずだからだ。

少年は投函を終えると、そのままＪＲの改札へと戻っていった。武藤も階段を下り、ゆっくりと後を追う。少年が定期券を使って改札をくぐったので、武藤もプリペイドカードでそれに続いた。

少年は迷いのない足取りで、七番線ホームに上った。中央線快速だ。上りと下りのどちらに乗るかと見守っていると、少年は東京駅行き、すなわち上りの側のホームに立った。武藤は距離をおいて、並んでいる人の後ろについた。

電車がホームに滑り込んできて、待っていた人たちはどやどやと乗り込んだ。電車は七分《しちぶ》ほどの混み具合だった。武藤は吊革に摑まり、横目で少年を捉え続けた。

少年は要領よく出口脇に寄りかかり、鞄を網棚に載せた。そこから参考書らしき物を取り出して、開く。ぶつぶつと口の中でなにやら唱えているところを見ると、歴史の年号でも暗記しているのかもしれなかった。

四ツ谷《よつや》を通り越し、御茶ノ水《おちゃのみず》で少年は下車した。秋葉原《あきはばら》寄りの改札を出て、聖《ひじり》橋を渡る。湯島《ゆしま》方面に目的地があるようだった。

陽はすっかり落ち、夜の気配が巷を覆っていた。橋の上を行く人の数も少なく、湯島方向へと進むのは少年と武藤だけだった。武藤はいささか警戒し始めたが、少年はいっこうに頓着しなかった。自分の行為に後ろめたさを感じている人の素振りではなかった。

少年は本郷通りを渡り、神田明神の側に折れた。そして四階建ての雑居ビルに迷うことなく入った。幾度も来慣れている足取りの確かさだった。

ビルの中のどこに入ったのか確認しようとエントランスに近づいたところ、後ろから少年と同じくらいの年齢の生徒がやってきた。武藤のことはまったく気にせず、エレベーターに乗って階上に上っていった。メールボックスを見ると、三階に《栄進塾《えいしん》》という名があった。少年の目的地は進学塾だったのだ。

エントランスを出て、三階の窓を見る。一階の明かりが消えているのに対し、三階はこれから本番だとばかりに煌々と輝いていた。武藤はそれを見て、いったんその場を離れた。

近くのコンビニエンスストアで、菓子パンと牛乳を買い込んだ。それを持って神田明神に入り、ベンチに腰を下ろして食べ始めた。食べられるときに食べておかないと尾行はきつい。少年が塾に入ったのであれば、最低二時間は出てこないと思われるからだ。

食べ終わってからトイレで用を足し、顔を洗った。それから神社の境内で、体を軽快に動かしシャドウボクシングを始めた。尾行で一番危険なのは、通りすがりの人に不自然と取られてしまうことだった。暗くなった神社の中で大の大人がぽつんと坐っていたら、それこそ見る人すべてに怪しまれてしまう。こんなときはアマチュアボクサーのトレーニングの振りをすれば、案外誰も見咎めないのだった。武藤はこういう場合を想定して、服装は上下ともに運動向きのスウェットにしていた。

見えない相手とスパーリングを繰り返し、腕立て伏せや腹筋運動ですっかり汗をかいた頃、雑居ビルからどっと少年の群が吐き出されてきた。授業が終わったようだ。武藤はベンチの上に置いていた上着を取り上げ、尾行の再開に備えた。

武藤が追う少年は、友人らしき者ふたりと一緒に駅の方向に向かい始めたが、それほど会話は弾んでいないようだった。もし少年が高校三年であるなら、入学試験はもう目前のはずだ。会話が沈みがちになるのも無理はなかった。

少年は友人とJRの改札で別れ、自分は地下鉄新御茶ノ水駅に向かった。千代田《ちよだ》線に乗るようだ。千代田線ならばJRのプリペイドカードは使えない。武藤は慌てて距離を詰め、定期券で改札を通る少年を横目に切符を買った。下車駅がどこだかわからないから、取りあえず一番高い切符を買っておいた。

ホームに下りると、電車はまだ来ていなかった。少年は北千住方面を見ている。この時間ならば、少年が向かうのは自宅だろう。帰宅の途にあるというわけだった。

やってきた電車に乗り込み、三十分ほど揺られた。やがて車両は地上に出て、JR常磐《じようばん》線に乗り入れた。常磐線に入ってふたつ目、金町《かなまち》駅で少年は荷物をまとめ、降りた。武藤はひと足先に階段を上り、乗り越した分の精算を済ませた。

それでも後からやってきた少年に先を越された。少年は自動改札から吐き出された定期券を取り上げ、定期入れにしまった。その定期入れは、ズボンの左のポケットに入れた。

武藤はそれを見届け、少年に近づいた。小走りになり、背後から少年にぶつかる。

「申し訳ない」

ひと言詫びて、少年を置き去りに先へ進んだ。少年は怒った様子もなく、武藤の無礼に何も言い返さなかった。

しばらく走ってから武藤は、横道に逸れて立ち止まった。手の中にある物に改めて目を落とす。今掏《す》り取ったばかりの、少年の定期入れだった。

定期入れには、定期券の他に学生証も入っていた。それによると、少年の名は福島則行《ふくしまのりゆき》。新宿にある私立高校の三年生だった。武藤はそれを読み取ってから、定期入れを丁寧にポケットにしまった。

38

「おい、福島」

昼休みの時間が終わり、五時間目が始まろうというときに、福島則行はクラスメートに呼ばれた。顔を向けると、声をかけた相手は教室の入り口に立っていた。

「なんだよ」

椅子から立ち上がり、クラスメートの方に行く。相手は大声で言った。

「お前に電話だって。先生が呼んでる」

「電話？」

いやな予感がした。学校に誰かから電話があるのなど、初めてのことだ。身内に不幸でもあったのだろうか。それともまったく別のことか……。

「サンキュー」

伝えてくれたクラスメートに礼を言い、則行は階段を駆け下った。職員室に飛び込み、担任の先生を目で探す。すぐに向こうから、「こっちだ、こっち」と声をかけてきた。

「福島、お前昨日定期入れを落とさなかったか。それを拾ったって人から電話が入ってるんだ」

「ああ」

思わず安堵の吐息が漏れた。なんだそんなことだったのか。どきどきして損した。則行は内心、胸を撫で下ろした。

担任の教師は、則行のその表情を、定期入れが戻ったことに対しての反応と見たようだった。「ほら、早く電話に出ろ」と急かして、受話器を突き出した。

保留を解除して、「もしもし」と応じた。すると深みのある、落ち着いた声が返ってきた。

「福島則行さんですか」

「ええ、そうです。ぼくの定期入れを拾ってくださったとか」

「そうなんですよ。昨日金町で落としましたでしょう。すぐ駅に届ければよかったんですけど、ちょっと用があって急いでいたもので、そのまま持ち帰っちゃったんです。それで今朝届け出ようと思ってたんですが、それもうっかりしていて。で、お困りだろうと、電話をしたわけです」

相手の口調は、則行が高校生であるにもかかわらず丁寧だった。その物腰は、則行が少しだけ覚えていた警戒心をたちまちにして解きほぐした。

「わざわざありがとうございます。本当に助かります」

あの定期券は、六ヵ月分をまとめて買ったから、まだ一ヵ月は使えるはずだった。今朝駅に行くまで落としたことに気づかず、改札でポケットに入っていないことを知り、慌てたのだった。どうやって落としたことを母親に切り出そうかと、そればかりを思案して学校に来た。母親が渋い顔をするのは目に見えていたからだ。

「それでね」相手は手早く先を続けた。「私の勤め先も新宿なんですよ。で、三時頃だったら少しだけ抜けられるから、直接お渡ししようと思ってるんですが。あなたもそうした方が、帰りの切符代が浮いて助かるでしょう」

「そうしていただけますか」

「かまいませんよ。じゃあね、どうしようか。三丁目の交差点の、伊勢丹《いせたん》の真向かいのビルに《N》って喫茶店があるんだけど、わかるかな」

「三丁目の交差点に面してるんですね。なんとか探します」

「うん。わからなかったら、すぐ目の前の交番で訊いてください。そこで三時でいいかな」

「はい。お手数かけます」

「学生証の写真で顔がわかってるから、こちらから君を探すよ。じゃあ、そういうことで」

相手は気軽に応じて、電話を切った。親切な人に拾ってもらってよかったな、則行は単純に幸運を喜んでいた。

放課後に、新宿三丁目に向かった。指定の喫茶店は、交番で訊くまでもなくすぐにわかった。エレベーターで四階に上ると、目の前がすぐに入り口だった。高校生の則行はまだ喫茶店などに入り慣れていないので、おどおどしながら店のドアを押した。するとすぐに、「ああ、こっち」と声がかかった。

顔を向けると、思いの外《ほか》に若い男が腰を浮かせて手を挙げている。落ち着いた声から三十代も後半くらいの年齢を想像していたが、手を挙げた男はせいぜい三十前後というところだった。

「小林《こばやし》です。わざわざどうも」

男は言って、自分の前の椅子を示した。則行はぺこぺこと頭を下げながら、挨拶をしてそこに坐った。目上の人と接するのに、どういう態度をとったらよいのかわからなかった。

「これね」小林と名乗った男は、テーブルの上に置いていた定期入れをこちらに滑らせてきた。「中身も一応確認して。何も抜き取ってないけど」

冗談なのだろうが、小林がにこりともせずに言うので、思わず則行は言われたとおり確かめてしまった。ちゃんと定期券の他に学生証も入っている。抜き取られた物はなかった。

「本当にどうもありがとうございます。助かりました」

改めて深々と低頭した。口調こそ砕けているものの、小林にはどこかこちらに緊張感を強いるような雰囲気があった。自然、則行は固くなり、両手を腿の上に置いて最敬礼する形になった。

「うん。職場が偶然近くでよかった。私が今朝駅に届けていれば、話は早かったんだけどね」

「いえ、そんなこと……」

ぎこちなく応じていると、ウェイトレスが注文を取りに来た。「なんか頼みなよ」と小林が言うので、コーヒーを注文した。小遣い足りるかな、という思いが、一瞬脳裏をよぎった。やっぱりここの代金は、自分が持たなきゃならないだろうしな。

「君の通ってる学校って、あそこだよね。あの線路の脇の、意外と校庭の広い……」

小林はそんな調子で、則行を相手になにやら世間話を始めた。休憩時間を則行と一緒に潰すつもりか、あれこれと話題を振ってくる。則行としてもコーヒーを頼んだ手前、定期入れを受け取っただけで「はい、さようなら」というわけにもいかなかった。居心地の悪さを感じながらも、精一杯愛想よく応対した。

小林は則行を解放しようとしない割に、それほど饒舌というわけでもなかった。ひと言話題を持ち出しては、則行のぎこちない返事にじっと耳を傾ける。その際には則行の目を正面から見つめて視線を逸らさないので、よけい居心地の悪さを感じてしまうのだった。

十五分ほどそんなやり取りを繰り返し、塾があるからという口実で立ち上がろうとしたときだった。

「ところでね、君の昨日の行動、見てたよ」

小林はまったく口調を変えず、それまでの世間話を続ける調子でおもむろに切り出した。

則行は絶句し、顔を強ばらせた。あまりに切り出し方のタイミングがよかったので、白を切ることすらできなかった。

「な、な、何を見たって……」

「東口の有料トイレでのことだよ。君が持って出たのは、お金が入った袋だろう。君はそれをコインロッカーに入れ、キーをどこかに郵送した。あの金はいったいなんだったんだい」

顔からさあっと血の気が引くのが、自分でもはっきりわかった。「いや、あの、それは」などと無意味に口籠ったが、それはまったく自分の意思とは無関係の、反射的な行為だった。則行の頭の中は、すでに系統だった思考回路が消失して、何も考えられずにいたのだ。

「黙っていて悪かったけど、私は民生委員もやっているんだ。歌舞伎町とかで、いかにも高校生や中学生に見える子供たちを補導したりしてるんだけど、昨日目についたのは君だった。素振りがおかしかったから後を尾けたら、君が定期入れを落としたので、悪いけど利用させてもらうことにした。学校に直接乗り込みたくはなかったからね。呼び出す口実に使わせてもらったというわけだ」

「後を尾けたって、じゃあ、ぼくが塾に行っている間も……」

「ああ、待ってた。御茶ノ水の塾だろう」

則行は眩暈を覚えた。尾行など、まったく気づきもしなかった。小林は新宿からずっと後を尾け、塾の授業の時間もじっと見張っていたというのだ。その粘り強さは、それだけで則行にかなわないという思いを植えつけた。もう駄目だ。どんなに言い繕おうと、眼前のこの男はしつこく追及してくるに違いない。来月に迫っていた大学受験も、これで棒に振らなければならなくなった。もうお先真っ暗だ——。

「どうしてあんなことをしたんだ。君がお金をゆすり取ったわけじゃないだろう。誰に頼まれたのか、教えてくれないか」

絶望のあまり顔を両手で覆った則行に、小林は思いの外に優しげな口調で語りかけた。則行はそれに誘発され、自分の行いの理由をすべて吐き出した。まるで自白剤を射たれたように、告白の衝動で胸がいっぱいになっていた。

ある日、安売りの電化製品売場でカセットテープを万引きしたこと。それを目撃され、親や学校にばらされたくなかったら指示に従えと脅されたこと。則行がポケットベルを持っていることを知ると、目撃者は次からそこに連絡を入れてくるようになったこと。指示はいつも伝言ダイヤルに入っていたこと。今回の指示は二度目で、則行は忠実にそれに従っただけだったこと。等々……。

「——あの袋の中に入っていたのがお金だったなんて、ぼくはぜんぜん知らなかったんです。怖かったから、中身も見ずに言われたとおりコインロッカーに入れただけなんです。まさか、あれがゆすり取ったお金だったなんて……」

則行は唇を震わせながら、自分が恐喝に無関係なことを主張した。まともなことでないのはだいたい予想がついていたが、恐喝の片棒を担がされたと聞いては、改めて自分の行動に恐怖が湧いてくる。自分はこのまま警察に突き出されてしまうのだろうか、その心配だけが則行の思考を厚く覆って締めつけていた。

「ロッカーのキーは向こうから送ってきたのか」

「そ、そうです」

「もちろん相手の名前なんてわからないな」

「わかりません」

「キーを送った先の住所は憶えてるか」

「それは」

送り先は念のため控えてあった。則行は慌てて鞄を探り、手帳を開いて小林に伝えた。小林は満足げにその住所を書き取った。

「では、相手の外見について話してもらおうか」

小林はまるで尋問のように続けた。いつになったら解放されるのだろう。則行は絶望感の中で、これからのことを思った。そろそろ本当に塾の時間だ。今日は英単語の暗記テストがあるから、遅刻するわけにはいかないのだ。だがそんなことも、もう無意味になってしまったのかもしれない。このまま警察に突き出されれば、自分の将来は閉ざされてしまうのだから。ああ、あんなカセットテープを万引きしただけで、こんなことになってしまうなんて。ただいたずら心が湧いて、衝動的に盗み取ってしまっただけなのに。もうおしまいだ、何もかもおしまいだ……。

則行は暗澹とした思いの中で、問われるままに機械的に答えていた。

39

おっ、来たな。倉持は鋭く視線を走らせ、だが横たわっている身は起こさず、フロントガラス越しにその人物の動きを見守った。

時刻は午後四時半だった。思ったより早い。郵送されてきたコインロッカーのキーを受け取って、すぐに行動を開始したのだろう。恐喝をしている人間としては、当然の反応だった。

その人物は、まだ二十歳前後の年齢に見えた。髪を長く伸ばし、半分以上を金色に染めている。だらしなく羽織った黒い革ジャンの下は、所々が破けているTシャツで、それにはなにやらピンのような物がいっぱいついていた。倉持の感覚からは、とても理解できないファッションだった。

革ジャンの男は周りを警戒する様子もなく、キーを振り回しながらロッカーに近づいた。そしてキーを突っ込み無造作に開け、紙袋を取り出す。その場で開けて中身を確認してから、怒り狂ったように悪態をつき始めた。要求金額より少なかったことに腹を立てているのだろう。要求額が二百万で、馬橋が払った金が五十万だということは、馬橋が金と一緒に袋に入れていたメッセージからわかっていた。

革ジャンの男の荒れ様は尋常ではなかった。癇癪を抑えるすべを知らないのか、コインロッカーに力いっぱい当たり散らし、ガンガンと蹴り続けた。車の中にいる倉持には声までは届かないが、大声で喚いているのはわかる。道行く人は何事かと一瞬目を向けても、狂人を見るようにしてすぐに視線を逸らしていた。

さすがにいつまでもロッカーを蹴り続けることに疲れたのか、男は足を止め肩で息を続けた。情緒の安定を欠いた、狂犬のように手に負えない人間のようだった。

「面倒臭せえ相手だなぁ」

倉持が寝転がったままひとりごちていると、革ジャンの男は最後の八つ当たりとばかりにロッカーを乱暴に閉め、南口方向へと進み始めた。それを見て倉持は、車をここで乗り捨てようか迷ったが、男が電車で移動しているとも思えなかったのでこのまま追うことにした。

シートを起こし、エンジンをかけた。

サイドブレーキを下ろし、車を出す。人込みの絶えない新宿では、車をゆっくり動かしていても不自然ではない。後続車が来ないのをいいことに、倉持は相手のスピードに合わせて車を走らせた。

男は新宿通りの陸橋を越え、スキー洋品店の前に停めてあったバイクに跨った。サイドフックに吊るしてあるヘルメットを被り、一発でエンジンを吹かす。二、三度乱暴にアイドリングしてから、すぐに走り出した。

「バイクか。まずいな」

ハンドルを握りながら、倉持は呟いた。車の尾行で一番困るのは、相手が徒歩の場合ではない。こちらも車を乗り捨てて徒歩になればいいのだから、その場合はさしたる障害ではなかった。ところがバイクの場合は、車の横をすり抜けてどんどん前方に行ってしまう。標的が視界から消えていくのを、ただみすみす見送る結果になってしまうのだ。

「しょうがねえな」

倉持はサイドボードを開け、硬貨大の小さな金属チップを取り出した。チップの片面には両面テープが貼ってある。その粘着面のシールを剥がし、左手に持って車を進めた。

バイクは一方通行の道を南に進み、明治《めいじ》通りに出ようとしていた。倉持はアクセルをふかし、バイクの背後に追いすがった。バイクは右のウィンカーを出した。明治通りを南に向かうつもりのようだ。倉持はバイクの横に並び、少し前に出た。

明治通りとの合流点に近づいて、スピードを落とした。左斜め後方にいるバイクも同じように減速する。倉持はタイミングを見計らい、軽く左にハンドルを切った。

けたたましいブレーキの音が響き、続いて口汚い悪罵が飛んできた。ヘルメットに遮られているため聞き取りにくいが、「ふざけるな」とか「殺してやる」などと喚いているようだ。

「やあ、すみません、すみません」

倉持は車を降り、能天気な口調で言った。車の前を回り込み、バイクに近寄る。革ジャンの男はサイドスタンドを立て、いきり立ってバイクを降りてきた。

「上等じゃねえかよ、おっさん」

「すみません、死角に入って見えなかったんですよ。バイク、大丈夫ですか」

とぼけて手を伸ばし、バイクのハンドルに触れた。たちまち、「触るんじゃねえ」という怒鳴り声とともに、手が飛んできた。倉持はわからない程度に身を引き衝撃を和らげたが、それでも痛烈な一打を頬に食らった。

一度火が点くと、男の怒りは止めどもなかった。手加減のない殴打や蹴りを、連続して繰り出してくる。倉持はそれらの攻撃のことごとくをブロックしたのでダメージは少なかったが、こんな相手からはすぐに逃げた方が得策と思われた。へっぴり腰を装い車に飛び込み、ギアをバックに叩き込んで思いきりアクセルを吹かした。

前に進むのではなく一方通行を逆走したことが相手の意表を衝いたらしく、革ジャンの男はその場でたたらを踏んだ。すぐにバイクを返して追いかけてきたが、今度は倉持が前進にギアを切り替えた。全速力で突っ込むと、さすがにバイクは道をよけた。倉持はそのまま明治通りに出、左折して池袋方面へと向かった。

バックミラーで後方を確認すると、男は諦めたのか追ってきていなかった。金を持っているために追跡を断念したのかもしれない。そうでなければ、あの調子ならしつこく追ってきたことだろう。まったく剣呑な相手だった。

「参ったね、こりゃ」

一方的に殴られた手足は、今頃になってじんじんと痛んできた。途中で左折し、甲州街《こうしゅうかい》道沿いに路上駐車した。

ナビゲーションシステムのモニターを見ると、赤く点滅する光が移動していた。先ほどバイクに取りつけた電波発信機が機能しているのだ。それによるとバイクは、明治通りを左折して神宮外苑《じんぐうがいえん》方面に向かっているようだった。

さらに光点は、外苑西通りにぶつかって右折し、南下した。道の先には六本木通りとの交差点がある。倉持は目を逸らさず、光点の行方を追った。

やがてバイクは六本木通りに入り、さらに外苑東通りに曲がった。飯倉片町《いいくらかたまち》の交差点手前で路地に入り、減速する。ちょうどそこは、東洋英和女学院小学部の裏手に当たった。環が張っている《ＢＩＷ》という店は、確かその辺りのはずだった。

「なるほどね」

倉持はにやりと笑い、ふたたび車を出した。

40

首に巻きついている蛇がゆらりと動いた。蛇の鱗と触れている項《うなじ》に、微かな快美感が走る。その感触が村木了は好きだった。

先ほどからバーボンをストレートで呷っているが、酔いはいっこうに訪れなかった。内心の苛立ちが、酩酊感に打ち勝っているのだ。これほど神経が逆立っているのも、初めての経験だった。

了の苛立ちを促進しているのは、《ゼック》の仲間たちの反応であった。以前は一緒にいるだけで心が落ち着き、なんでもできるような気がしていた仲間たちが、今では得体の知れない生物に思えている。どうしてこれほど平然としていられるのか。あいつらには情緒というものが完全に欠落しているのか。それともバンドの将来などどうでもいいと思っているのか。

今日もいつもの習慣のように《ＢＩＷ》に集まってきていたが、会話らしい会話は何もなかった。それは以前からのことでもあり、格別気にする必要もないのだろうが、今の了には重い沈黙に感じられる。勢い、酒に手が伸びる回数が増えるのだが、杯を重ねれば重ねるほど不安が増殖する悪循環に陥っていた。

了としては、もっとこの事態を全員で検討したいのだった。状況を把握してみて、どうしてもヤバイようであれば、こんなところに屯している場合ではない。一時《ゼック》の活動を休止してでも、姿を晦ます必要があるかもしれないではないか。

それなのに他の奴らは、了の懸念を単なる怯懦と捉えているのだ。度胸が据わっているのはいい。それは了からしても頼もしい限りだ。だが現実を認識する力に欠けるのは困る。考えが足りない奴らと一緒に、警察に捕まるのだけはご免だった。

「ちっ」

苛立ちを抑えきれず、無意識に舌打ちをしてバーボンのボトルに手を伸ばしたときだった。入り口のドアが乱暴に開き、どこかに出かけていた長谷宏治が戻ってきた。宏治はフロアのとば口で立ち止まるなり、鋭い一瞥を了にくれた。まるで了がいることに苛立ちを覚えたような目つきだった。

宏治は手に持っていた紙袋をカウンターに投げ出し、「寄越せ」と言って了のバーボンに手を伸ばしてきた。了がいいと言う前に直接口をつけ、水のようにがぶがぶと飲み下す。その動作には激しい怒りが漲っていた。気短な宏治の怒っている様は、長い付き合いならずともすぐに見分けられた。

「どうしたんだよ、宏治」

ドラムの池上昇平が声をかけた。宏治はそれに応えず、紙袋から札束を取り出した。

「ふざけやがって！」

突然に怒鳴り、札束をカウンターに叩きつける。ボトルが倒れ、琥珀色の液体がこぼれた。

「なんだ、その金？」

見咎めて、了が尋ねた。ざっと見たところ、五十万ほどある。それほどの金を、どこから手に入れてきたのか。

「なんでもねえよ。てめえにゃ関係ねえ」

宏治は不機嫌そうに言い、倒れたボトルを起こした。底の方に残っている酒を、未練げに口の中に流し込む。爆発したいのを精一杯抑えているようだった。

「バイトの給料じゃなさそうだな。なんかヤバイことをやったのか」

了はしつこく追及した。「関係ねえ」と言われて、おとなしく引き下がることはできなかった。

「うるせえな、てめえは」

ボトルを握っている宏治の指が白くなった。渾身の力でボトルを握り締めているのだ。いやな兆候だった。

だがそれでも了は、追及の手を緩めなかった。宏治は二時間ほど前、この店に送られてきた封書を受け取り、すぐに出ていった。そして帰ってきたかと思えば、五十万円を手にして激しく苛立っている。無視できる行動ではなかった。

「カツアゲでもしたのか。そうだな」

「二百万だ」宏治は吐き捨てるように言った。「二百万寄越せと言ったんだ。それがなんだ。たった五十万だぜ。あの野郎、絶対に殺してやる」

暗い憤りが、宏治の言葉には滲んでいた。焦点の合っていない目で中空を見つめ、虚ろな調子で呪詛を呟く。その様子は、長い間バンド仲間として付き合ってきた了にすら恐ろしいものに映った。

「誰をカツアゲしてんだ」

「てめえにゃ関係ねえって言ったろうが！」

宏治はついに大声を張り上げた。と同時に酒瓶を振りかざし、床に叩きつけた。けたたましい音を立てて、瓶は砕け散った。

宏治の突然の発作にも、《ゼック》の他のメンバーは無反応だった。何事もなかったかのように酒を飲み、たばこを吹かしている。宏治と了のやり取りなど耳に入っていないようだ。

これはまずい、と了は思った。宏治は一度怒り出すと手に負えない。とんでもない無茶なことでも平気でしてしまうような剣呑さが宏治にはある。だがだからと言って、宏治の持ち帰った金は、見過ごすにはあまりに危険な匂いが感じ取れた。

「関係なくない。今がどういう状況かは、お前だってわかってるだろう、宏治。《あいつら》が殺しをやり、今はとんでもなくヤバイ状態なんだぜ。カツアゲ自体を悪いと言ってるんじゃない。ただ時期を考えて欲しいんだ」

「おれに説教するつもりか」

宏治は押し殺した声で言った。上目遣いに了の顔を見、一瞬たりとも視線を逸らさない。ヤクザ顔負けの凄みだった。

「説教なんてするかよ。いいか、忘れるなよ。おれたちにゃプロデビューの夢があるんだ。それだけは是が非でも実現させなきゃいけない夢なんだぜ。そのためには、少しヤバイ真似は慎もうじゃない――」

了は最後まで続けることができなかった。宏治の拳をしたたかに頰に浴び、了はストゥールから転げ落ちた。床に落ちると同時に、首に巻きついていた蛇はさっさと逃げ出した。宏治も床に降り立ち、無言で了の横腹に蹴りを叩き込んだ。手加減のいっさいない、渾身の蹴りだった。了は息が止まり、激痛のあまり呻きさえ洩らせなかった。

宏治は罵声ひとつ吐かず、ただ黙々と蹴りを了に浴びせ続けた。人間ではなくサッカーボールでも蹴っているような、情け容赦のない力の込めようだった。了は床をのたうち回り、苦しさに耐えきれず身を反らせた。おれを殺すつもりかと、宏治の正気を疑った。

「それくらいにしておけよ、宏治」

リーダーの田中文昭が仲裁に入ってくれなければ、了は内臓破裂くらいは起こしていたかもしれない。宏治が「けっ」と喉を鳴らしてストゥールに戻ってからも、了は激痛に耐え、悶え苦しまなければならなかった。

その了に、文昭が手を貸してくれた。腋《わき》に手を入れ、了の上体を起こす。了は立ち上がることができず、床に直接胡座《あぐら》をかいた。

「お前が悪いぜ、了」

文昭は椅子に戻り、短く言った。了はそれがあまりにも意外に感じられた。

「ど、どうして……だよ」

切れ切れに言葉を吐き出す。蹴られたのは脇腹だけのはずなのに、今や全身が激痛に燃え上がるようだった。

「お前、まだプロデビューなんてできると思ってんのかよ。おれらに夢を捨てさせたのは、当のお前なんだぜ」

文昭は非難するでもなく、淡々と言った。だが了には、それが全員の意見を代弁した告発のように聞こえた。

二年前、《ゼック》を組んで半年目のことだった。《ゼック》にはプロデビューのチャンスが一度だけあった。その話を持ち込んだのが了だったのだ。

了は父親のコネで、レコード会社の人間と接触をとった。デモテープを聴かせ、「いいね」という言質を取った。生の音も聴きたい、とまでその人は言った。

だがレコード会社の人間は、いつまで経っても《ゼック》の演奏を聴きに来なかった。了が催促をしても、のらりくらりと逃げるばかりで埒が明かない。とうとう痺れを切らし、全員で会社を訪れると、その人はばつが悪そうに言った。

『おれはいいと思うんだけど、上の人間がなかなかいい返事をしてくれないんだ』

それでもその人は、上司に推し続けてくれると約束した。了たちはその言葉を頼りに引き下がった。

ところが、じきに向こうから連絡が入り、了たちの夢は完全に断たれることになった。その人は退社し、転職することになったというのだ。

『悪かったね、力になれなくて』

その人はそう言ったきり、了たちのことを誰かに引き継いでくれようともしなかった。了はその無責任さを責めたが、会社を辞める人間には何を言っても通じなかった。了たちは単に甘い夢を見させられただけという結果に終わった。

文昭の言葉を聞き、了は今初めて、あの一件を皆が根に持っていたことを知った。了は折衝の経過を包み隠さずメンバーには伝えていた。そしてデビューのチャンスを失ったことに、了の落ち度がなかったことは理解してもらえたと考えていた。だがそれは単に了の都合のよい解釈で、メンバーたち全員は忘れずに恨みを抱いていたのだ。ぬか喜びをさせた了に対し、深い恨みを。

「おれが……悪かったと言うのか」

呆然とした思いの中で、了は尋ね返した。この二年間、メンバーたちとは面白おかしく過ごしてきた。了にとり、《ゼック》は生活のすべてであり、メンバーは自分の分身だとすら感じていた。《ゼック》とすべてを共有しているという理解が、了の裡には確固としてあった。だがそれは、単なる甘ったるい幻想に過ぎなかったのだろうか。仲間たちは密かに心の中で、了を排撃していたのか。

「てめえなんざ、親が金持ちじゃなけりゃ付き合ってねえぜ」

宏治が容赦なく吐き捨てた。勝手にカウンターの後ろの棚から酒を取り出し、封を開けている。了には目も向けなかった。

「そうなのか。おれの親が遊ぶ金を出してくれるから、お情けでおれと付き合っていたというのか」

宏治に尋ね、そして文昭に顔を向けた。無言を通している羽田陽介も池上昇平も、了と目を合わそうとしなかった。

了の親は息子に甘く、ねだればいくらでも金を出してくれた。それが《ゼック》の活動費になり、またメンバーの遊ぶ費用になっていたのは事実だった。だがそれだけが、自分と《ゼック》を結ぶ絆だとは、了は考えたこともなかった。友情などという甘ったるい言葉を持ち出す気はないが、それに近い感情を相互に抱いていると思っていたのだ。それもまた、了の一方的な勘違いだったというのか。

「気にするな。宏治の言い過ぎだ」

文昭が宥めるように言ったが、その言葉には感情の裏打ちがないように了の耳には聞こえた。了は肉体的な痛み以上に、精神的な喪失感に強く打ちのめされていた。

41

「彼ら《ゼック》の中に、《あいつら》と繋がっている人間がいたようですね」

環はスピーカーから聞こえてくる会話に耳を傾けながら、原田に話しかけた。

「コウジ、と呼ばれていますね」

ライトバンの後部から垣間見た、小柄な男の顔を思い浮かべながら原田は答えた。以前原田が《ＢＩＷ》を訪ねたときに、ポケットの中でナイフを握り締めていた男のひとりだ。奴が《あいつら》と裏で繋がっていたのだ。

コウジが荒れていることは、会話だけでなく物音からも推察できた。比較的穏当な意見を述べている者に食ってかかり、暴力沙汰になっているらしい。馬橋が支払った額が要求金額に足りなかったためだ。要求額は、倉持が撮ってきたメッセージの写真によってわかっていた。

「二百万の要求に、五十万の支払い。これで《あいつら》がどう出るか、楽しみですね」環は心底を窺わせない表情で、言った。「さあ、そろそろ始めましょうか」

42

午後六時。環と別れてから原田は、真っ直ぐ北赤羽にやってきた。《あいつら》はなぜか、小沼豊の行方を知りたがっている。そのために無関係の吉住計志を拉致し、拷問の末殺してしまったほどだ。吉住は小沼の行方などを問われても、答えられなかったことだろう。

そこで吉住は、馬橋庸雄が仲介している戸籍の交換について喋った。その情報を元に《あいつら》は、今度は馬橋を脅迫し小沼の現住所を教えるよう迫った。そこまでは、環ならずとも容易に推理できることだった。

北赤羽のアパートの所在は、コウジを通して《あいつら》に伝わることだろう。彼らはすぐにも押しかけてくるはずだ。原田が環から受けた指示は、やってくる人物の顔を確認することだった。

その男は、レンタカーの中で待機している原田の横を通り、アパートの中に入っていった。黒い革ジャンをだらしなく羽織った姿は、紛れもなく《あいつら》のひとりと思われた。原田はその後ろ姿を、じっと目で追い続けた。

男はアパートの敷地内に入ったきり、なかなか戻ってこなかった。小沼が部屋の中に隠れていないかと疑っているのだろう。三分ほど何事もなく過ぎると、突然罵声とともに大きな物音がした。玄関のドアを力いっぱい蹴りつけたようだ。

とたんに、静まり返っていたアパートが騒がしくなった。何事だと慌てた人々が、次々に廊下に顔を出す。革ジャンの男はさすがにそれらの視線を煩わしく感じたのか、険しい目つきを返しながらアパートから出てきた。住人たちは男と目が合うと、関わりになりたくないとばかりに顔を引っ込めた。

男は路上に立ち、左右を窺うように首を巡らせた。そのとき初めて、原田は男の顔を確認することができた。男はコウジという名の小柄な男ではなかったが、さりとて初めて見る顔でもなかった。《BIW》でナイフを握り締めていたもうひとりの男。《あいつら》と繋がっていたのは、コウジだけではなくもうひとりいたのだ。

男は右に足を向け、歩き出した。駅とは逆の方向だ。原田は一瞬行動の選択に迷ったが、車を乗り捨てて徒歩で追うことにした。男が進んだ道は一方通行で、車では入ることができなかったのだ。

環の指示はやってくる者の顔を確認しろというだけだったが、原田はできることなら《あいつら》の他の仲間も探り当てたかった。《おにぎり》なる物がいったいなんなのか、自分の力で見極めたいという思いがあったのだ。

男は先を急ぐでもなく、ゆっくりと歩を進めていた。散策していれば小沼豊が見つかると思っているわけでもなかろう。男の足取りには、小沼を摑まえられなかった憤りはもはや見られなかった。

やがて男は、荒川を眼下に望む路上に出た。そのまま土手に踏み込み、河川敷の公園へと下りてゆく。公園には川からの冷たい風が吹き、くつろぐ人の姿もなかった。男の眼前には、誰もいない野球場が開けていた。

男が人気のない方へ向かうのを見て、原田は危険を感じた。男は一度も振り返らなかったが、自分を追う者を誘い出すために河川敷まで下りたのは明らかだった。原田の尾行は気取られていたのだ。

それを見極めると原田は、土手の道を何食わぬ顔で行き過ぎようとした。さっさと車に戻り、ここを離れた方がいい。だがその原田を、突然の大声が追ってきた。

「どこ行くんだよ、おっさん」

原田は聞こえない振りをしたが、そんなことが通じる相手ではなかった。「待てよ」という鋭い声が続き、原田は立ち止まらざるを得なかった。

顔を向けると、男はこちらに向き直り腕を組んでいた。暗いため表情はわからないが、体全体から発している殺気のようなものが伝わってくる。鋭い視線が、食い入るように原田の頬に突き刺さった。

原田はそれらを一瞥して感じ取り、そしてすぐに踵を返そうとした。だが男は突然走り出すと、土手を上って原田の前に立ちはだかった。二十メートルほど空いていた距離が、一瞬にして縮まった。

「あんた、見たことある顔だな」男は原田の顔をまじまじと見た。「何者なんだよ、てめえ」

「この前も言ったとおり、探偵だ」原田は一歩後ずさって答えた。「行方不明の小沼豊を探している。ようやく彼がここに住んでいたことを突き止めたんでやって来たら、偶然君が現れた。そこで少し後を追わせてもらったんだ。尾けてたわけじゃない」

「尾行なんて、舐めた真似してくれるじゃねえか」

男の顔にはどす黒い怒りが滲んでいた。目は完全に据わり、こちらの言うことなどまるで聞いている様子もない。後を尾けられたことに激怒し、それを抑えられなくなっているようだ。

ひしひしと伝わってくる殺気に比べ、男の表情は奇妙なまでに変わらなかった。まるで能面と相対しているような、妙な無機質さを感じさせる。それはヤクザなどとはまるで違う、純粋な破壊衝動の権化のような顔だった。どんなに凶暴なヤクザでも、欲得ずくであればそこには人間性が滲む。いい意味でも悪い意味でも、感情の起伏が表に出るからだ。だが眼前の男は、妥協の余地のない殺意をストレートに原田にぶつけてくる。なんの躊躇もなく、思考回路が原田を殺すことを選択したようだ。その短絡さが、原田に恐怖を植えつけた。

男はポケットからナイフを取り出し、刃を立てた。夜の微かな光が刃を青く濡らし、原田の視線を奪った。その瞬間、男は体をぶつけるように原田に襲いかかってきた。

かろうじて身をかわすだけで精一杯だった。とてもナイフを奪い取ることなどできない。原田は男の虚無的な眸の中に、数分後に自分に訪れる死の色を見た。

三度攻防が交わされ、相手の鋭い動きに原田が絶望を覚えたときだった。突然に甲高い音が鳴り響き、男の注意を逸らせた。その瞬間、原田は路上に頭から飛び込み、転がって男から遠ざかった。

「何をしてるんだ！」

全速力で自転車を漕ぐ警官が、笛を鳴らしながら近づいてきた。男は「ちっ」と舌打ちすると、土手に飛び下りて走り出した。警官はそれを追おうかと迷う素振りを見せたが、結局アスファルトに坐り込んでいる原田の傍らに来て自転車を停めた。

「何があったんですか。大丈夫ですか」

遠目からでも尋常でない命のやり取りがあったことがわかったのだろう。警官も興奮し、声が上擦っていた。

原田はしゃがみ込んだまま答えず、逃げてゆく男の後ろ姿をじっと目で追い続けた。

43

近くの交番まで連れていかれ、うんざりするほどしつこい質問をやり過ごし、ようやく置き去りにしてきたレンタカーに戻ったときだった。セカンドバッグに入れていた携帯電話が鳴り、原田が車を出すのを引き止めた。

出てみると、相手は雅恵だった。瞬間的に原田は、真梨子が意識を回復したのかと心を躍らせた。

「意識が戻ったか」

雅恵の言葉も無視して怒鳴るように尋ねたが、「そうじゃないのよ」と戸惑ったような返事が返ってきた。

「……まだ、目覚めないのか」

落胆を隠せず問い返すと、雅恵はまるで自分の落ち度を咎められたように沈んだ声で「うん」と答えた。

「じゃあ、どうした。何かあったのか」

「そうなの。真梨子の入院が長引きそうだから、着替えを用意するために家に帰ったのよ。それであの子の部屋のタンスを開けたら、下着に包まれて変な物が入ってたの」

「変な物？」

「そう。なんだか乾燥した植物の茎みたいな、漢方薬みたいな物」

「乾燥した植物の茎……？」

「うん。これが真梨子の友達が言ってた、《おにぎり》っていう物なんじゃ……」

原田が考えたのも、まさしく同じことだった。下着に包んでタンスに隠してあったというのも妙だ。雅恵には直接それに触れないよう指示し、原田は家に直行した。

帰り着くと、雅恵は玄関で原田を待ち受けていた。よけいなことは言わず、ただ「これ」と手の上の物を差し出す。広げられたハンカチの上には、茶褐色の物体が載っていた。

全長は約十二、三センチというところか。長さは普通のたばこより少し長いくらいか。だが直径はたばこよりもずっと太く、五センチほどはありそうだった。

雅恵が言うとおり、それは漢方薬のようでもあり、また形状は木炭にも似ていた。鼻を近づけて匂いを嗅いでみたが、特別な臭気はない。これまでに見たこともない物だった。

「これが《おにぎり》なのかしら」

雅恵は両手の上でハンカチを広げたまま、不安げに原田の顔を見た。原田はハンカチごと受け取り、もう一度それをまじまじと見た。やはりなんなのか、見当もつかない。

「たぶん、そうだろう」

原田が肯定すると、雅恵は泣き出しそうに顔を歪めた。

「これ、変な物なのかしら。もしかして、麻薬なんじゃ……」

「その可能性が高い。おそらく個人製造の麻薬だ」

「やっぱり……」

雅恵は絶句するなり、貧血を起こしたようにふらりとよろめいた。慌てて手を貸すと、「大丈夫」と断って壁に手を突いた。

「ともかく坐ろう」

提案し、玄関から居間に移動した。ソファに落ち着き、ハンカチの包みをテーブルに置く。雅恵は放心したように、額に手を当てて俯いていた。

原田は携帯電話を取り出し、環に向けてコールした。すぐに通話口に出た環に、小沼豊のアパートでのことを手短に報告した。

「——それからもう一点。娘の部屋から、《おにぎり》らしき物を発見しました」

「ほう、現物がありましたか」

環はさして意外そうでもなく、言った。

「ええ、ひとつだけですが、ほぼ原形のままと思われる状態で残っていました。これからそちらにお持ちします」

「お願いします。少し忙しく動き回るので、随時場所を確認しながら移動してください」

続けて環は現在位置を告げて、通話を終えた。原田は電話を置き、雅恵に目を戻した。雅恵は今のやり取りなど耳に入っていないように、先ほどから微動だにしていなかった。

「肝心なことを聞き忘れてた」

原田は妻に向かって語りかけた。雅恵はようやく顔を起こし、迷子のように頼りない表情を見せた。気丈な妻の、夫に初めて見せる顔だった。

「真梨子が家を飛び出す前、喧嘩をしたと言ってたな。その原因を聞いてなかった」

原田が問うと、雅恵は今初めて思い出したとばかりに、狼狽の色を浮かべた。

「ごめんなさい。言わなきゃと思ってて、忘れてたわ。あなたに謝らなきゃいけないんだった」

「口論の原因は、おれのことか」

尋ねると、雅恵は頷いて肯定した。その仕種には、この期に及んで原田を気遣う思いやりが見て取れた。原田はそれを嬉しく感じはしたが、今は何を告げられてもかまわなかった。互いの思いをすべて明らかにしなければ、娘とふたたび理解し合えることはないと、原田は悟っていたのだ。

「真梨子がおれの仕事を嫌悪していたのは知っている。探偵など、卑しい仕事だと言ったんだろう」

「あの子はあなたが警察を辞めたことが、すごいショックだったのよ」

「知ってる。それについては、きちんと説明しなかったおれたちが悪かったのかもしれない。真梨子が自分なりの解釈をするのを、おれは訂正しようとしなかったからな。あのときのおれは、自分のことだけで精一杯だった」

「あたしだって、そうよ。真梨子もあたしと同じように、ちゃんとあなたの側に立ってものを見ていると思ってた。だから、特別そのことについて話し合ったりしなかったもの」

「真梨子のことが視野に入っていなかったんだ、おれたちは」

慚愧《ざんき》の思いに耐えながら、原田は言った。もしあのとき、かつて真梨子が自転車の件で警官に呼び止められたことを思い出していたら。そしてそのせいで、どれだけ幼い価値観が揺らいでいるかを想像していたら。おそらく原田は、無言のうちの理解など真梨子に求めたりしなかっただろう。原田も雅恵も、家族という名の見えない絆に甘えていたのだ。言葉を尽くさなければわかりあえないことがある事実から、完全に目を背けていた。

「――あの子があなたの仕事についてあまりひどいことを言うから、つい口走ってしまったの。あなたがまだ警察の仕事を手伝っていることを」

打ちひしがれて雅恵は、吐き出すように告白した。固く口止めされていたことを不用意に口走ってしまった軽率さを、深く恥じているようだった。

だが原田には、それを咎めるつもりはなかった。そのときの雅恵の気持ち、そして真梨子の心の動きを思いやれば、ただ己の判断の間違いが悔やまれるばかりだった。

真梨子は父親が示す正義に懐疑的になり、挙げ句否定するようになった。信頼を裏切られた思いが、真梨子をして自暴自棄の行動に走らせたのだ。だがその結果、真梨子は迷走し自分の正義すら見失った。うすうす妙なものだと知りつつ《おにぎり》に手を出した真梨子に、もはや父親を非難する権利などなかったのだ。その事実を、雅恵の言葉により真梨子は思い知らされた。いつの間にか、ふたたび父親と自分との関係が逆転していたことに気づき、自分の行動を恥じた。もしかしたら真梨子は、断片的な原田の言葉から、父親の捜査の手が自分に及びつつあると誤解したのかもしれない。そして真梨子は、すべてにつけるべき決着を〝自殺〟という形で締め括ろうとしたのだ。それはあまりに幼い選択であったが、むろん原田には責めることなどできなかった。ただ互いにもうひと言会話を多くしていたら、という後悔の念だけが、常に心の奥に存在していた。助かって欲しい——原田は強く強く、それだけを願った。

44

その電話には偶然、馬橋自身が出た。いつものように機械的に会社名を名乗ると、相手は沈鬱な声で「馬橋さんをお願いします」と告げた。

「私ですが」

記憶にある声に該当するか考えたが、どうやら初めての相手のようだった。仕事の話であれば嬉しい。だが男の声の暗さが、馬橋に単純な期待を許さなかった。心の隅にわだかまって消えない不安が、またしてもむくむくと湧き上がってきた。

「話がしたいそうだな」

男は前置きもなく、抑揚のない声でいきなり言った。その台詞で、相手が先日の脅迫者の仲間だということが即座にわかった。

「え、ええ。そうなんですが……」

周りの目を気にして曖昧に応じると、男はなおも声の調子を変えることなく続けた。

「五十万とはふざけたことをしてくれる。こちらの話はわかってるんだろうな」

「それについては、できれば直接お目にかかってご説明したいと思っているんですが」

あくまでビジネスの交渉のように言葉を返す。冷や汗が背中を伝うようだった。

「いいだろう。言い分を聞いてやる。出てこい」

「ええ、わかりました。どちらまで出向けばよろしいでしょうか」

「神宮外苑の中にマラソンコースがあるだろう。そこを時計回りにぐるぐる回ってるんだ。こちらからお前を見つける」

「わ、わかりました。時間は？」

「いますぐ店を出て、どこかで適当に時間を潰せ。外苑に来るのは八時だ。いいな」

「いますぐ店を出るのは……」

「できないと言うのか」

交渉相手は代わっても、頭ごなしの命令口調は同じだった。諦めて馬橋は、三たび「わかりました」と応じて電話を切った。

指示どおり、口実を作って店を出た。ホワイトボードに「直帰」と書き、支店長にその旨断ると、「がんばってよ」と投げやりな返事が返ってきた。その太平楽な口調に一瞬むかっ腹が立ったが、もちろんそんな感情など面に上《のぼ》せず店を後にした。支店長が言うようにがんばってどうにかなるものならば、いくらでもがんばるのにと、繰り言めいた後悔を内心で呟いた。

現在の時刻は五時なので、指定時刻までは三時間もある。仕方なく渋谷まで出て、話題の映画をやっている映画館に飛び込んだ。ＳＦＸを駆使したハリウッド映画は、ただ騒がしいだけでひとつも面白くなかった。ともすれば意識はスクリーンを離れ、これからの会見へと飛んでいた。いったいどんな相手が出てきて、どのような交渉になるか、馬橋には見当もつかない。ただひとつだけ考えられるのは、向こうがこちらを金蔓《かねづる》と捉えている限り、そうそう手荒な真似はしないだろうということだった。それだけが、馬橋を外苑へと向かわせる勇気の糧となっていた。

七時過ぎに上映は終わり、ぞろぞろと出口に向かう客に紛れて外に出た。それから三十分ほどを本屋に入って潰し、地下鉄銀座線に乗った。外苑前駅で降りて神宮球場方面へと向かう。野球もサッカーも終わった今の季節は、それらが目当ての客もおらず、駅前からすでに人気が途絶えていた。

　球場入り口のチェーンを乗り越え、外野スタンドに沿って進む。右手に見える神宮の森は深閑と静まり、都会の喧噪の中にぽっかりと生じたエアポケットのようだった。馬橋はともすれば逃げ出したくなる気持ちを抑え、足を速めた。

　通りに出て周囲を見渡す。寒い夜にマラソンをしている酔狂な人もおらず、人通りは皆無だった。ただ間歇的《かんけつてき》に通り過ぎてゆく車だけが、外界と馬橋を結ぶ絆のように思われた。馬橋は小刻みに震えている脚を引きずり、指示どおりマラソンコースを時計回りに歩き始めた。

　すぐにも相手は接触してくるかと思っていたが、意外なことに馬橋はそれからしばらく歩き続けることになった。絵画館前に続く道を通り過ぎ、国立競技場を左手に見ながらコースを回り込む。さらに半周して絵画館前の道の反対側にぶつかってからも、馬橋はとぼとぼと歩き続けた。冬の寒い夜に人気のないマラソンコースなどを歩かされていると、なにやら馬鹿にされているような、さりとて腹を立てて帰るわけにもいかない、複雑な心境に陥った。ただ言えるのは、自分の不心得がこんな事態を招いたのだという、言い訳のしようもない厳然たる事実だけだった。こんな羽目になるとは思わなかったんだ。馬橋は内心で呟いた。ただ安い給料の足しになればと、子供の学費を少しでも捻り出せればと、それだけの気持ちで始めたことなのに、こんなに惨めで恐ろしい目に遭うとは……。

さらに四分の一を過ぎても、誰も接触してこなかった。腕時計を見ると、かれこれ三十分は歩いている。体はすっかり冷えてしまった。まだ歩き続けなければならないのだろうか。銀杏《いちょう》並木との交差路を過ぎ、とうとうスタート地点に戻ってしまった。植木越しに、静まり返っている神宮球場が見える。空しくなってきて、馬橋は立ち止まりたばこを取り出した。

ライターを擦って火を点けていると、背後からまた車がやってきた。これで五台目か六台目だ。ヘッドライトに照らされて伸びる影に目を落としながら、馬橋はゆっくりと煙を吐きだした。

緩んでいた緊張が舞い戻ったのは、車が背後で停まる音を聞いたときだった。慌てて振り向くと、黒い中型車から身長の高い男が降りてくるところだった。逆光なので顔までは見分けられなかったが、背格好から三十前後の男というのはわかった。ヤクザだろうか——馬橋は無意識に身を引き、相手の影に怯えた。

「あ、あなたが私を呼び出した人ですか」

勇気を振り絞り、話しかける。火を点けたたばこはとうに地面に転がっていたが、そんなことに意識を振り向けている余裕もなかった。

男は車のドアを開けたまま、馬橋に睨むような視線を向けてきた。馬橋が後ずさると、それにつられたように爆発的な動きを示した。次の瞬間、馬橋はみぞおちに強い衝撃を受け、思わず身を折った。いきなり殴りつけられたショックが、馬橋を思考停止に陥らせていた。

わけもわからないまま目を回していると、今度は口許に布のような物を当てられた。鼻からつんとする刺激臭が入り込んでくる。なんだこれは、と思う間もなく、馬橋の意識は急速に遠のいていった。

45

蹴りつけられた脇腹の痛みはなおも治まらなかったが、村木了は《ＢＩＷ》を出ていく気にはなれなかった。開店時間が過ぎても珍しく他のメンバーが居坐っているので、了も意地になって店に残った。とりわけ、長谷宏治と顔を合わせるのがいやで逃げ出すとは思われたくなかった。今出ていけば、それきり《ゼック》との縁は切れるような気がした。

宏治は金を持ち帰ってきてからしばらくの間、苛立たしげに幾度も電話に立っていた。恐喝している相手を摑まえようとしているのだろうが、うまくいっていないようだ。宏治は水のようにバーボンを乾し、次第に目が据わってきた。宏治の中で怒りが頂点に達しようとしているのが、傍目からも如実に見て取れた。

宏治は一度、池上昇平となにやら話し合っていた。離れていたので内容は聞こえない。田中文昭も羽田陽介も知らん顔を決め込んでいるので、了があれこれ詮索するわけにもいかなかった。やがて昇平は店を飛び出し、つい先頃戻ってくると、また宏治と密談を始めた。いやな雰囲気だった。

まだ時間が早いので、来た客はひと組だけだった。大学生らしき若いカップルで、カウンター付近に屯している了たちを見ると驚いたように反対のフロアに入り、三十分ほどで出ていった。了たちの間にわだかまる殺気を、敏感に察知したようだった。

苛立っているのは宏治だけでなく了も同様だった。先ほどの文昭の、了を責める言動は、しこりのように胸の底につかえている。できることなら陽介にも昇平にも、同じように感じているのか確かめたかった。やはり宏治と同様、親の金が目当てで自分とつるんでいたのか、正直なところを問い質したい気持ちでいっぱいだった。

だが了は、その問いを口にすることはできなかった。一番理解し合っていると考えていた文昭にすら、恨み言めいた言葉を浴びせられたのだ。陽介や昇平がどう思っているかは、聞かなくてもわかるようでもあり、またできることなら聞きたくもなかった。《ゼック》との関係が終われば、自分などただの根無し草のひとりに過ぎないことが、了は今ようやくわかってきたのだった。根ざすものがなくすべてから遊離してしまうことが、これほどの恐怖を誘うこととは、想像すらしていなかった。しょせん了は、仲間とつるんでいるときだけ粋がっていられるただのチンピラに過ぎなかった。それを痛いほど思い知らされていた。

了は己の思考に没入していたので、その男が入ってきたことに気づかなかった。声を聞いて初めて顔を上げ、男の姿を認めた。一瞬、どこかで見た顔だなと思ったが、その既視感はすぐに消え失せた。

「やあ、お金は無事手許に届きましたか」

男は真っ直ぐに宏治を見て、そう言った。四十過ぎの、実直そうなサラリーマン風の男だった。顔は無表情に近いが、口許にうっすらと笑みめいたものを浮かべている。仏像が刻む表情に似ていた。

何者なのかと睨みつけたが、男は了を一顧だにせず、ただ宏治だけに視線を向けていた。話しかけられた宏治は、突然の来訪者に訝しげな目を向けている。宏治の知人ではないようだ。

「なんだよ、てめえ」昇平との話を中断させられた苛立ちを隠そうともせず、宏治は唸るように言った。「とっとと消えやがれ」

「そうはいきません。お金を納めていただいたかどうか、確認に来たのですから」

男は宏治のぴりぴりした雰囲気などものともせず、ただ淡々と応じた。宏治は下から睨みつけつつ、ゆっくりと立ち上がった。

「てめえ、誰だよ」

問われた男は、慇懃な物腰で答えた。

「馬橋です。何度か電話でお話しした」

「馬橋だと？」

宏治は相手の答えが意外だったようで、一瞬虚を衝かれたような表情を浮かべた。宏治にしては珍しいことだった。宏治は狼狽しているかのような声で続けた。

「どうしてここがわかった」

「後を尾けさせてもらいました。あなただけに一方的に主導権を握られているのも困りますからね」

「後を尾けただと」

男の言葉に、宏治はすっと目を細めた。とたんに剣呑な雰囲気が満ちた。

「舐めた真似してくれるじゃねえか」

「こちらとしても大金を払ったわけですからね。ちゃんと受け取ってもらえたか確認しないと、今夜眠れません」

「ちょうどいい。てめえを掴まえようとしてたんだ。おれは二百万払えと言っただろう。それなのに五十万で済まそうとするとは、いい度胸だぜ」

「五十万！」男は驚いたように眉を吊り上げた。「そんなはずはないですよ。私はちゃんと二百万入れました。何かの間違いでしょう」

「なんだと。白を切る気かよ、てめえ」

「白を切るも何も、私はちゃんと言われたとおり払いました。小沼豊の住所も教えたでしょう」

男は驚くほどの鈍感さで、宏治と対等に渡り合った。宏治が発する殺気など、微塵も気にかけていないようだ。見ている了すらはらはらするやり取りなのに、当人は何も感じていないのだ。

「小沼の住所は受け取ったさ。だがもう奴はとんずらこいていた。だから意味はなかったんだよ」

「それじゃあ、その後は知りませんよ。私は彼の保護者じゃないですからね」

「利いたふうなことを言うなよ、おっさん。後悔するぜ」

危ない兆候だった。宏治は今や、膨れ上がった風船も同然だった。ほんの少しの刺激で爆発する。それが男にはわかっていないようだ。

「ともかく取引は終わりました。私はちゃんと要求に応えたんだから、もうこれでお終いにしてくださいね。それだけを言いに来たんです。それじゃ」

男は言うだけのことを言うと、驚くほどの素っ気なさで身を翻した。そのまま壁の向こうに姿を消し、店から出ていく。一同が呆気にとられるほどの引き際の早さだった。

「待ちやがれ！」

ほんの一瞬遅れて、宏治が我に返った。大声で喚きながら後を追う。がたがたとテーブルを揺らして宏治が出ていくと、店にはふたたび沈黙が訪れた。

「おい、昇平」

了は静寂を破って呼びかけた。昇平の方に向き直り、韜晦《とうかい》を許さない決意で問い質す。

「今のが宏治が恐喝していた相手なんだな。それにお前も一枚嚙んでたんだな」

「だったらどうだって言うんだよ」

昇平は開き直ったような薄ら笑いを浮かべて答えた。

「説明してくれ。小沼がどうこうと言ってたな。あの男と小沼と、どう関係があるんだ」

「てめえにゃ関係ねえよ、了。ビビってる奴ぁ知らない方がいいぜ」

昇平はまともに答えようとしない。苛立って了は、ついに思いを口にした。

「お前と宏治が、《あいつら》と繋がってたんだな。小沼を連れ去って《おにぎり》の流通を監視してたのは、お前たちだったんだ」

すべてを賭しての告発だったつもりだが、昇平は平然と受け流した。そればかりか、嘲るような笑みのまま、奇妙な言辞を吐いた。

「てめえは面白い奴だよ、了。おれは好きだぜ、そういうの」

「どういう意味だよ」

馬鹿にされたという思いしか湧かなかった。昇平は了のことをあざ笑っているのだ。それは了も含めた《ゼック》が世間に対して向けていた嘲笑と、まったく等質のものだった。そのことに了は、怒りよりも強いショックを覚えていた。

「昇平。宏治を見て来いよ」

文昭がぼそりと呟いた。それに応えて昇平は立ち上がり、もう一度了を見ると口角を吊り上げた。それは侮蔑の表情だった。

「おい、文昭、陽介。お前らは今のがなんだったか知ってるのか。知ってたら教えてくれ。頼む」

了はプライドも投げ捨て、残ったふたりに懇願したが、返ってきたのは沈黙だけだった。まるで厚い壁に話しかけているように、了の言葉は何者にも届かなかった。

46

舐めた真似しやがって。

店を飛び出した長谷宏治は、怒りのあまり眩暈すら覚えるほどだった。他人にこれほど屈辱的な言辞を吐かれたことはかつてない。誰もが皆、ひと睨みするだけで怯え、こちらの意のままに従ってきたのだ。それなのにあいつは、平然とこちらの言葉を無視した。許せることではなかった。

絶対に殺してやる。

瞬時に心を定め、いつもポケットに忍ばせているジャックナイフを握って店を出たが、すでに男は姿を消していた。ほんの一瞬遅れただけなのに、不思議なことだった。宏治はもどかしい思いで階段を駆け下り、男の後を追った。

一階に辿り着き、ビルを出て左右を見回す。六本木の裏道は人通りも少なく、通行人の姿はまばらだった。そのため、先を行く男の背中はすぐ見つけることができた。

宏治はポケットの中でジャックナイフを固く握り、男を追った。男は道を左に曲がり、人気の少ない方へと向かった。

馬鹿め、死にに行くようなもんだ。

宏治は内心で舌なめずりしながら、猫のように足音も立てず後を尾けた。刃で相手の喉元を切り裂く感触を想像すると、それだけで震えるほどの恍惚感が身裡から湧き上がってきた。

先を行く男はさらに右折し、大福坂《だいふく》を下り始めた。道の両脇は学校で、六本木の喧噪からは切り離されている。追いついて背後から襲うには好都合の場所だった。

宏治はナイフをポケットから取り出し、地面を蹴った。そのままひと息に男に飛びかかり、喉を掻き切ってやるつもりだった。自分の喉から噴き出す鮮血を見て呆然とする顔が見物だった。

そのときだった。突然背後から肩に手を置かれ、宏治は驚愕して振り返った。後ろは数秒前に確認したばかりだ。誰もいないはずだった。

振り向いてさらに驚いた。そこにいたのは、数時間前にバイクに乗る宏治を車で巻き込みかけた男だった。なんでこいつがこんなところにいるのか。

「てめえ!」

考えるより先に体が動いた。振り向きざまにナイフを閃かせ、男に切りかかった。だがナイフは空しく空を切り、宏治は大きくバランスを崩した。

そこに容赦のない蹴りが襲ってきた。男の爪先は綺麗にみぞおちに嵌《はま》り、宏治の呼吸を一瞬止めた。白くなった宏治の脳裏に、男の声が届いた。

「危ねえ坊やだなぁ。少しおねんねしてもらおうか」

なんだと——。相手の屈辱的な物言いに、全身がかっと燃え上がったときだった。宏治の口許に刺激臭のする布が当てられた。宏治は無意識にナイフを離し、布をあてがう男の手を振りほどこうともがいたが、相手の力は万力のように強く、とうてい歯が立たなかった。やがて意識が遠のき、すべてが闇の中に溶けていった。

47

深い霧が晴れてゆくように、意識が徐々にはっきりしてきた。軽い頭痛がする。馬橋は上体を起こし、頭を左右に振った。

自分の身に何が起きたのか、すぐには思い出せなかった。ぼんやりとした記憶の断片が頭の中で散らばり、整理がつけられなかった。しばらく呆然と坐り込み、見るともなく床に視線を落としていると、ようやく気を失う前の出来事が甦ってきた。

自分は神宮外苑のマラソンコースを歩いていたのだ。そうしたら、背後からやってきた男に突然襲われた。クロロホルムのようなものを嗅がされ、たちまち意識が遠のいた。あれから自分はどうなったのか。

　はっと我に返り、周りを見回した。段ボール箱が無造作に積み上げられた、どこかの倉庫のような光景だった。どうしてこんなところにいるのか。

「目が覚めたようだな」

　突然背後から声が聞こえ、馬橋は愕然として振り返った。近くに人がいる気配など、まるで感じなかったのだ。

　振り向くと、段ボール箱に寄りかかって腕を組んでいる男がいた。神宮外苑で自分を襲った男だ。上下黒ずくめの服はなんの特徴もなく、男が何者なのか推測することさえ難しかった。

「あ、あんたは誰だ。おれをどうするつもりだ」

　声が出たのは上出来だった。あれこれ考えたなら、肝が縮み上がって何も言えなくなっていただろう。馬橋の生存本能が、男に対しての恐怖心を一時忘れさせていた。

「おれのことはどうでもいい。あんたは自分の身だけ心配すればいいんだ」

「どうする気なんだ……」

　男の静かな物言いに、とたんに不安が湧き上がってきた。そうだ、相手は五十万しか受け取らなかったことに腹を立てているのだ。そのために、こんなところまで拉致してきたのだろう。ここで嬲り殺しにされてしまうのだろうか？

「か、か、金の話をするんだったろう。金が欲しいんだろ、なっ」

精一杯ご機嫌を伺うように、馬橋は言い募った。ここで相手を怒らせてはいけない。どうにか宥めて、金で済むように話を持っていかなければならない。二百万程度で命が助かるのならば拾いものだ。社内融資でもなんでもして、どうにか工面すれば済むのだから。ともかく今は、なんとかしてここを抜け出ることを考えなければ……。

だが男は、馬橋の言葉に応じる様子もなかった。ただ無表情に馬橋の顔を見つめ、腕を組んでいる。その視線に馬橋は息苦しさを覚えた。

「ちゃ、ちゃんと金を払わなかったのは悪かった。今度は払う。なっ。だから話し合おうじゃないか」

自分の言い種を滑稽だと感じる余裕は、馬橋には残されていなかった。ともかく言葉を続け沈黙を埋めないことには、数瞬後にはふたたび暴力に曝されるような気がした。馬橋は四十数年の人生のうち、直接的な暴力を体に受けたことなど一度もなかった。それだけに、これから起こることを想像すると、失禁するほどの恐怖感が襲ってきた。一発殴られただけで、自分が子供のように泣きべそをかいてしまうような気がした。

「金なんか、いらん」

男はそんな馬橋の様子を、冷静な目で観察していた。言葉を切って捨てるように発すると、またじっと視線を注いでくる。物理的な圧迫感すら感じさせる目だった。

「金じゃないのか……」

男の言葉に馬橋は絶望を覚えた。もう相手は完全に怒り狂っているのだ。金で片がつく段階はとっくに過ぎてしまったということか。もう眼前の男は、こちらを殺すことしか考えていないのか……。

そう考えたとたん、体が勝手に跳ね起きていた。自分でも驚くほどの敏捷さで出口に向かい、扉に飛びつく。大きな鉄扉を開け、男から逃げ出そうとした。

ところが、鉄扉には鍵がかかっていた。何度がたがたと揺すっても、どうしても扉は開こうとしない。絶望感に馬橋は半狂乱になり、いつまでも扉を引き開けようとした。終いには両拳でガンガン叩いたが、もちろん鉄扉は微動だにしない。涙や鼻汁が垂れてきても、かまう余裕はなかった。

後ろから襟首を摑まれ、ふたたび床に引き倒された。床に転がった馬橋は、呆然と男の顔を見上げた。もはや思考が停止していた。

「お前にはしばらくここにいてもらう。出られるなどと思うな」

冷徹な声で、男は言った。まるで踏み潰された蛙でも見るような目つきだった。

「ここに……?」

啞然として、無意識に問い返した。男の言葉の意味がわからなかった。ここにいろとは、どういうことだ。殺すつもりではないのか。

真っ直ぐに立って馬橋を見下ろしている男が、少し身を屈めて顔を寄せてきた。その瞬間、馬橋の頰に痛烈な平手打ちが浴びせられた。その一発で、竦んでいた体が逆にしゃきんとした。

「しっかりしろ。お前にはこれからやってもらうことがある」

「やってもらうこと？」

「そうだ。今からお前の自宅に電話をして、今夜は帰れないと言うんだ」

「か、帰れないんですか」

思わず敬語を使ってしまった。宮仕えの悲しさだ。自分より力を持っている者には、自然に出てしまう口調だった。

「お前はしばらくここにいるんだよ」

ふたたび男は繰り返した。そして尻ポケットに手を回し、携帯電話を取り出す。それを馬橋の眼前に突きつけ、目で受け取るよう促した。

馬橋は受け取ったものの、すぐには言われたとおりにできなかった。何を要求されているのか、さっぱりわからなかったからだ。

「帰らないなんて、そんなこと言えないですよ」

「言うんだよ。出張とでも、なんとでも、口実を作れ」

「そんな。出張なんて、今まで一度もしたことないですよ。絶対、妻は怪しむはずだ」

「言われたとおり連絡するんだ。お前の女房が怪しもうが、知ったことじゃない」

「そんな……」

馬橋は抗議しようとしたが、男の眼力に負けて渋々とボタンを押し始めた。すぐに電話は繋がり、疲れたような妻の声が応じた。その声を聞くと、いつも馬橋は自分も強い疲労感に襲われる。こんなときですら、それは同じだった。

言われたとおり出張ということで押しとおし、一方的に電話を切った。妻はどういうことかと問い返したが、無視した。妻は世間との交渉があまりないためか、妙な勘ぐりをすることがある。きっと今だって、夫の身に異変が起きているとは露とも思わず、せいぜい浮気の心配くらいしかしていないだろう。妻が警察に連絡してくれる可能性など、爪の先ほどもなかった。

「よし」

見届けた男は満足したように携帯電話を取り上げた。馬橋は坐り込んだまま、男に懇願した。

「会社はどうすればいいんでしょう」

「心配するな。こちらから休むと連絡してやる。お前は何も心配せずにここにいればいい」

「ここにいろって……。私をどうするつもりなんですか」

「質問は許さない」

ぴしゃりと撥ねつけられた。男はふたたび馬橋の襟首を摑むと、そのままぐいぐいと奥へ引きずっていった。細身の割には、驚くほどの力強さだった。大の大人の馬橋を、まるで赤ん坊のようにあしらっている。馬橋は抵抗する気すら起きなかった。

最初に目覚めた場所で放り出された。男は顎をしゃくり、フロアの一角にまとめて置いてある荷物を指し示した。

「あそこに簡易トイレと、簡単な食糧がある。それを使え」

「か、簡易トイレ？」

「そうだ。ここを汚すなよ」

言うなり、男は踵を返した。用はこれだけだと言わんばかりの呆気なさだった。

「ちょっと待ってください！」

思わず身を乗り出し、馬橋は叫んだ。ほとんど四つん這いになって、男に向かって届かない手を伸ばした。

「いつまでここにいればいいんですか」

大声で尋ねたが、男はそれを平然と無視した。鉄扉の鍵を開け、倉庫を出てゆく。追い縋るなら今だと馬橋の理性が訴えたが、それに反して体はまったく動かなかった。腰が抜けたような状態になっていたのだ。

静かな音を立てて、扉が閉まった。さらに表から施錠する音が響く。そしてそれきり、二度と新たな物音はしなかった。

馬橋は蹲《うずくま》り、我が身の不幸を嘆いた。情けないことに、涙が次から次へとこぼれ落ちてくる。子供のようにべそをかくことしか、今の馬橋にはすることもなかった。

48

「おい、開けてくれ！」

叫ぶ声とともに、扉をガンガンと蹴りつける音がした。何事かと村木了は、田中文昭と顔を見合わせ立ち上がった。声の主は、先刻長谷宏治を追って出ていった池上昇平だった。

店の入り口を開けると、そこには宏治の腋の下に腕を回して支えている昇平がいた。宏治は全身から力が抜けたように、すっかり昇平に身を凭せている。何かが宏治の身に生じたようだ。

「どうしたんだよ」

先ほどの口論も忘れて、了は問い返した。昇平は「手を貸せよ」とうるさげに言い、宏治を引きずって店の中に入ってきた。

慌てて反対側から肩を貸し、フロアの中に宏治を連れていった。文昭も羽田陽介も、立ち上がってこちらを注視している。椅子を並べてくれと頼むと、ふたりは協力して人ひとり寝られるスペースを作った。

苦労してそこに宏治を横たえさせた。宏治は太平楽に寝息を立てている。怪我を負ったわけではないようだ。

「何があった」

短く文昭が問うと、昇平が「けっ」と喉を鳴らして答えた。

「わからん。そこの道端に寝そべってやがったんだ。何をしようが起きない。どうしちまったんだか」

「クスリか」近寄って宏治を見下ろしていた陽介が、ぼそりと口を挟んだ。「眠らされてるんだろう」

「さっきの奴にか」了は陽介に顔を向けた。「なんなんだ。奴は何者なんだ」

馬橋と名乗った男の素性を知っているはずの昇平は、了の問いに答えようとしなかった。激しい苛立ちを露わにし、口許をせわしなく動かしている。怒りを抑えているときの昇平の癖だった。

「さっき、あいつが気になることを言ってたな」文昭が何かに思考を巡らすように、慎重な物言いをした。「金は払ったとか……」

「はったりに決まってんだろうが」昇平が憎しみを込めて言った。「ふざけやがって」

「だがよ。わざわざそんなことを言いに、ここまで追ってくると思うか。本当に五十万しか払ってなけりゃ、宏治と顔も合わせたくないだろうよ」

「おいおい。何を言ってるんだよ」

文昭の言い種に驚いて、思わず了は割って入った。文昭の言葉は、まるでいきさつをすべて承知しているような調子だった。なぜ文昭までが、宏治や昇平の恐喝の詳細を知っているのか。

だが文昭は、了の疑問に答えようとしなかった。眠っている宏治に鋭い視線を向けると、近寄って体を叩き始めた。すべてのポケットに手を入れ、探っている。身体検査をしているような手つきだった。

すぐに文昭は、宏治の体からコインロッカーのキーを見つけ出した。それを取り上げ、目の前にかざす。「ちっ、舐めた真似しやがって」という小声の囁きが聞こえた。

「こりゃたぶん、例のロッカーの鍵だ。宏治は全部を持ち帰ったわけじゃないようだな」

「おれらを騙しやがったって言うのかよ」陽介が文昭の掲げるキーを見ながら、尋ねた。

「もしそうなら、許せねえな」

呟いて陽介は、手を伸ばし文昭からキーを受け取った。

「見てくる」

短く言うと、そのまま店を出ていった。事情が読めないでいるのは了だけのようだった。

「おい！」たまらず、了は声を張り上げた。「どういうことだよ、文昭。まさかお前まで、カツアゲに加わってたって言うのかよ。そんな……違うだろ」

文昭は答えず、真っ直ぐに了の顔を見た。ゴミクズでも見るような、なんの感情も伴わない視線だった。

仲間からそんな目で見られるのは初めてのことだった。了は少なからぬショックを受け、なおも質問を重ねた。

「どうなんだよ。陽介も全部わかってるのか？　知らないのはおれだけなのかよ。えっ。そうなのかよ」

「だとしたらどうするんだよ」

ようやく文昭が答えたが、その口調には嘲りの色があった。かつて聞いたこともない、文昭のシニカルな物言いだった。

「マジかよ。な、なんだよ。そうならそうと、最初から言ってくれよ。おれだけ外してカッアゲするなんて、ひでえじゃねえか。なんでおれに秘密にしてんだよ。おれにも一枚嚙ませてくれよ」

了は自分の声が震えていることに気づいていた。これから文昭は、恐ろしいことを明かそうとしている。そのことが了にも、簡単に予想がついた。だが了は、それが間違いであってくれることを願っていた。単にこの件からだけ外されたのだと思いたかった。その思いが、了に媚びるような言辞を吐かせていた。

「てめえは気が小せえ。ちょっとしたことでビビりやがる。その上てめえは、おれたちを裏切った」

文昭は冷え冷えとした調子で応じた。友情めいた温かみは一片も感じられなかった。その声が宏治や陽介からでなく、信頼していた文昭から発せられていることが、了は信じられなかった。

「裏切ったって、デビューの件かよ。あのことをおれのせいにするのかよ！」

理不尽な言いがかりをつけられた思いで、了は叫んだ。文昭の言葉はすべて、自分の耳を疑いたくなるようなことばかりだった。

「てめえのせいだ。てめえは仲間面してやがったが、おれたちは認めちゃいなかった。てめえなんか最初から仲間だとは思ってなかったんだよ」

「……」

了は言葉もなかった。ただ口をぽかんと開け、辛辣な文昭の言葉を受けとめていた。何もかも、すべてが冗談としか思えなかった。

「こうなったら、てめえはもういらねえよ。《ゼック》にゃ、ギターはおれひとりでいい。サイドギターなんていらねえんだ。てめえの親が出してくれる金はありがたかったが、いろいろ隠し事をするのも面倒になった。もう消えやがれ」

「……《あいつら》なんて、本当はいなかったんだな。《あいつら》とは、お前たち四人のことだったんだ。おれに隠れて、お前たちは《おにぎり》を売りさばき、逃げた小沼を追って関係ない奴まで殺したんだ。そうだったんだな」

「今頃わかったのかよ、阿呆」

横から昇平が口を挟んだ。昇平は傍らに近寄ってくると、素早く足払いをくれた。了は尻から床に落ちた。

「てめえの弱腰にゃ、もう飽き飽きだ」

続けて昇平は、左肩に容赦ない蹴りを入れた。了はもんどりうち、後頭部を床に叩きつけられた。一瞬、視界が真っ白になった。

「よくも女みてえに、さんざんピーチクパーチク騒いでくれたな。うるせえったらなかったぜ。ホント、殺してやろうかと思ったよ」

昇平は靴の踵を了の頬に載せ、ぐりぐりと踏みにじった。了は両手で足をどかそうともがいたが、今度は股間に強烈な一撃を食らった。文昭が情け容赦ない力で、股間を蹴り上げたのだ。強烈な痛みが脳天に突き上げ、了は声もなく呻いた。

「てめえは一度、袋叩きにしてやりてえと思ってた。ちょうどいい。殺してやるぜ」

あの文昭の言葉とは思えなかった。耳に聞こえてくる台詞は、伝聞から想像していた《あいつら》の言動そのものだった。なんのことはない、カマキリどもは了のすぐ身近に、何匹も潜んでいたのだ。

——それから数十分、陽介が戻ってくるまで、了は地獄の時間を過ごした。指はすべて折られ、あり得ない方向に曲がっている。手の甲は、押し当てられたたばこの火のせいで、目を背けたくなるほどの惨状だ。それらの危害を、文昭と昇平は至極淡々と了に加え続けた。眉ひと筋動かさず、それはまるで魚でも捌《さば》いているかのような態度だった。曲がりなりにも一緒に行動していた仲間に加えられる所行ではなかった。文昭も昇平も、人間並みの感情など持ち合わせていないのだった。

陽介が戻ってきたとき、了は両手両足を縛られ、猿ぐつわを嚙まされて床に放り出されていた。陽介はそんな了に冷たい一瞥を向けると、簡単に無視した。自分がいなかった間に何が起きたのか、まるで興味もないようだった。

「あったぜ。五十万だ」陽介は持ってきた紙袋をひっくり返し、床に紙幣をぶちまけた。

「やられたぜ、おれたちゃ」

「五十万しかなかったのか」

文昭が問い返す。

「ああ、残りの百万はどこに隠しやがったのか」

陽介は今にも唾を吐きかねないような、険しい顔つきだった。宏治に近寄り、容赦なく往復ビンタを浴びせる。それでも宏治は少しだけ身じろぎしただけで、目覚めようとはしなかった。

「残りの金のありかを聞き出したら、おれは宏治を殺すぜ」陽介は言って、了に目を向けた。「あいつも、もう殺《や》っちまうんだろ。ふたりいっぺんに片づけちまおうぜ」

陽介の理性は完全に揮発し果てているようだった。陽介の酷薄さは了もよく承知している。奴ならばなんの躊躇もなく、殺しに手を染めることだろう。陽介の思考の中では、了はすでに始末すべきものと規定されたようだった。

了は絶望感とともに、自分の馬鹿さ加減を呪っていた。自分がこいつらの手にかかって殺されるのも、すべて自業自得と思われた。

49

昇平がビルの入り口まで車を持ってきて、陽介が宏治、文昭が了を引きずるように一階まで下ろした。寝ている宏治はトランクルームに押し込まれ、了は後部座席で文昭と陽介に挟まれた。

昇平がハンドルを握り、車を出した。麻布台方向に車首を向ける。了が車に連れ込まれる間、ビルの前は誰ひとり通らなかった。猿ぐつわを嚙まされている了は、大声で助けを呼ぶことすらできなかった。

昇平は乱暴なステアリングで、車を桜田《さくらだ》通りまで出した。一度左折し、狸穴《まみあな》公園の脇を通る。いくつかの大使館が集まるその地域は、住民も少ないのか人通りはなかった。

了はいつしか胴震いを起こしている自分に気づいた。抑えても抑えても、体の底から震えが湧き起こってくる。どうしようもない根元的な恐怖感が、了の意思とは関係なく全身を震わせているのだった。了はすでに、数十分後の自分の死を確信していた。がたがたと震えながら死への道を走る自分が、情けなくもあり、また滑稽でもあった。

高級マンションが林立する街を、車は迷いなく突き進んだ。やがて右手前方に、そこだけぽっかりと穴が空いたような暗い空間が現れた。朧気に建物の影が見える。電気が点いていないところを見ると、バブル崩壊後放置されている廃虚ビルのひとつのようだった。昇平はその敷地の前で車を停めると、ひとりで降りてチェーンがかかっている門に取りついた。しばらくそれをいじっていたが、やがてどうにかして錠を外したのか、チェーンをほどき始めた。門を内側に大きく開いてから、昇平は運転席に戻ってきて車を敷地内に入れた。

「降りろ」

車が停まってから、文昭が短く命令した。了の髪を摑み、情け容赦ない力でぐいぐいと引っ張る。了は髪を毟《むし》られる痛みに耐えながら、頭から車外に出た。

背中を蹴られ、廃虚ビルへと押し込まれた。先にビルへ入っていった昇平が中で待ちかまえている。昇平もまた、蹴りを入れて了を突き倒した。了は藁《わら》人形のように、かつての仲間たちに好きなようにされていた。

そこは何ひとつ家具や装飾品のない、殺風景な部屋だった。外の車寄せスペースに面した壁にはいくつかの窓が開いているが、そこに嵌っているべきガラスはほとんど残っていなかった。床にはなにやら瓦礫が散乱し、転がっている了の背中に突き刺さってくる。どう体を動かそうが、平らなスペースはどこにもなかった。

当然のことながら照明などは点かなかったが、窓から差し込む月の光で、文昭たちの動きは見て取れた。彼らはトランクルームから宏治を引きずり出したが、移動中に意識が戻っていたのか、宏治はわずかな抵抗を示していた。それに容赦ない暴力を浴びせ、文昭と陽介は宏治を室内に押し込んだ。宏治は了同様、床に突き飛ばされた。

「なんだよ。痛てえじゃねえか」

宏治は目覚めたばかりでまだ事情が飲み込めないのか、寝惚けたような声で抗議した。その宏治に陽介が近寄り、拳で殴りつけた。拳を振り上げたとき、月の光に反射する物が見えた。たぶんライターでも握っている拳で殴ったのだろう。ただの握り拳で殴るよりも、数倍効き目がある攻撃だった。

「なんだ、てめえ!」

ようやく目が覚めたように、宏治は猛り狂って声を上げた。立ち上がろうとしたが、後ろ手に両手首を縛られているので、思うようにならない。悪戦苦闘しているうちに、今度は文昭が尻に蹴りを入れた。宏治は顔から床に落ち、奇妙な呻きを漏らした。

「てめえが持ってたコインロッカーのキーはなんだ」

文昭が押し殺した声で尋ねた。ようやく起き上がった宏治は、瓦礫で顔を切ったのか、顔半分をどす黒く血で濡らしていた。

「なんのことだよ! こりゃいってえ、どういうことだ! てめえら、ただじゃおかねえぜ!」

手負いの狂犬のように、宏治は喚き散らした。血に濡れた表情が、その凶暴さをより助長している。見ている了ですら背筋が冷えるような凶相だった。

「そのキーでロッカーを開けると、中から五十万が出てきた。てめえがせしめた百五十万のた。

なおも文昭が尋問を繰り出す。昇平と陽介は、無表情に腕を組んで宏治を見下ろしてい

うちの五十万じゃねえのか」

「何を言ってやがる！　てめえらに馬橋のふざけた手紙を見せてやったじゃねえか！　あいつは本当に五十万しか払わなかったんだ！　騙されんじゃねえ！」

叫び続ける宏治に、陽介が近づいた。組んでいた腕をほどくと、手にはナイフの青光りする刃が見えた。陽介は左手で宏治の耳たぶを摑むと、付け根にナイフを当て、軽く振り上げた。同時に宏治の絶叫が響きわたった。陽介の左手には、切り取られた宏治の耳たぶが残っていた。

「があああああああぁっ」

わめく宏治の口に、昇平が靴の爪先をぶち込んだ。鈍い物音が響き、前歯がごっそり折れたことを了は知った。昇平が爪先を抜くと、栓を開けたように血が迸り出た。宏治の悲鳴は、もはやくぐもって聞こえなかった。

了は坐り込んだまま、その場で失禁していた。三人の振るう暴力は、まさしく噂どおりのものだった。相手が仲間であろうがなんだろうが、手加減などまったくない。命を保たせてやろうなどという考えは、最初から欠落しているようだ。まさしくカマキリの共食いだ。

文昭たち三人は、宏治の尋問にかまけて了の存在を忘れているようだ。だが宏治が白状すれば、次は了が暴力の標的とされる。自分も耳を削がれ、目を潰され、あげく殺されると思

うと、意識が遠のくほどの恐ろしさに締めつけられた。

宏治は身を折って、血を吐き続けていた。とても何かを喋れる状況ではない。しばらく攻撃の手を休めた三人は、退屈しのぎとばかりに了の方に顔を向けた。

「なんだ、こいつ。しょんべん漏らしてるぜ」暗い中で目敏く見つけた昇平が、怯えている了を嘲った。「きったねえ野郎だな。しょせんこいつは、この程度のカスなんだぜ。暇潰しに嬲り殺してやるくらいしか、役に立ちゃしねえな」

淡々と、天気の話でもするように昇平は言う。ひどく無造作にナイフを取り出し、刃を振り出した。刃は月の光を反射し、青白く光った。

了は「うーうー」と呻きながら尻をついたまま後方に下がったが、むろんそんな動きだけで昇平のナイフから逃げることなどできなかった。昇平は難なく距離を詰めると、ナイフを了の頬に当てた。それが動く感触を覚えると、生温かい液体が喉元まで伝った。了はほとんど失神寸前だった。

そのときだった。突然聞いたこともない罵声が部屋に響き、静寂を破った。了はそれをはっきり聞き取ることができなかったが、断片的に「やめろ!」と命令する声だけは理解できた。

続いて複数の人間が部屋になだれ込んでくる物音がして、一挙に騒然とした雰囲気になった。制服を着た警官とスーツの男たちが、降って湧いたように部屋の中に突入してくる。

「そこまでだ。武器を捨てろ!」

厳しい叱咤の声が飛び、一糸乱れぬ連係プレーで警官たちは文昭ら三人を囲んだ。

「なんだ、てめえらは！」

虚を衝かれた格好の三人は、すぐにナイフを振り回して応戦したが、しょせん多勢に無勢だった。ひとりに対し最低三人の警官が群がり、警棒で叩き伏せた。腕を殴られた文昭たちは、ナイフを取り落として床にくずおれた。

「おい、君。大丈夫か」

警官のひとりが猿ぐつわを解いてくれたが、了はただがちがちと歯を鳴らすだけで、まともな返事ひとつできなかった。助かったという安堵はあまりに圧倒的で、了は子供のようにいつまでもぽろぽろと涙をこぼし続けた。

50

冷たい風が吹きすさぶ中、原田たち四人はマンションの屋上に立っていた。眼下に見える向かいのビルの一階では、激しい捕り物が行われている。《ゼック》のメンバーが一網打尽にされるのは、もう時間の問題だった。

「……結局よぅ」沈黙を破って、フェンスに片手をついている倉持が言葉を発した。「この

《おにぎり》って奴は、いったいなんだったんだい、環の旦那」

倉持の左手には、原田が持ってきた《おにぎり》が載せられている。倉持はそれを、ぽんぽんと撥ね上げて弄《もてあそ》んだ。

「大麻ですよ」

環はこともなげに答えた。

「大麻？　ハッシシですか」

珍しく武藤が口を挟む。ハッシシとは、大麻草の樹脂を固めて作った固形物のことだ。同じ大麻から抽出されるマリファナとは、形状が大きく異なり、知識がない者が見たならとても麻薬とは思えない。武藤は大麻と聞いて、とっさにそのハッシシを連想したようだった。

「そう、ハッシシです。特にこれはチャラスと呼ばれる物で、インドやパキスタンといったわずかな国でしか作られていない珍しい代物ですよ」

「インド」環の言葉に応じて、原田は言った。「小沼豊は、失踪前にインドに旅行しています。そのときに、チャラスを日本に持ち帰ったのですか」

「いや、チャラスそのものではなく、チャラスを作る技術でしょう」

「技術？」

「そう。チャラスの作り方は簡単です。大麻草の花穂を両手で強く揉むと、掌には樹脂が残る。その樹脂を掻き落とし、丹念に揉み込むとできるのがチャラスです。日本の水飴も、よく捏《こ》ねて空気を入れてから食べるでしょう。そういう気軽さでチャラスも作られていると考えていい。五分も揉むように握り続ければ、すぐ吸えるようになります。もっとも作りたてのチャラスは脂っぽくて火が点きにくいから、数ヵ月置いてから吸うのが一般的ですがね」

「だから《おにぎり》というわけか」

武藤がひとりごちる。原田は質問を重ねた。

「小沼はそれを憶えて日本に帰ってきたわけですか。しかし技術だけでは、チャラスは作れないではないですか。原料はどうしたんでしょう」

「小沼豊の出身地は北海道です。北海道では民家のすぐそばでも野生の大麻草が繁殖しているのですよ。大麻草そのものを手に入れるのは、日本国内でも決して難しいことではありません。小沼はそれに気づき、面白半分でチャラスを作り始めたのでしょう」

「それを奴らが知り、販売するために小沼に作らせようとしたのですね」

「でもよう、そんなに簡単に作れる物なら、何もわざわざ逃げた小沼を追いかけなくてもよかったんじゃねえか。他の奴が作ればいいことだろう。なんであいつらは、ああも小沼の行方を捜していたんだ」

横から倉持が質問を差し挟んだ。原田もまた、同じ疑問を持っていた。

「それはチャラスの味の問題ですよ」

「味?」

「そう。同じチャラスといえども、やはり作った人によって味が断然違う。大麻樹脂を密度が均等になるように捏ねるには、かなりの熟練が必要だそうですよ。小沼が作るチャラスでなければ、吸っても旨くなかったんでしょう」

「へっ、面白れえもんだな。こんな犬の糞みてえなのが、吸うと旨いのかよ」倉持はチャラスを汚らしそうに指で摘み、目の前にかざした。「ところでさ、小沼を始めとする戸籍を交換してた奴らはどうするつもりだい。ひとりひとりとっ捕まえてお説教するか」

「そこまでする必要はありません」環は軽く首を振った。「彼らが新しく手に入れた生活を一生続けていくのなら、それはそれでかまわないし、元に戻りたいのならばそれもまたいい。いずれにしろ、親からは逃げられても、自分の人生から逃げることはできませんからね」

向かいのビルではようやく捕り物が終わったようだった。警官に両脇を固められた《ゼック》のメンバーたちが、罵声を発しながら出てくる。彼らは次々にパトカーに押し込まれ、サイレンの唸りとともに去っていった。

「行きましょう」

環はそれを見届けると、短く言って踵を返した。倉持は手の中のチャラスを握り潰し、破片を地上へと撒き散らした。黒いチャラスの破片は、風に乗って夜の空へと消えていった。

51

恐ろしくて一睡もできないと思っていたが、気づいてみればすっかり眠り込んでいた。馬橋が目覚めると、倉庫の窓から差し込む光は、朝日の爽やかさを滲ませていた。ついに監禁されたまま、ひと晩を過ごしてしまったのだ。

呆然と起き上がり、床に胡座をかいた。両手で脂の浮いた顔を擦り、自分のこれからを考える。このまま監禁が続けば、さすがに妻や会社が訝しんでくれるだろう。だとしても、すぐに救出されるかどうかは疑問だった。なにしろ、自分を監禁しているのが何者なのか、馬橋自身にすら判然としないのだから。警察の捜査が及ぶ前に、自分は死体となって海にでも浮いているかもしれなかった。

「くっ」

無意味な呻きを漏らし、目をぎゅっと瞑った。一瞬、油だらけの汚い海に浮かぶ自分の姿を想像してしまったのだ。馬橋は頭を振って、その不吉な映像を払いのけた。

瞼を開き、しょぼついた目を擦った。焦点がぼやけ、そして徐々に合ってくる。前方をぼんやり見つめていた馬橋は、やがてはっきりしてきた視界に驚いて腰を浮かせた。

扉が開いている。

昨日の夜は幾度こじ開けようとしてもびくともしなかった鉄扉が、五センチほど隙間を開けていた。そこから朝日がこぼれ、床に眩しい光を投げかけている。空中に舞う埃がきらきらと輝いていた。

馬橋は跳ね起き、扉に駆け寄った。そして手前でいったん止まり、これも何かの罠ではなかろうかと警戒した。扉の隙間から表を覗き、様子を窺う。倉庫街らしき風景が見えたが、人の気配は皆無だった。

びくびくしながら扉を開け、外に顔を出した。清涼な空気が肺に流れ込んでくる。思わず馬橋は深呼吸をした。

——助かったのか。

馬橋は信じられない思いの中で呟いた。今ここから抜け出せば、このまま逃げ切ることができる。解放されたのだ。

体の芯がとろけるほどの安堵を覚えた。そして同時に、心の底からの後悔が湧き起こった。

もう二度と戸籍の仲介になど手を出さない。どんなに経済的に苦しかろうが、二度とこんな恐ろしい目に遭うのはご免だ。真面目にこつこつやることがどんなに幸せか、今なら痛いほどわかる。もう一度、一からやり直すのだ。

馬橋は幾度も幾度も自分に言い聞かせながら、家族の待つ家へ帰るべく、朝日の中に飛び出した。

52

いつもの習慣で、病室に入るときにノックをした。「はい」と聞き慣れた看護婦の声が返ってきたが、その声は心なしか弾んで聞こえた。原田はノブを引いて、部屋の中に入った。

「原田さん」看護婦が原田を認めて、嬉しそうな声を上げる。「ちょうどよかった。たった今、目が覚めたんですよ」

真梨子の傍らに立っていた看護婦は、ほらとばかりにベッドの方へ手を差し伸べた。横たわっていた真梨子は、首を持ち上げて原田を見た。

原田もまた、看護婦の言葉を待たずとも真梨子が目覚めていることに一瞬で気づいていた。信じられないものを見た思いで立ち竦み、娘の窶れた顔に呆然と見入った。確かに真梨子は意識を取り戻している。もう二度と、死人じみた寝顔を見せることもないのだ。胸の底から熱いものが込み上げ、原田は言葉もなくただ真梨子を見つめ続けた。

「……お父さん」

細い声だった。怒声ではない、真梨子本来の声だと原田は思った。

「おはよう」

万感の思いが胸に迫って、原田は何も言えなかった。ただひと言、いつものように声をかけてやった。死の淵から帰ってきたばかりの娘に「おはよう」とは、なんと気の利かない親父かと我ながらおかしくなった。

「……ごめんなさい」

真梨子は大きな目にみるみる涙を浮かべ、それだけを言った。子供に戻ったように真梨子は、鼻を啜って泣いた。原田は大きく頷いてやった。すると真梨子は、自分の反応に照れたようにぎこちない笑みを浮かべた。

よかったな、真梨子。原田は心の内で呟いた。だが、これで何もかも終わったわけじゃないんだぞ。おれたち親子の間では、これから語り合わなきゃならないことが山ほどある。おれはお前に話してやりたいことが、それこそお前がうんざりするほどあるんだ。覚悟をしておけよ。

「お父さん。あたし、お父さんに話さなきゃいけないことがある」

真梨子は原田を見上げて言った。原田はもう一度頷いて、答えた。

「お父さんもだ」

それを聞くと真梨子は、今度は衒《てら》いのない素直な笑みを浮かべた。原田が見失ってしまったと思っていた、真梨子の笑顔そのものだった。

解説

佳多山大地

1

探しものは何ですか？　見つけにくいものですか？
カバンの中も　つくえの中も　探したけれど見つからないのに
まだまだ探す気ですか？　それより僕と踊りませんか？
夢の中へ　夢の中へ　行ってみたいと思いませんか？

——井上陽水「夢の中へ」より

さる東宝映画の主題歌として作られた井上陽水の「夢の中へ」は、肝腎の映画が不入りだったのとは無関係に、それ独自のからっと乾いた、それでいて奇妙な明るさをもった曲の魅力によって、次第に売れはじめた。

「夢の中へ」がヒットした一九七三年は、貫井徳郎の『失踪症候群』（一九九五年）において事件の当事者となる団塊ジュニア世代——七〇年から七五年に誕生したベビーブーマー二世——が生まれた時期でもある。すでに大学紛争の熱狂は六九年をピークに急速に冷めて六〇年代的な〈若者〉という世代の共同性はシラケに変わり、やがて〈自分探し〉がひとつのキーワードとなる八〇年代への助走が始まった、ちょうど境目といえる。

陽水の「夢の中へ」は、そのような時代に必然的に生まれた。「探しもの」は〈自分〉であり、それはとても「見つけにくいもの」だ。自分探しのイニシエーションを手ほどきしてくれる「僕」(=他者)は、特に七〇年代以降に勃興し乱立する新宗教の神々でもある。貫井徳郎のデビュー作『慟哭』(九三年)の主人公である松本は、そんな「僕」のエスコートで激しく踊る一人だった。

ところで、「夢の中へ」の詞には二通りの見方ができる。ひとつは、先述したように〈自分探し〉のテーマが扱われたものだと。だからこの曲が、一年を通して昭和であった最後の年(八八年)に、当時絶大な人気を誇った女性アイドル、斉藤由貴がカヴァーしてリバイバル・ヒットしたことには何の不思議もない。アイドル全盛の八〇年代、憧れの彼/彼女らはブラウン管の向こうでスポットライトを浴び、同性のファンにとっては自己を投影する装置として輝かしく機能していた。陽水がこの詞を予見的に歌ったとすれば、斉藤由貴は同時代的に歌ったのだ。

だが、しかし一方で「夢の中へ」ほど潔癖さを商売道具にする正統派アイドルに不似合いな曲もない。なぜならこの曲は、明らかにドラッグソングであるからだ。「夢の中へ」の二番の詞は、冒頭に引用した一番のそれのように牧歌的なところはまるでない。

休む事も許されず　笑う事は止められて
はいつくばって　はいつくばって　いったい何を探しているのか
探すのをやめた時　見つかる事もよくある話で
踊りましょう　夢の中へ　行ってみたいと思いませんか？

周知のとおり、井上陽水はかつてマリファナ煙草を吸引し、一九七七年に大麻取締法違反で警視庁に逮捕されている。留置場の中で刑事たちが持参した山のような色紙にサインをしたあと、陽水は執行猶予つきで懲役八カ月の有罪判決を受けた。そう、「夢の中」へ連れていってくれる心優しき「僕」は違法薬物《イリーガル・ドラッグ》でもあるのだ。「夢の中へ」の二番の詞は、必死になってクスリを求める中毒者の身ぶりとも解釈することができる。

一九六八年生まれの貫井徳郎にとって、「夢の中へ」は斉藤由貴の歌声によって同時代的に聞こえてきたはずである。〈自分探し〉と違法薬物使用の極めて不幸な結びつき——それはまさしく本書『失踪症候群』が時代の鏡として映し出す、現代社会の深刻な症候群のひとつであるのだ。

2

警視庁の警務部人事二課に所属する環敬吾《たまきけいご》は、得体の知れない男である。人事異動の季節以外は閑職といってよい銃後の部署に配されているのは、世を忍ぶ仮の姿。同僚から敬して遠ざけられている無口なクール・ガイの正体は……じつは超法規的手段を許可された特命捜査班のリーダーなのだった！

環は自身が率いる捜査班メンバーに、精鋭三人を集めた。私立探偵業を営む原田柾一郎《はらだまさいちろう》、托鉢僧の修行に勤しむ武藤隆《むとうたかし》、そして工事現場を渡り歩く肉体労働者の倉持真栄《くらもちまさはえ》。いずれもワケありで警官の職を辞した三人の男たちを環は手駒とし、現代社会に脅威をもたらしかねない〝犯罪の症候群〟に鋭くメスを入れるのだ。一九九五年、本書『失踪症候群』を嚆矢として幕を開ける《環チーム》の捜査ファイルは、続く『誘拐症候群』（九八年）、そして掉尾を飾る大作『殺人症候群』（二〇〇二年）の完成をもって「症候群三部作」と呼び慣わされ、現在は三作とも双葉文庫に入って版を重ねている。

件《くだん》の症候群三部作は、当代屈指の実力派ミステリ作家として地歩を固めた貫井徳郎が初めて手がけたシリーズ物である。若い男女の一見ありふれた失踪事件の裏に不自然な住民票の移動があることを追及するうち、違法薬物の売買が絡んだ凶悪事件に突き当たる『失踪症候群』。インターネットを悪用した連続誘拐事件と、環チームの一人、武藤隆が身代金運搬人に指名された嬰児誘拐事件の二本立てのプロットが交錯する『誘拐症候群』。さらにこの第二作の結末部で提起される〈報復の是非〉をめぐるテーマは、犯罪被害者の恨みを大金と引き換えに晴らす職業殺人者と環チームが対峙する『殺人症候群』で問い直され、三巻をおく能《あた》わざる捜査小説のシリーズは大団円を迎える。レギュラー・キャラクターの陰影の変化を見定めるためにも、ぜひこの三部作を順番どおりに繙かれることを強くオススメする。

――さて。駆け足ながら症候群三部作の概容を紹介する任は果たしたところで、環チームの名刺代りの活躍に心弾む本書『失踪症候群』の核心部に触れて解説の筆を進めたい。

＊（警告！　これより先は必ず本篇を読後に目を通されるよう）

『失踪症候群』で俎上に載せられる〃患者たち〃は、戸籍をめぐる詐術によって他人の名前に間借りして生きようとする青春群像である。彼らは世代的には団塊ジュニアに属する若者たちであり、物心ついた頃から豊かなモノが溢れている一方、相対評価と減点法によって築かれる不可能性の壁に取り囲まれた彼らは、いとも簡単に他人の名前で生きることを選択するのだ。

不動産業に携わる「仲介者」の導きで、若者たちは家族（血縁）や故郷（地縁）から逃れるため生まれながらの関係性の手垢にまみれた本名を捨て去り、合意のもと交換されたそれぞれ他人の名前で自閉的な最小限の共同体を一から築こうとする。例えば、登場人物の一人、吉住計志《よしずみかずし》はテレビゲームを媒介にした評価基準によって他者との距離を測り、ようやく探しえた〈自分〉のアイデンティティに満足して暮らしていた。悪い仲間に執拗に追われていた小沼豊は例外として、彼らはそれぞれ新しい名前でささやかな自己実現に努めていると思しい。

　このように、今、ここにある責任を放棄してリセットされた人生に踏み出した彼らを非難することは、どれほど道徳的だろう？　彼らが住むこの国を動かしているらしい〈公〉の者たちが強固に造り上げたのは、責任の所在をどこまでも曖昧にし、問題を先送りにするシステムではなかったか。だから彼ら戸籍交換者は、社会から弾き出されるアウトサイダーなのではない。むしろ、社会の映し鏡と言うべきなのだ。環敬吾はそれを悟っているから、物語の最後に至っても彼らの所在をいちいち訪ねて説諭することなどしないのだろう。「彼らが新しく手に入れた生活を一生続けていくのなら、それはそれでかまわないし、元に戻りたいのならばそれもまたいい。いずれにしろ、親からは逃げられても、自分の人生から逃げることはできませんからね」と傍観を決め込むだけで。

　――いや、環は彼らに同情的とまでは言わないが、新しい名前で〝やり直す〟可能性に期待をかけている節もあるのではないか。すくなくとも彼らは、戸籍交換以前の過去を断ち切る覚悟を決め、孤独に耐えながら現実の社会とどうにか折り合いをつけて生きてゆこうとしている。『失踪症候群』の発表から早十五年が経つが、この作品で描かれたような症候群は、悪い意味で根絶に向かっているのかもしれない。戸籍法の網をすり抜けて己の人生を生き直すよりも、親元で自室に引きこもり、仮想現実の世界で匿名的なハンドルネームを名乗って生きるほうがずいぶんと楽に決まっている。あるいは、本書に登場するロックバンド《ゼック》のメンバーや、いずれ読者が『殺人症候群』で出会う市原青年の言動に典型的であるように、自己愛的イメージと現実とのギャップを埋めるべく、自分以外のすべてのものに責任を押しつけて無差別な暴力を厭わない事件は近年巷間を騒がすところである。そして、言うまでもなく、幼児的な万能感を維持するのに違法薬物に手を伸ばすのは何より安易な解決法であって、ますます誘惑を強めているにちがいないのだ。

本書『失踪症候群』で幕を開ける症候群三部作のエンターテインメント性は、真《まこと》に不易流行のもの。のみならず、社会派テーマをミステリマインド溢れる手法でプロットと融合させる貫井の作家的資質は、二十一世紀も最初の十年を過ぎようとしている今、再評価されるべきである。

（二〇一〇年十二月、ミステリ評論家）

【症候群三部作】作品リスト

①『失踪症候群』（一九九五年十一月／双葉社・単行本 ↓ 九八年三月／双葉文庫版）
②『誘拐症候群』（一九九八年三月／双葉社・単行本 ↓ 二〇〇一年五月／双葉文庫版）
③『殺人症候群』（二〇〇二年二月／双葉社・単行本 ↓ 〇五年六月／双葉文庫版）

本書は一九九八年三月に小社より
刊行された同名作品の新装版です。

双葉文庫

ぬ-01-04

失踪症候群《しっそうしょうこうぐん》〈新装版《しんそうばん》〉

2014年10月19日　第1刷発行
2023年　9月12日　第4刷発行

【著者】
貫井徳郎《ぬくいとくろう》

【発行者】
箕浦克史
【発行所】
株式会社双葉社
〒162-8540 東京都新宿区東五軒町3番28号
[電話] 03-5261-4818(営業部)　03-5261-4868(編集部)
www.futabasha.co.jp（双葉社の書籍・コミックが買えます）
【印刷所】
三晃印刷株式会社
【製本所】
株式会社若林製本工場
【カバー印刷】
株式会社久栄社

【フォーマット・デザイン】
日下潤一

ISBN978-4-575-51715-6 C0193
Printed in Japan

JASRAC 出 1412518-304